INSTRUCCIONES para SALVAR el MUNDO

Rosa Montero nació en Madrid y estudió Periodismo y Psicología mientras colaboraba con grupos de teatro independiente como Tábano y Canon. Ha publicado en diversos medios de comunicación y desde 1976 trabaja en exclusiva para *El País*. En 1980 ganó el Premio Nacional de Periodismo para Reportajes y Artículos Literarios. En el 2005 obtuvo el Premio Rodríguez Santamaría de Periodismo en reconocimiento a los méritos de toda una vida profesional. Además de las novelas *Crónica del desamor* (1979), *La función Delta* (1981), *Te trataré como a una reina* (1983), *Amado amo* (1988), *Temblor* (1990), *El nido de los sueños* (1991), *Bella y oscura* (1993), *La hija del Caníbal* (Premio Primavera 1997) y *El corazón del Tártaro* (2001), también es autora de un libro de cuentos —*Amantes y enemigos* (1998)— y de varios vinculados con el periodismo: *España para ti para siempre* (1976), *Cinco años de país* (1982), *La vida desnuda* (1994), *Historias de mujeres* (1995), *Entrevistas* (1996), *Pasiones* (1999) y *Estampas bostonianas y otros viajes* (2002). *La loca de la casa* (2003) ganó el Premio Grinzane Cavour 2005 de literatura extranjera y el Premio Qué Leer 2003 al mejor libro en español, galardón que obtuvo de nuevo por su novela *Historia del Rey Transparente* (2005). Su última novela es *Instrucciones para salvar el mundo* (2008).

www.rosa-montero.com

ROSA MONTERO

INSTRUCCIONES para SALVAR el MUNDO

punto de lectura

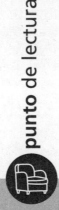

© 2008, Rosa Montero
© De esta edición:
2009, Santillana Ediciones Generales, S.L.
Torrelaguna, 60. 28043 Madrid (España)
Teléfono 91 744 90 60
www.puntodelectura.com

ISBN: 978-84-663-2315-4
Depósito legal: B-8.345-2011
Impreso en España – Printed in Spain

Portada: Paso de Zebra

Primera edición: mayo 2009

Segunda edición: febrero 2011

Impreso por

Si ya no te quedan más lágrimas, no llores, ríe.

SHLOMIT LEVIN
(abuela de Amos Oz)

La Humanidad se divide entre aquellos que disfrutan metiéndose en la cama por las noches y aquellos a quienes les desasosiega irse a dormir. Los primeros consideran que sus lechos son nidos protectores, mientras que los segundos sienten que la desnudez del duermevela es un peligro. Para unos, el momento de acostarse supone la suspensión de las preocupaciones; a los otros, por el contrario, las tinieblas les provocan un alboroto de pensamientos dañinos y, si por ellos fuera, dormirían de día, como los vampiros. ¿Has sentido alguna vez el terror de las noches, el ahogo de las pesadillas, la oscuridad susurrándote en la nuca con su aliento frío que, aunque no sepas el tiempo que te queda, no eres otra cosa que un condenado a muerte? Y, sin embargo, a la mañana siguiente vuelve a estallar la vida con su alegre mentira de eternidad. Ésta es la historia de una larga noche. Tan larga que se prolongó durante varios meses. Aunque todo comenzó un atardecer de noviembre.

Por la mañana había estado lloviznando aguanieve, pero a esas horas el cielo era una seca lámina plomiza. El frío subía de las lápidas y de la tierra dura y lamía los tobillos como una lengua de hielo. El sepulturero de más edad se enjugó subrepticiamente la agüilla de las narices con la manga. Era el último muerto del día, le dolían los riñones a pesar de la faja y estaba deseando acabar. Además era uno de esos entierros de mierda a los que no iba nadie, apenas tres o cuatro personas, una tristeza, y peor con ese día horrible, con esa oscuridad, con ese frío. Los entierros solitarios y los entierros de niños, eso era lo más duro. El viejo sepulturero tomó aire y le dio un empellón lateral al féretro para enderezarlo sobre las guías y que entrara bien recto en el nicho. Qué frío, demonios, se dijo, aterido. Claro que más frío tendrán los muertos ahí dentro, añadió rutinariamente, como siempre. Le echó una ojeada a su joven compañero, que era fuerte como un buey y sudaba y resoplaba con su cara de bruto. Éste sí que no tiene problemas, se dijo con inquina; él, en cambio, estaba cada día más cerca de la fosa. Qué jodido era ser viejo. Colocó las manos sobre sus lastimados riñones y se dirigió al deudo.

—¿Procedemos?

La pregunta no obtuvo contestación: el tipo parecía estar petrificado. El sepulturero miró con gesto inquisitivo al otro hombre, que se sintió obligado a hacer algo y sacudió suavemente el brazo del viudo.

—Matías... Matías...

—¿Eh?

—Que dicen los hombres que si pueden proceder.

—¿Que si pueden... qué?

—Que si cierran —aclaró con incomodidad el primo de Rita.

—Ah, sí, sí.

Matías hizo un esfuerzo por concentrarse en lo que veía. El primo pateando el suelo para entrar en calor;

un sepulturero grandullón guardando los útiles; otro poniendo argamasa en la boca del nicho. La paleta raspaba contra la piedra. Un pequeño ruido desquiciante. El de la funeraria se le acercó susurrando algo incomprensible; llevaba unos papeles en la mano y un bolígrafo que le introdujo expeditivamente entre los dedos. Matías supuso que tenía que firmar e hizo dos garabatos allí donde la uña del hombre señalaba. Le resultó difícil porque todo lo veía lejos, muy lejos, al otro lado de un túnel oscuro, en el extremo equivocado de un catalejo. Desde esa distancia, los nichos parecían taquillas de la consigna de una estación. Rita se iba a reír cuando se lo dijera.

—Lo siento mucho, Matías.

—Sí, sí.

—Era una mujer estupenda.

—Sí.

Los sepultureros ya habían desaparecido y ahora se estaban marchando los demás. La enfermera. El primo. La jefa de Rita en la gestoría. Incómodos, con prisas. Ansiosos de escapar de la gran noche helada que estaba cayendo sobre el viudo. Avergonzados de ser tan pocos. «Si lo llego a saber, me habría encargado yo de avisar a la gente, pero es que este hombre no se deja ayudar», se justificaba el primo ante la enfermera mientras se iban; se sentía obligado a salvar la honra de la familia. Por entonces ninguno de ellos sabía que no iba a volver a ver a Matías. Y aunque lo hubieran sabido probablemente tampoco les habría importado: la pena posee una carga magnética negativa, es como un imán que repele en vez de atraer. Allá iban los tres a todo correr, saliendo escopetados del camposanto.

Sin embargo, Matías no sentía pena. No. En realidad no sentía nada. Ni el frío que subía a bocanadas de la tierra húmeda. Parpadeó y miró el cielo. Que estaba negro como... Negro como... No consiguió encontrar un símil para ese cielo, porque era más negro que lo más negro que nunca había visto, más negro que la palabra negrura. La noche había caído muy deprisa. ¿Dónde estoy?, se preguntó de pronto, desconcertado, con un súbito sobrecogimiento, un pellizco de pánico, un mareo. En el cementerio, se contestó. Acabo de enterrar a Rita. Y de nuevo la tranquila nada en su interior. Ni un latido en el pecho, ni un pequeño recuerdo en la memoria. La quietud de la muerte sosegándolo todo.

Salió de la Sacramental sin pensar, sus pies buscando el camino y moviéndose solos. Se metió en el taxi, arrancó y condujo hasta la cercana M-30 con el mismo entumecido automatismo. La ciudad brillaba alrededor, toda encendida y viva, abarrotada de coches. Matías se sumergió en el río metálico y se dejó llevar. Conducir siempre le había gustado. Conducir sin tener en cuenta lo que hacía, amparado por su costumbre de taxista. Mientras sus manos se aferraban al volante, pensó en un tren. O, mejor, en un metro. En el retumbar del convoy que se acerca, en el vagón precipitándose sobre él, bufando y rechinando y sin poder pararse, en ruedas que machacan y laceran. Y en la muerte como un lugar tranquilo en el que refugiarse, un escondite al que uno podía ir. También pensó en la navaja que siempre llevaba en la guantera; e intentó imaginar el breve y frío dolor que causaría su filo al tajar el cuello. Pero luego, por primera vez en muchas horas, recordó a Chucho y Perra.

Salió de la carretera circular y enfiló hacia su casa. Era un camino muy conocido, pero cuanto más se acercaba a su barrio, más lejos se sentía. Lejos del mundo y de sí mismo, lejos de la normalidad y la cordura.

—Buenas noches. A la glorieta de Cuatro Caminos, por favor.

Matías se volvió, atónito, y contempló al pasajero que se acababa de subir, aprovechando su parada en el semáforo.

—A la glorieta de Cuatro Caminos, por favor —repitió el hombre.

Matías sintió el rugido hervir en su pecho, un géiser de rabia y de desesperanza.

—¡Bájese de mi coche! ¡Bájese ahora mismo! —aulló con un grito fenomenal que vibró en su bajo vientre.

El pasajero se encogió en el asiento, turulato y aterrorizado. Era un apocado informático de cuarenta y nueve años que no había tenido que enfrentarse jamás a un estallido de violencia semejante, lo cual, en los tiempos que vivimos, sin duda era una suerte.

—¡Bájese, imbécil! —berreó de nuevo Matías con todas sus fuerzas, notando que, al salir, las palabras le raspaban las cuerdas vocales.

El hombre manoteó alocadamente intentando abrir la puerta, hasta que al fin lo consiguió y se tiró a la acera. Matías arrancó furibundo, tembloroso, asustado de la intensidad de su odio. Le hubiera matado. En verdad hubiera querido poder matarle. Tragó saliva con dificultad. Con un resto de sensatez, apagó la luz verde y puso el cartel de ocupado. Iba dando tumbos con el taxi, como borracho. Unos cuantos conductores le pitaron, pero el ruido de la ciudad llegaba hasta él amortiguado, remoto. Algo le pasaba en los oídos y en los ojos, algo que le impedía ver y oír con normalidad. Se sentía muy cansado: no recordaba cuántos días llevaba sin dormir. Y sin comer. Estaba llegando ya a su calle, pero no conseguía reconocerla. La ciudad vibraba, se desdibujaba, palpitaba como una turbia masa viva al mismo compás del doloroso latido de sus sienes. Aparcó en la esquina. Le amedrentaba subir a la casa vacía.

Por fortuna, el portal estaba cerrado y la portera no se hallaba a la vista. Encendió la luz del descansillo, que se puso a tictaquear igual que un antiguo taxímetro. ¿Cómo había podido olvidarse de Chucho y Perra? Debían de llevar por lo menos dos días sin comer. Y sin salir. Los oyó lloriquear al otro lado de la hoja. Muy quedamente, porque eran perros abandonados que Rita había recogido, y la intemperie les había enseñado a ser discretos y educados. Abrió la puerta de la casa y salieron disparados a enredarse en sus piernas. Diminutos, enclenques, innobles, verdaderos escuerzos animales. Él, marrón con manchas y pelo de rata. Ella, grisácea y rechoncha, con un colmillo torcido por fuera del hocico y los ojos saltones. No se pueden poner nombres de verdad a unos perros tan feos, le había dicho a Rita cuando ella los rescató de la calle. Por eso se habían quedado con lo de Chucho y Perra. Matías los recordó enroscados sobre el regazo de su mujer cuando ya había estallado la enfermedad como una bomba. Cuando el final había comenzado.

Tragó con esfuerzo el dolor que tenía agarrado a la garganta y miró hacia el interior de la casa. El pasillo se perdía en la oscuridad.

—No —dijo en voz alta—: No.

La luz del descansillo se apagó y las tinieblas cayeron sobre él. Matías sintió un espasmo de pánico y palmoteó la pared hasta atinar con el interruptor. A sus pies, los perros gimoteaban y le lamían los tobillos con desesperado entusiasmo. Se agachó y los cogió en brazos. Luego cerró la puerta de un tirón y bajó a toda velocidad las escaleras. No paró de correr hasta llegar al taxi y depositar a los chuchos en el asiento del copiloto, en donde los animales se quedaron extrañamente quietos, acobardados. Arrancó sabiendo muy bien adónde iba. A la parcela. A la casa que se estaban haciendo Rita y él en Villaviciosa de Odón. Es decir, a la casa que ya nunca se harían. A esa hora, sin tráfico, apenas tardó veinte minutos en llegar al pueblo. Antes de entrar en la urbanización paró en el McDonald's y compró unas hamburguesas para los perros. El tufo cálido y grasiento, que siempre le había desagradado, inundó sin embargo su boca de saliva. Descubrió, avergonzado, que tenía hambre, mucha hambre. ¿Cómo se podía tener hambre cuando se estaba viviendo el fin de todas las cosas? Humillado por las necesidades de su cuerpo, por el empeño de su carne en vivir (la carne lívida y doliente de Rita, los tubos de drenaje, los moretones, las llagas), Matías adquirió otras dos hamburguesas para él. Aunque el trayecto hasta la parcela fue muy breve, el taxi quedó impregnado de la peste dulzona de la comida.

Esa cubierta la había puesto con sus propias manos, teja a teja. Esos modestos muros los había levantado él, en sus horas libres, porque de adolescente trabajó de peón y no era mal albañil. La casita estaba ya techada, las ventanas y la puerta exterior estaban colocadas, los

15

radiadores instalados, el baño de abajo terminado. Pero faltaban las puertas interiores, y la cocina, y pintar, y el suelo era sólo puro cemento. Disponía de electricidad, pero su única fuente de iluminación consistía en una bombilla en el extremo de un cable muy largo, y el agua venía de la toma del jardín por medio de una manguera verde. Claro que tampoco había jardín, aunque Matías lo denominara así. La parcela era un erial de tierra parda y dura cubierta de cascotes, sacos de arena y diversos útiles para la construcción. En medio de esa nada sucia y desolada, la casa, pequeña y maciza, parecía una muela solitaria en la mandíbula de un viejo.

Intentó encender la bombilla, pero debía de estar fundida. A tientas, procurando no pisar a los nerviosos perros, Matías palpó el suelo hasta encontrar el viejo televisor portátil que habían llevado a la parcela cuando Rita empezó a sentirse mal, cuando ya ni siquiera soportaba leer, para que pudiera entretenerse viendo alguna película mientras él seguía trabajando en la casa. Prendió el aparato y le quitó el sonido. De la pantalla salió un fulgor móvil y desvaído que iluminó la estancia pobremente. Por las ventanas mal selladas se colaba el viento y hacía un frío atroz. Un frío sepulcral, pensó Matías; y le pareció escuchar el arenoso chirrido de la paleta del sepulturero contra el nicho. Estaba en el cuarto que iba a ser la sala: una habitación rectangular con dos ventanas. El resplandor tristón e irregular del televisor hacía bailar sombras en las paredes. Había dos sillas de anea medio desfondadas, la mecedora en la que se sentaba Rita, un revoltijo de herramientas y brochas, un par de cacerolas con restos de pruebas de pintura, rollos del hule con que cubrió el tejado antes de techarlo y una escalera de mano. También había un cubo, dos fregonas, media docena de botes con productos de limpieza, guantes de goma, una escoba despeluchada. Todo colocado en una esquina en formación perfecta, un pequeño ejército doméstico que Rita había traído en los buenos tiempos para ir limpiando la obra. No pienso terminar jamás esta casa, se prometió a sí mismo con ferocidad. Y tenía razón, nunca la acabaría.

Medio a ciegas, en la penumbra azulosa, limpió una de las cacerolas y dio agua a los animales, y luego agarró los rollos de hule, los extendió en un rincón y se sentó sobre ellos apoyando la espalda en la pared. Sacó las hamburguesas, que estaban aún calientes gracias a sus estuches aislantes, y las compartió con los chuchos. El esfuerzo de comer acabó con las pocas energías que le quedaban. Sentía una especie de estupor, una fatiga extrema semejante al aniquilamiento. En la muda pantalla del televisor había una rubia ostentosa y neumática que se reía mucho. Matías se dejó caer de lado hasta tumbarse en el suelo, en posición fetal, arrebujado en su chaquetón de grueso paño. Tiritaba. Los perrillos se enroscaron en el hueco de su vientre, bien apretujados contra él, mirándole sin pestañear con sus ojos redondos. Estaban asustados por los cambios en la rutina, por la ausencia de Rita, por el olor de la pena de Matías, que llegaba con nitidez hasta sus hocicos. La pena huele a metal frío, te dirían los perros si pudieran. Matías tocó sus cuerpos ásperos y tibios: eran un alivio en la noche helada. Agarró la parte sobrante del hule y se cubrió como pudo con ella. Ese día, recordó de pronto, era su cumpleaños. Cumplía cuarenta y cinco. Cuánto dolor inútil, pensó. Y cayó dentro del sueño como una piedra cae dentro de un pozo, mientras el claroscuro de las imágenes televisivas danzaba silenciosamente sobre su cara.

Daniel estaba convencido de que su mujer seguía con él por el mero placer de atormentarle. Ladrillo, ladrillo, ladrillo, una pieza triple, dos agujeros. En cuanto a él, por más que se preguntaba por las razones que le hacían continuar con ella, no conseguía responderse satisfactoriamente. Bueno, sí: porque era un vago. Y quizá un cobarde. Porque siempre se dejó tentar por el mínimo esfuerzo. Sin embargo, romper no era tan difícil. Pero ¡si ni siquiera estaban casados, por el amor de Dios! Y, por fortuna, nunca quisieron tener hijos. ¡Atención, barreno! Tres filas volatilizadas. Estaba la cuestión del piso, eso sí, y la hipoteca a medio pagar. Aplastó el cigarrillo en un rinconcito del atiborrado cenicero y, a continuación, encendió uno nuevo, porque pensar en estas cosas le ponía muy nervioso. Comprarse una casa con alguien era un error. Encadenaba más que el matrimonio. Pero incluso eso tenía arreglo: siempre podían vender la propiedad, repartir el dinero y separarse. Calibró mentalmente esa posibilidad y tuvo que admitir que la veía tan remota como convertirse en un turista de la Estación Espacial. ¿Adónde se había ido la alegría del mundo? Ladrillo vertical, fila completa. ¿Qué había sido de la luminosa ligereza de los veinte años, cuando la vida era como un gran regalo de Navidad que sólo necesitaba ser abierto? ¿Cómo había conseguido acabar encerrado en una existencia tan pequeña y mezquina?

—Tú sigue, di que sí, sigue quemándote las pocas neuronas que te quedan con esas idioteces hora tras hora. Es estupendo ver cómo tiras tu vida.

Maldita sea, ya le había pillado. Normalmente, cada vez que escuchaba los pasos de Marina en el pasillo, Daniel cambiaba la pantalla del ordenador, para que su mujer no le viera jugando. O, incluso, si advertía con tiempo su llegada, se levantaba de la mesa de un brinco y hacía como que miraba los lomos de los libros de las estanterías, para disimular, o se marchaba al cuarto de baño fingiendo una urgencia. En esta ocasión, sin embargo, se había puesto a pensar, y eso le había distraído. Ponerse a pensar era lo peor que podía hacer. Precisamente para eso jugaba durante horas a los juegos de ordenador. Para detener un poco la cabeza. Echó un vistazo al reloj: las nueve de la noche. Llevaba desde las cinco de la tarde colocando ladrillos electrónicos en un pozo e intentando evitar los barrenos virtuales.

—Acabo de empezar a jugar —se defendió.

—Sí, seguro.

—Además, estoy cansado y necesito relajarme. ¡Déjame en paz, por el amor de Dios!

¿Acaso no se daba cuenta Marina de que él era el primero que se avergonzaba de comportarse así? De hecho, se avergonzaba y se despreciaba tanto que ahora tendría que ir a la cocina a servirse un whisky. Eso tampoco le gustaba a Marina, ésa era otra de sus excusas para ponerse desdeñosa y cáustica. Porque Marina también le zahería cada vez que él recurría a la bebida. Es decir, todas las noches. Y no servía de nada que Daniel le explicara, como médico, que el alcohol era el mejor ansiolítico. ¿Acaso preferiría que se atiborrara de tranquilizantes y anduviera con la mandíbula colgando? Pero ¿qué demonios quería de él esa mujer?

—Mírate, Daniel, ¿no te das pena? Aquí encerrado, a oscuras, amorrado a la pantalla del ordenador, envuelto en una apestosa nube de tabaco, con la televisión puesta hablando sola... Vaya vida de mierda.

Tanto odio, tanta frustración en esa voz pituda y un poco nasal de su mujer. Daniel dio la vuelta a la silla y se puso a mirar el televisor, que, en efecto, estaba funcionando, como siempre. Le gustaba ese ruido de fondo; y que la habitación se fuera apagando al caer la noche. Le gustaba estar a oscuras en su pequeño cuartito, alumbrado tan sólo por el frío resplandor de las dos pantallas. Le gustaba sentirse arropado dentro de esas sombras de terciopelo, de una penumbra que los destellos móviles del televisor y del ordenador parecían convertir en algo líquido. En una burbuja protectora y amniótica.

—Lárgate. Quiero ver el telediario —gruñó.

Ver el telediario era una actividad socialmente aceptada. Ni siquiera ella podría criticarle por eso. Pero Marina seguía apoyada en el quicio de la puerta, sin marcharse. Un borbotón de angustia le apretó el pecho. Por un instante sopesó la posibilidad de levantarse, sacarla a la fuerza de la habitación y cerrar la puerta. Pero si le diera un empujón las cosas se pondrían todavía peor, eso era seguro. Por el amor de Dios, él sólo quería un poco de paz.

—Daniel...

Marina pulsó el interruptor de la lámpara. La luz le golpeó los ojos; parpadeó, fastidiado, y continuó mirando con el ceño fruncido hacia el televisor, en un vano intento de ignorar a su mujer.

—Daniel.

—¡Qué quieres!

—No creas que se me ha olvidado que hoy es tu cumpleaños...

—No, claro. Cómo te vas a olvidar. Tú eres perfecta.

—Cumples cuarenta y cinco.

—Estupenda memoria.

—Salgamos a cenar para celebrarlo.

Las palabras rodaban dentro de la boca de Marina como piedrecitas dentro de una botella: duras, tintineantes. Se veía que quería rebajar la tensión, que deseaba ser amable, pero secos residuos de rabia y años de frustración lastraban las sílabas.

—No tengo ganas. Y es muy tarde. Otro día.

—Otro día no será el día de tu cumpleaños. Venga, anímate... Nunca quieres hacer nada, eres un aburrimiento.

—Como comprenderás, no es que me apetezca mucho salir a cenar contigo, con lo desagradable que estás. Además, haber venido antes.

—¡No he venido antes porque no he podido! Estaba trabajando. No como tú.

Sí, desde luego. Encima, eso. Marina era de una laboriosidad abrumadora y metía interminables horas en una pequeña tienda de bisutería y regalos que había montado con otra socia, un negocio precario que se sostenía gracias a la monumental entrega de su mujer. Aparte del trabajo, Marina cocinaba complicados platillos, y tenía los armarios ordenados con pulcritud maniática, y encontraba tiempo para ir a un gimnasio y hasta para leer. Daniel querría que hiciera eso ahora: que se fuera de su cuarto, que se marchara a ser eficiente y laboriosa en otro lado, que se pusiera a cocinar o a leer o a hacer el pino y le dejara tranquilo. Pero Marina seguía apoyada en el quicio de la puerta. No la veía pero la sentía a su espalda, una presencia exigente, un silencio irritado. Intentó concentrarse en la pantalla. Vio una ambulancia, un bulto que sacaban cubierto con una manta, mirones, policías.

—Dadas las similitudes del modus operandi en los tres crímenes, los expertos hablan ya de un asesino en serie —decía la joven reportera con una radiante expresión de alegría en la cara: gracias al interés que despertaban los asesinatos, había conseguido que la dejaran hablar a cámara en directo por primera vez—. Hasta que no se haga la autopsia no se confirmará si la última víctima falleció por la misma causa que las anteriores, una dosis masiva de insulina aplicada por vía intravenosa, pero al parecer la anciana mostraba la misma sonrisa que las otras dos víctimas, sonrisa que según el forense no es natural sino que ha sido compuesta y forzada por el asesino sobre el cadáver. Un macabro detalle por el que el criminal ha empezado a ser conocido en medios policiales como *el asesino de la felicidad*.

El mundo está lleno de tarados, se dijo Daniel con desapego, sumido en la bendita ignorancia del presente y sin saber aún que los crímenes del *asesino de la felicidad* acabarían complicándole gravemente la vida. Pero por entonces todavía estaba en la inopia y tan sólo sentía una vaga curiosidad por el caso, como todo el mundo. Los buitres de la prensa ya llevaban días picoteando en las dos primeras muertes, excitados por la rareza de los detalles: ancianos solos asesinados sin forzar la puerta, sin que mediara robo, sin más violencia que la de liquidarlos. Y, sobre todo, la inquietante chifladura de la sonrisa. Para conseguir petrificar el gesto, el asesino habría tenido que estirarles las comisuras de los labios y mantenerlas sujetas durante media hora, o puede que más, hasta que se instalara el rigor mortis. Por no hablar de la insulina intravenosa. ¿Sería quizá médico el criminal? ¿Y cómo conseguiría administrarles la inyección? ¿Drogaría antes a los ancianos o los convencería para que se dejaran pinchar?

—Toma tu regalo. Y que conste que no es de la tienda.

Embebido en el telediario, Daniel no había advertido que Marina había abandonado por unos instantes su posición de vigía malhumorada. Ahora estaba de regreso, junto a él, y le había arrojado un paquete al regazo como quien arroja basura por la borda de un barco. Daniel contempló el bulto envuelto en brillante papel rojo y adornado con una cinta dorada. Ofrecía una imagen tan chillona y artificial de la dicha que resultaba obscena.

—No quiero regalos.

Marina se encogió de hombros.

—Ya está comprado. Es tuyo. Haz con ello lo que quieras —dijo sin acritud.

Eso era lo peor: cuando su mujer se ablandaba por dentro y le miraba anegada de autocompasión. Una doctora. O una enfermera. El criminal debía de ser una mujer, eso sin duda. Las mujeres eran las verdaderas asesinas de la felicidad. Contempló a Marina: cuarenta y tres años,

hilvanes de canas en la melena oscura y una leve barrigui-
ta redonda sobre la que ella solía cruzar las manos cuando
se ponía a sermonearlo, en un gesto que irritaba a Daniel
profundamente. Miró el rostro de su mujer, tan conocido
que resultaba invisible; y su piel fina y blanca surcada por
una delicada red de arrugas. Él había sido testigo de la
lenta formación de todos esos pliegues. Y sobre todo del
profundo surco que le partía el ceño, la marca de su progresivo enfurruñamiento. Llevaban quince años juntos.

Daniel agarró el paquete con violencia. El papel
charol crepitó como un fuego alegre al arrugarse entre
sus dedos. No voy a abrirlo, se dijo, o sí, lo voy a abrir y
me dará lo mismo, me importará un pimiento el previsi-
ble jersey o la camisa a rayas, todo esto no significa nada,
es una tontería, un convencionalismo. Pero la congoja
le inundaba el pecho de una pena viscosa, porque en el
fondo ansiaba que el regalo no fuera una pantomima, un
fingimiento. Sintió aletear dentro de él algo parecido al
amor, el eco de su antigua voluntad de quererla. Y por un
momento deseó recuperar el ruinoso afecto que estaba
sepultado bajo el daño. Pero no, eso era imposible. Era
un anhelo ingenuo, irrealizable. Porque Marina era la
asesina de la felicidad, sí, en eso era como todas las mujeres, qué duras, qué implacables, qué insaciables en su
demanda de perfección. Ahí estaba, aferrada a él como un
perro de presa, exigiéndole todo y un poco más que todo,
exigiéndole que fuera mejor de lo que era y humillándo-
le con esa perpetua mirada despectiva que era como el
espejo de su derrota. El verdadero fracaso consistía en
fracasar con una mujer al lado que magnificaba tu des-
calabro con la lupa de su mirada. Pero ¿por qué eran así?

¿Por qué las mujeres siempre les exigían a los hombres que estuvieran a la altura de sus malditos sueños? Daniel no le pedía eso a Marina, por el amor de Dios, en eso por lo menos él era mejor. Puede que fuera un inútil y un perdedor, pero por lo menos él no pedía de ella lo imposible, qué carajo. Él era verdaderamente más generoso y se conformaba con sobrevivir.

Le despertó su propio gemido y el insistente roce húmedo de la lengua de Perra sobre su nariz. Abrió los ojos y se topó con la fea y chata cara del animal a un par de centímetros de distancia, y un instante después recordó que Rita había muerto. Todos los días atravesaba por la misma rutina dolorosa. Emergía del sueño protegido por el aturdimiento, ligero de equipaje, inocente y amnésico, y a continuación la memoria caía sobre él como una guillotina. Rita había muerto y él estaba solo. Sin moverse, Matías respiró hondo unas cuantas veces, intentando serenarse, mientras Perra le miraba solícitamente. Como una madre, se dijo Matías con amarga ironía. Pero luego pensó que su propia madre no había mostrado nunca tanta preocupación por él.

—Vale, Perra. Vale. Gracias. Estoy bien.

La apartó con cuidado y se incorporó en el revoltijo de mantas arrugadas que hacía las veces de cama desde que regresó del cementerio. La primera noche que durmió sobre el suelo se levantó tan rígido y molido que llegó a creer que no podría volver a enderezarse del todo nunca más. Pero luego compró las mantas y se fue acostumbrando. Además, casi prefería despertarse con ese filo de dolor pegado a los huesos; así podía ocupar su cerebro sintiendo el cuerpo en vez de ceder a los malos recuerdos, a esas imágenes insoportables que le perseguían y que de cuando en cuando asaltaban su cabeza y le volvían loco.

Miró por las ventanas: el sol ya se había puesto. Era la hora azulona y sombría del último atardecer. Una hora triste. Y era también el momento de levantarse. Desde la muerte de Rita había tomado la costumbre de dormir de día y trabajar de noche, en parte porque no podía concebir que la vida pudiera continuar con normalidad faltando ella, y en parte porque los malos recuerdos parecían crecer y volverse más malos, más invencibles y obsesivos al amparo de la oscuridad. Mejor pasar las noches distraído, trabajando, y caer agotado en el nido de mantas durante el día, con la luz solar ayudando a mantener a raya las angustias. A veces, cuando se encontraba con algún taxista conocido en una parada o en los bares de la madrugada, en el Tanatorio Sur, por ejemplo, o en el Oasis, los compañeros se acercaban a interrogarle: pero qué haces, cómo estás, no se te ve. Pero ni él se mostraba comunicativo ni los otros ponían demasiado empeño: nunca tuvo mucha relación con los demás conductores. Ni con nadie, a decir verdad, salvo con ella. Y con eso le había bastado, porque ella siempre estuvo cerca, incluso en los tiempos remotos, cuando chico, en esos días en los que la madre de Matías llegaba tan borracha que se tumbaba a dormir en el suelo y él tenía que vaciarle los bolsillos para reunir el dinero del autobús y poder ir a clase. Sí, incluso entonces ya estaba Rita allí, curándole las heridas de la vida.

Había reemplazado la bombilla fundida y ya disponía de luz eléctrica, de manera que colgó el cable del respaldo de una de las sillas de anea y encendió el bulbo. Su desnudo resplandor oscureció de golpe la noche temprana del otro lado de los cristales. Los perros rebullían y jadeaban a sus pies como viejos asmáticos. Desenvolvió los restos del bocadillo de lomo que había adquirido de madrugada en el Oasis y repartió las sobras entre los dos animales. Menos mal que eran pequeños y se las arreglaban con poca cosa. Los vio devorar la manduca, inmensamente felices mientras masticaban con glotonería. Que ellos, por lo menos, no tengan que sufrir nunca más. Eso decía Rita. A ellos podemos protegerlos. Eso decía. Era tan fácil hacer feliz a un perro. Con una felicidad absoluta, perfecta.

Abrió una lata de sardinas en aceite y, a falta de pan, se la desayunó con unas cuantas galletas revenidas. La mezcla del grasiento pescado con la galleta dulce le repugnó. Y halló cierto consuelo en esa repugnancia. Había vuelto a soñar que había matado a alguien. No quedaba claro quién era la víctima, pero en su sueño sabía que había cometido un acto atroz, un crimen irreparable que arruinaría el resto de su vida. Y lo peor era que, cuando despertaba de la pesadilla, el horror seguía allí. Incluso despierto sentía que esa angustia era de algún modo real. Incluso despierto sabía que él era culpable.

De manera que debía castigarse.

Metió la manguera en la bañera y, sacando el brazo por la ventana, abrió el grifo que estaba en el exterior. Después se desnudó, se puso de pie sobre la porcelana y se duchó a toda velocidad con un poco de detergente. Apretó los dientes hasta hacerlos rechinar, porque el chorro de la manguera estaba helado; pero llevaba muchos días sin lavarse, y la noche anterior un cliente le había dicho que apestaba y se había bajado antes de terminar la carrera. Además, bañarse tampoco era un sacrificio tan terrible; aunque el agua resultara demasiado fría, el tiempo estaba bueno, muy templado. En realidad sólo había hecho auténtico frío durante una semana, justo la semana final de la agonía de Rita, como si el mundo entero estuviera tiritando ante su sufrimiento. Pero, nada más enterrarla, el termómetro comenzó a subir de manera alocada. Estaba siendo el invierno más suave de la historia, al menos el más suave de todos los registrados: lo había oído decir por televisión. Era cosa de ese maldito cambio climático del que todo el mundo hablaba. Un invierno caliente para su vida gélida.

Salió de la bañera, cerró el agua y se secó con una de las dos toallas nuevas. Había comprado todo nuevo, toallas, mantas, algunas prendas de vestir. Prefirió ir a la tienda antes que entrar en su casa: no soportaba la idea de regresar allí. También era nueva la maquinilla eléctrica con la que se afeitaba. Como no tenía espejo, movía a ciegas el pequeño y rugiente aparato y siempre se dejaba alguna isleta de pelo. Rebuscó en la pila de ropa arrugada que tenía sobre el suelo y escogió una camisa sólo medio sucia y los vaqueros más nuevos, que ya estaban empezando a quedarle holgados porque seguía perdiendo peso. El taxista suspiró y se pasó la mano por la cara, sintiendo la dureza de los huesos por debajo de la carne fatigada. El contorno de su futura calavera. Últimamente no veía más que muerte por todas partes. La muerte era la única verdad de la vida.

Eso mismo debía de opinar el *asesino de la felicidad*. La noche anterior habían dicho en televisión que llevaba cinco víctimas. Cinco viejos y viejas sonrientes. Pero no sonreían de manera natural, eso Matías lo sabía, sino que el asesino les recolocaba la boca. Y también adornaba sus casas, les traía una tarta de cumpleaños, y globos de colores, y serpentinas. Como si fuera una fiesta. Pobres viejos abandonados a su suerte, tan solos como Chucho y Perra cuando Rita los recogió. Seguro que los viejos no sonreían cuando el asesino les ponía la inyección, se dijo Matías. Pensar en la jeringuilla provocó una carambola asociativa que hizo explotar en su cabeza una imagen insoportable, uno de esos recuerdos que le acechaban como minas enterradas en la memoria. Vio el brazo de Rita con las agujas clavadas, las venas reventadas y quemadas, la piel llena de heridas lastimosas, los hematomas como huellas obscenas del martirio. Y revivió el olor a excrementos y medicinas, los quedos gemidos de la enferma, su pánico animal, el brutal desquiciamiento que produce el dolor, el desconsuelo de saber que sólo queda más dolor hasta la muerte.

Se recostó contra la pared, empapado en sudor frío, tembloroso. Bajo el brillo polvoriento de la bombilla pelada el aire parecía sólido e irreal, como si estuviera lleno de gelatina. Matías sintió que no podía respirar ese aire tan espeso, sintió que se ahogaba, que se mareaba, que el mundo perdía la verticalidad, que todo flotaba vagamente en el espacio, una realidad a la deriva, los restos de un naufragio. Trastabillando, Matías se arrastró hacia una de las ventanas, la abrió y aspiró con ansiedad. La ventana tenía rejas y se arrepintió de haberlas instalado, porque ahora potenciaban su sensación de asfixia y de opresión. Todo estaba mal. Todo estaba muy mal.

La casa de Matías se encontraba al final de una modesta urbanización. Se trataba de un enclave aislado y a desmano que había ido creciendo caóticamente, de modo que la calle no era más que un desmonte sin asfalto ni aceras, con un muro mugriento que separaba la colonia de las tierras pertenecientes al municipio vecino. La única farola de la zona repartía una luz desalentada y deprimente. Cinco años después una recalificación fraudulenta de terrenos propiciará el derribo del muro y la construcción de un enorme centro comercial y un barrio entero de bloques de semilujo, pero a la sazón aquello parecía el fin del mundo. Aferrado a los barrotes de la ventana y boqueando como un barbo fuera del agua, Matías contempló el áspero paisaje suburbial y el muro cubierto de pintadas. En el borde mismo del radio de luz de la farola, una inscripción parecía relucir más que las otras, como si estuviera hecha con pintura fluorescente. Achinó los ojos, intentando vencer la distancia y las sombras. Maaaa... leyó. Ma... tí... as. Una mano de fuego le estrujó el estómago. Matías. Ponía su nombre. Esa pintada luminosa llevaba su nombre. Era como si quisiera ser vista por él. Como si le llamara. Aguantó el aliento y se esforzó en seguir descifrando el mensaje: És-ta-es-tu-mi-sión... Ésta es tu misión. Eso le decía. Él tenía una misión. Pero ¿cuál era?

Entonces apareció una sombra. Un tipo joven, delgado, de estatura mediana. Moreno, añadió Matías cuando el hombre penetró en la burbuja de luz de la farola. Llevaba una pequeña mochila a la espalda y caminaba pegado a la pared sin hacer ruido. Pasos de gato en zapatillas deportivas. De repente el taxista recordó, con un fogonazo de memoria, la descripción que habían dado en televisión sobre la posible apariencia del *asesino de la felicidad*, según los datos facilitados por un supuesto testigo: joven, delgado, moreno, de estatura mediana, con mochila y deportivas. Más exacto, imposible. Matías sintió que su espalda se enderezaba, que los músculos de su cuello se tensaban, que se ponía en alerta. Además, había algo en ese hombre, no sabía bien qué, que resultaba sospechoso. Caminaba como alguien que huye o como alguien que acecha, con sigilo de ladrón, mirando cautelosamente hacia todas partes. El intruso estaba a punto de salir del halo luminoso cuando se detuvo y volvió a echar una ojeada alrededor, como para verificar que no le seguían; y, justo en ese momento, Matías lo vio todo. Vio la enorme flecha pintada en el muro, una flecha con el asta enroscada como un muelle que señalaba de manera inequívoca al joven moreno. Vio destellar el mensaje con su nombre en la penumbra: Matías, ésta es tu misión. Y pensó: ¿qué hace este tipo por aquí a estas horas? ¿Y por qué estaba yo justamente asomado a la ventana cuando él apareció? Pensó: ¿y si es el *asesino de la felicidad*? ¿Y si lleva en su mochila los útiles de su siniestra tarea, la tarta, los globos, la jeringa fatal? ¿Con agujas hipodérmicas que matan y torturan, que rompen venas y vidas? Una especie de luz roja le cegó, una luz turbia e iracunda que le salía de dentro. Corrió hacia la puerta, salió de la casa y en cuatro zancadas se abalanzó sobre el hombre de la mochila y le agarró del cuello. El tipo chilló e intentó soltarse, pero, a pesar de lo mucho que había adelgazado, el taxista seguía siendo un hombre muy corpulento, más alto y más fuerte que el muchacho. Porque era un chico muy joven, eso veía ahora Matías mientras le apretaba el gaznate con sus manazas. Un chico que gemía y farfullaba algo en una lengua extraña. Y que luego empezó a repetir porfavor-porfavor con acento extranjero mientras se le doblaban las piernas y caía de hinojos sobre el suelo. El derrumbe del muchacho obligó a Matías a inclinarse hacia delante para seguir manteniendo su presa; casi se dio de bruces con el muro, y eso le hizo mirar la pintada. Que vibró y se descompuso bajo sus ojos. Un momento. Por Dios, un momento. No ponía *Ésta es tu misión*. Ponía *Estévez dimisión*. Parpadeó, aturdido. Sí, no cabía duda. Decía *Estévez dimisión*, y, un poco más abajo, *Alcalde chorizo*. Soltó al chico, que se quedó arrugado como un trapo en el suelo, musitando su chirriante letanía de porfavores. Sin embargo, arriba sí estaba escrito *Matías*, eso era verdad. Y también era cierto que había un gran muelle acabado en punta que señalaba al muchacho.

—¿Qué haces por aquí? —preguntó Matías con voz ronca.

—Vivo ahí... Vivo ahí —tartamudeó el tipo, señalando con un dedo tembloroso la casa vecina a la de Matías.

—¿Qué llevas en la mochila?

El chico le miró con cara de no entender, aturdido por el pánico.

—Ahí. Dame eso. ¿Qué llevas? —repitió él, agarrando la bolsa.

La abrió de un manotazo y sacó lo que había dentro. Una alfombrilla enrollada y atada con un bramante, un par de libros impresos con signos raros, un pedazo de queso envuelto en una lámina de plástico transparente, un gorro de lana, una barra de pan, un monedero, un móvil barato, un bonobús. Por alguna razón, la visión del bonobús le pareció la prueba más irrefutable de su equivocación y su brutalidad. Matías sintió un vahído. Se pasó la mano por la cara: qué había hecho. Por Dios, qué había hecho. Estaba perdiendo la cabeza. Él, que siempre había sido un hombre pacífico, un grandullón amable, ahora estaba poseído por unos espasmos de violencia caótica. Advirtió que se le acercaba otro ataque de angustia, una onda de irrealidad que hacía temblar el mundo, y le aterró la idea de estar enloqueciendo. Volvió a meter todo en el saco y se lo tendió torpemente al chico.

—Perdona —musitó, mientras intentaba concentrarse y controlar su miedo.

—¿Qué?

—Perdona. Te confundí con otro. No sé qué me pasó. Perdona.

El joven le miraba desde el suelo abrazado a su mochila como quien se protege tras un saco terrero, incrédulo aún pero con una creciente expresión de cauteloso alivio distendiendo su cara. Pobre chico, qué susto le he dado, pensó Matías. ¿Cómo había podido hacerle algo así?, se asombró. Los ojos se le llenaron de lágrimas. No había llorado ni una sola vez por Rita, pero ahora estaba a punto de hacerlo por ese chico. O tal vez por él mismo.

—Lo siento. Déjame que te ayude. Perdona, de verdad.

Le agarró por los brazos y le puso en pie. El chico temblaba.

—Mira, yo vivo ahí enfrente. Justo a tu lado. Perdona mi... No sé cómo... En fin, ven a casa, si quieres. No tengo nada para tomar, pero te puedo dar un vaso de agua, para calmar los nervios...

—No, no... Ya me voy...

—Es que, ¿sabes? Pensé que podías ser el *asesino de la felicidad*... ¿Sabes lo que te digo? El asesino ese de los viejos. Ya sé que es absurdo. No sé cómo se me ocurrió.

Matías hablaba y hablaba para intentar mantener la angustia dominada. Quería que el chico le perdonara. Que no le temiera. Quería regresar a la normalidad.

—Vale, no importa —murmuró el otro, deseoso de irse.

Claro que la normalidad se había acabado. Nada podía volver a ser normal faltando Rita. Matías resopló, porque la zozobra le endurecía el pecho, y se obligó a centrar su atención en el joven. Así que este chaval era su vecino. Miró hacia la cercana parcela; siempre les había llamado la atención, porque nunca había nadie y porque era una casucha de construcción miserable y destartalada, casi una chabola. Pobre chico. Sin duda un emigrante y sin dinero. Advirtió exasperado que volvían a aflorarle las lágrimas.

—Bueno. Lo siento. De verdad, normalmente no soy así.

Y, nada más decirlo, se dio cuenta de que en realidad ya no sabía cómo era.

—Está bueno. No pasa nada —repitió el muchacho, más calmado pero escudriñando con desconfianza sus ojos llorosos.

—¿De dónde eres?

El chico titubeó un instante:

—De Marruecos.

—Ah, bien, de Marruecos... —repitió Matías de manera mecánica.

El joven levantó la cabeza con un gesto casi imperceptible de rencoroso orgullo.

—Allí no pasan estas cosas.

—¿Qué cosas? —dijo Matías, temiendo y creyendo que se refería al asalto que acababa de perpetrar contra él.

—Allí no matan ancianos los asesinos. Y no viven solos, los ancianos. Los ancianos muy importantes en mi país. Y la familia. Pero aquí... Creéis que todo sabéis y sabéis nada.

Rita sí sabía, pensó Matías. Rita sí sabía pero se fue, y desde entonces sólo quedaba este caos, esta furia, esta noche perpetua, la tristeza de vivir bajo el eclipse.

Daniel llevaba dos semanas sin poner un solo ladrillo electrónico en el maldito pozo, dos semanas sin jugar ni una sola vez a ninguno de sus juegos de ordenador. Un récord de abstinencia ludopática del que nunca se hubiera creído capaz. Claro que, en esas dos semanas, había descubierto Second Life, el más famoso mundo virtual de internet, y se había quedado fascinado y enganchado: ahora se pasaba las horas allí dentro. De manera que en realidad había cambiado una adicción por otra. Ahora bien, Second Life, y ahí radicaba su atractivo, no era un juego: era una Segunda Vida, como indicaba su nombre. Un universo paralelo y tridimensional con infinidad de regiones diferentes, con casas que podías comprar y amueblar, con tiendas, museos y periódicos, con playas, montañas y castillos, con puticlubs y universidades. Era como la vida real, pero mucho más libre; porque en SL había desde dinosaurios a centauros, porque volabas y te teletransportabas de una región a otra en dos segundos, porque dentro de la pantalla podías convertirte en cualquier cosa, hombre o mujer, vampiro o perro de lanas. Aún más: podías cambiar de avatar, de aspecto, cuantas veces quisieras. Cambiar de vida, cambiar de personalidad, cambiarte a ti mismo. Qué inmenso alivio para alguien que, como él, llevaba arrastrando penosamente su propio y ruinoso yo durante tantos años.

Daniel estaba abducido por esa otra realidad binaria; a decir verdad, últimamente tan sólo se dedicaba a eso. A eso y a las guardias del hospital: hacía muchísimas porque eran la única manera de adecentar un poco su mísero sueldo. Pero, en cuanto salía, se incrustaba en la pantalla del ordenador. Vivía de noche, a medio camino entre las cutres dependencias del San Felipe, el viejo y maltrecho centro hospitalario de la Seguridad Social en el que trabajaba, y los modernísimos, futuristas y rutilantes paisajes de Second Life. Pasaba sin apenas solución de continuidad de las paredes de rajados azulejos blancos, las inestables sillas de formica medio desatornilladas de su raíl y los suelos de linóleo leproso del centro médico, a los revolucionarios rascacielos de acero o los jardines aéreos fabulosos del territorio virtual. Y de Antón, el jefe del servicio, un pollino barrigón y miserable, a los espléndidos avatares de SL, suculentas muchachas de cabellos plateados, hembras con pelaje de tigresas o incluso dragones con aliento de fuego, un chorro de chispas impresionante y sin duda preferible al pestazo a cloaca del aliento de Antón. Parecía mentira que pudiera haber mundos tan diferentes en el mismo mundo.

SL no era un juego, pero al poco de entrar en esa realidad alternativa Daniel se dio cuenta de que, allí dentro, él se había permitido jugar a sentir. Casi se le había olvidado cómo era eso de tener sentimientos, porque llevaba demasiado tiempo anestesiado. Un día advirtió que se había quedado sin emociones; se le habían ido cayendo a lo largo de la vida de manera imperceptible pero continuada, exactamente igual que los pelos habían ido desertando de su cabeza por medio de una fuga capilar cobarde y sigilosa. También esa pérdida la descubrió de golpe cuando, al mirarse por casualidad en un espejo del probador de unos grandes almacenes, vio con horror que tenía un redondel tan despeluchado en la coronilla que se le transparentaba el mondo cuero del cráneo. Pues bien, con las emociones le había ocurrido lo mismo. Un día se había mirado por puro azar en el espejo de su intimidad y se había dado cuenta de que, allí donde antes hubo nervios y deseos punzantes y esperanzas, ahora sólo había una especie de sopor. Una plúmbea calvicie sentimental.

A decir verdad, no entendía muy bien lo que le había pasado. Su vida no había sido ni especialmente mala ni especialmente dura, y no había nada que pudiera justificar el creciente desaliento de las cosas. ¿Adónde se había ido la alegría del mundo? Tal vez Daniel no hubiera sido un tipo muy batallador y tampoco muy apasionado, pero de joven se recordaba con ilusiones, como todos. Recordaba el orgullo que sintió al acabar la carrera de Medicina cumpliendo así el sueño de su progenitor, que era auxiliar de clínica; y no sólo el orgullo, sino también, y sobre todo, el inmenso alivio, porque pensó que, al obtener su título, se había librado de ser como su padre. Asimismo rememoraba de manera brumosa, como quien sueña, el temblor de sus manos y de su estómago mientras bailaba con su primera novia en una discoteca; la borrachera erótica de tenerla apretada contra él, el romanticismo lacrimoso de la música lenta y de creerse amado.

Sin embargo, luego todas esas luces se apagaron, como las de un árbol de Navidad en la basura de enero. Luego el trabajo se fue convirtiendo en una rutina embrutecedora, primero porque necesitó endurecerse frente al dolor de los enfermos, pero también porque los turnos eran agotadores, los medios ínfimos y el salario escaso, porque abundaba la adulación al jefe y el escaqueo. Al principio, Daniel, que era internista, había entrado en Urgencias creyendo que el servicio sería un buen trampolín para ascender a planta. En aquella época creía en la sanidad pública, o eso le parecía recordar, aunque ahora le fuera difícil imaginarse a sí mismo entusiasmado por algo. Pero después fueron pasando los años, y legiones de médicos más jóvenes e inexpertos fueron subiendo a los diversos servicios mientras él seguía en Urgencias, postergado, atrapado, ninguneado, enterrado profesionalmente para la eternidad en ese semisótano maldito. ¿Qué había fallado? Durante cierto tiempo se dijo que los demás eran unos pelotas miserables y que se forjaban la carrera con lisonjas; pero cuando él intentó a su vez dar coba a los jefes, la cosa tampoco funcionó. Y así, cada día más desganado y más apático, Daniel había cumplido ya dos décadas en el servicio de Urgencias del San Felipe, dejándose llevar como un corcho en el agua e invirtiendo el menor esfuerzo posible en su profesión: hacía quince años que no abría un libro de medicina ni estudiaba un nuevo método terapéutico. De todos los excesos que un hombre puede cometer, el más frecuentado por Daniel era el de la desidia.

En eso, y en todo, cada día se parecía más a su padre, muerto años atrás y a quien Daniel siempre consideró un pobre desgraciado. Si él tiraba las horas ante el ordenador, el viejo las dilapidaba haciendo crucigramas de manera obsesiva. Esa pequeña vida de su padre, rutinaria, árida y pasiva, le había producido auténtico horror en su adolescencia, pero ahora se descubría siendo un calco de él. Aún peor: era como si su progenitor hubiera regresado de ultratumba y le estuviera poseyendo, porque esa repentina y vergonzante calva tonsurada era la de él, lo mismo que las tímidas lorzas que habían empezado a cabalgar sobre su cinturón, o esos hombros desganados que ahora se le caían hacia delante. El viejo se estaba encarnando en él y Daniel estaba dando a luz a su padre, tal vez porque ni siquiera había sido capaz de tener un hijo.

Su existencia, en fin, había ido encogiendo como un jersey barato. Los amplios horizontes de su adolescencia se habían ido reduciendo hasta convertirse en una pequeña jaula: un mal trabajo, una mala relación sentimental, una mala vida. Por eso le había gustado tanto Second Life: había sido como abrir una ventana en el muro ciego de una celda. En Second Life era nuevamente joven: para representarse a sí mismo se había hecho un avatar alto y musculoso, de abundante melena y puntiaguda barba pelirroja. Como hablaba bastante mal inglés, frecuentaba sobre todo las regiones hispanoparlantes: una discoteca de españoles, una playa surfera de argentinos, un bar de caribeños. En tan sólo dos semanas había hecho amigos y había coqueteado con varias muchachas espectaculares: él, que en la vida real apenas si tenía un puñado de conocidos, y que llevaba años sin sentir un aleteo en el corazón. Ahora mismo estaba repantigado en un banco de un parque de SL, contemplando los juegos de agua de una fuente, escuchando el suave rumor de los álamos mecidos por la brisa y charlando plácidamente con un avatar que acababa de sentarse al lado, un tipo curioso con cabeza de gato que se llamaba Lup. Caminaba de pie y tenía la altura y los movimientos de un humano, pero su cuerpo también era peludo y lucía agudas zarpas en manos y pies. Daniel, que en SL se llamaba Nilo, le miró con cierta curiosidad, porque no conseguía deducir qué sexo debía de tener el gato en RL, es decir, en Real Life. Y esa indefinición le ponía un poco nervioso.

—¿Puedo preguntarte si eres hombre o mujer en la realidad? —tecleó Daniel.

—Jeje, Nilo, esto es SL. Deja en paz los secretos de RL —contestó el avatar.

—Yo no tengo secretos, Lup.

—Yo sí, y creo que te asustaría conocerlos, jeje.

Esa manía de jejear de los avatares veteranos irritaba bastante a Daniel. De todas maneras se sintió aguijoneado en su curiosidad, e incluso un poco inquieto. Pero era una inquietud interesante.

—¿De verdad no me vas a decir nada, Lup?

—Bueno, te permito otra pregunta. Plantéame una pregunta más y a lo mejor te la contesto.

Daniel pensó un poco. Luego tecleó:

—¿A qué te dedicas en la vida real?

—Mmmmmm... Organizo fiestas de cumpleaños —contestó el gatazo.

Vaya un trabajo raro, pensó Daniel. Pero de pronto, salida de la nada, una idea absurda le cruzó la cabeza como un rayo: ¿y si Lup fuera el *asesino de la felicidad*? ¿Y si, al otro lado de la negrura cibernética, ese tipo peludo y agradable con el que estaba conversando en un soleado parque fuera en realidad un siniestro psicópata? La imagen se encendió dentro de su cabeza como el fotograma de una película: una modesta habitación en penumbra iluminada tan sólo por el resplandor del ordenador, el bulto oscuro e impreciso de un hombre tecleando frente a la pantalla y, un poco más allá, en una esquina de la mesa, el paquete de globos festivos, la tarta de merengue, los viales de insulina, la jeringuilla. Daniel se sintió de golpe en riesgo, como si el ordenador le uniera umbilicalmente con lo maligno, y salió de SL sin despedirse de Lup y tan deprisa que, en su urgencia por mover el ratón, se quemó un dedo con la brasa del cigarrillo que estaba fumando. Dios, ¿es que ni siquiera en el refugio de tu pequeño cuartito y tras la protección de una pantalla podías estar seguro? ¿Es que no había santuario posible en este mundo? Daniel tenía la nuca empapada en sudor frío y el corazón acelerado. Se contempló a sí mismo: él también era un hombre oscuro e impreciso tecleando en una habitación modesta y en penumbra. Sólo le faltaban, para servir de espejo, los útiles del crimen. En realidad, la conciencia de criminal ya la tenía: a menudo soñaba que había matado a alguien, que había cometido un asesinato, y, aunque nunca llegaba a saber cuál era la víctima ni por qué lo había hecho, cuando despertaba seguía conservando la sensación de culpa, de daño permanente, de error fatal e irreversible. Sí, en algún momento del pasado debía de haber hecho algo malo que había estropeado su vida. Algo que le había sacado de su camino, como un tren que se mete por equivocación en una vía muerta.

Daniel se levantó, emergiendo del capullo de humo en que estaba sumido, y se fue a la cocina para prepararse un whisky con hielo. Sacar los cubitos de la cubitera fue un fastidio, porque la nevera era vieja, el congelador funcionaba fatal y la bandeja siempre se convertía en un pequeño e inmanejable iceberg del Antártico. Odiaba tener que extraer los hielos de sus moldes, día sí y día también, para sus frecuentes tragos largos. La vida estaba llena de esas pequeñas cosas desesperantes, la vida era una pura acumulación de momentos de tedio y malestar. Tener que afeitarse cada día, por ejemplo; y recorrer con el coche en hora punta la avenida Buenos Aires, que desembocaba en el hospital: no era más que un kilómetro de calle dividido por tres semáforos, pero a veces llegaba a tardar treinta minutos en el trayecto. Otra menudencia fastidiosa: tener una resaca monumental y que se hubieran acabado las aspirinas. O necesitar apuntar un dato urgente y que el bolígrafo no escribiera. Peor aún: meter la mano en el bolsillo y sacarla toda embadurnada porque la tinta del rotulador se había salido. Y ya que hablábamos de camisas estropeadas, ¿qué decir de cuando la asistenta metía en la lavadora tu jersey preferido y lo convertía en un abriguito para chihuahua? Ir a prepararse el desayuno y que no quedara ni una gota de leche en el cartón por más que lo estrujases. Estar haciendo cola para un cine y que se colara alguien. Estar haciendo cola con el coche para tomar una atestada salida de la M-30 y que se colaran un montón de caraduras. Llegar al aparcamiento del hospital y encontrarlo lleno. Estar a punto de caer dormido tras horas de insomnio y que el camión de la basura se pusiera a regurgitar detritus y a soltar sonoros regüeldos mecánicos bajo tu ventana. O encender al revés el último cigarrillo que te quedaba. Y así sucesivamente, casi a todas horas, todos los días. A cada rato sucedía algo desconsolador, odioso, detestable, algo tal vez pequeño pero con suficiente capacidad para amargarte la vida, como lo de tener que acuchillar el maldito iceberg para extraer los cubitos, dejándote las manos dolorosamente congeladas y corriendo el riesgo de cortarte los dedos. Por no hablar de la maligna tendencia de las cosas a romperse, la nevera que se creía el Polo Sur, las bombillas que se fundían cada dos por tres, la lavadora que avanzaba a saltos hasta la mitad de la cocina soltando agua, el móvil que se apagaba por sí solo, la ADSL que se desconectaba intermitentemente, el portero automático que siempre se estropeaba y que le obligaba a bajar hasta el portal para poder abrir. Visto todo en conjunto, había que reconocer que la vida tenía muy malas intenciones.

Dio dos tragos al whisky y apreció su calorcillo reconfortante. El alcohol era el mejor ansiolítico, siempre lo decía. A través de la ventana de la cocina se veía la estrecha calle lateral, vacía a esas altas horas de la madrugada, y el edificio de enfrente, todo apagado. Como tantas otras noches, Daniel se sintió un vampiro, un ser a contrapelo del ritmo de los humanos, aislado como estaba de los demás por los raros turnos de las guardias y por los largos insomnios que ese dislocado horario le provocaba. Dio otro sorbo al vaso, encendió un cigarrillo y miró hacia abajo: el único farol que alcanzaba a ver iluminaba una fila de contenedores de basura, rutilantes y de todos los colores del reciclado, en perfecta formación de revista. Parecían fichas de un juego de construcción para un niño gigante. Ahora, con la bienaventurada paz que infundía el alcohol en sus venas, encontraba ridículo el súbito susto que había experimentado en Second Life. ¿Cómo podía haber pensado siquiera por un momento que Lup podía ser el asesino psicópata? En fin, era cierto que uno de los atractivos de SL era la ambigüedad, el no saber con quién estabas hablando de verdad... Incluso era hipotéticamente posible que cualquiera de las seductoras y exóticas mujeres cibernéticas con las que había estado coqueteando fuera Marina, su mujer. Soltó una pequeña carcajada ante lo absurdo de la idea, pero luego se quedó pensando que tal vez no fuera tan disparatado. A fin de cuentas, ¿qué sabía él de Marina? Llevaban siglos sin comunicarse y desde su cumpleaños apenas si se habían hablado al cruzarse en la cocina o el baño. Daniel no le había contado a Marina su descubrimiento de Second Life, y Marina no le había contado a él nada de nada. Bueno, sí, le había dicho que estaban reestructurando la tienda de arriba abajo, y cambiando de línea y de proveedores, y preparándose para las ventas de Navidad, y por eso estaba viajando tanto últimamente, y por eso aún no había venido a dormir esa noche. O más bien ese día, porque ya tardaría poco en amanecer. Daniel sintió una especie de sofoco, un pequeño ahogo, sería cosa del whisky, o más bien de ese maldito invierno tan caluroso. Abrió la ventana y aspiró la brisa de la madrugada; al fondo se oía el ruido del tráfico proveniente de las calles principales, un sordo rumor de aguas metálicas. No, se dijo Daniel mientras se servía más whisky, Marina no podía estar en Second Life. Ella odiaba esos entretenimientos de ordenador, los consideraba de niños o de tarados. Y además, ¿para qué necesitaba ella ese mundo virtual? Ella ya tenía de todo en el mundo real. Incluyendo, seguramente, algún amante. Eso sí que era una Segunda Vida, maldita sea.

Había compañeros de Matías que eran muy recelosos. Algunos no trabajaban por las noches, porque pasaban miedo; y muchos rechazaban más de una carrera porque el pasajero les daba mala espina. Unos cuantos habían puesto la incómoda mampara protectora y aun así iban nerviosos; otros tenían un mapa mental de la ciudad lleno de zonas negras, destinos a los que nunca se acercaban. Estos tipos medrosos solían tener razones para serlo: por lo general habían sido asaltados, robados, quizá incluso heridos. La seguridad era un tema obsesivo para los taxistas, un inventario inacabable cada vez que se encontraban o se cruzaban: anoche le pusieron un destornillador en el cuello a Fulano, dicen que en Ventas le han dado una paliza a uno de Radio Taxi, en Moratalaz le han abierto la cabeza a un compañero. Como las putas, pensó Matías. Exactamente igual que las putas. A veces las escuchaba hablar entre ellas cuando las llevaba en algún servicio, o en el Oasis, en donde solían coincidir tomando un café o algo de comer en los descansos. Ellas también se intercambiaban en primer lugar el parte de incidencias, el minucioso recuento de las desgracias más recientes, los avisos de alerta. Estos pequeños hilos de rumores recorrían la noche negra de parte a parte, como aquellas cuerdas cargadas de campanitas que antaño se colocaban en torno a los campamentos cuando se temía la llegada sigilosa del enemigo. Y es que la ciudad, de noche, era un mundo distinto, una guerra latente, una plaza sitiada. Un campamento endeble en territorio salvaje.

Sin embargo a Matías nunca le había sucedido nada violento. Tal vez fuera por su envergadura, por su espalda maciza y sus manos de gorila sobre el volante. O porque tampoco llevaba demasiados años en el taxi. Una noche un chico muy joven y muy estropeado le llevó cerca del cementerio de Fuencarral, cuando la zona estaba todavía en obras y con los bloques de pisos a medio construir. El chico le fue dirigiendo hasta que se dieron de bruces con unas vallas y unas excavaciones que cortaban el paso. Matías se detuvo para meter marcha atrás y dar la vuelta cuando oyó que su pasajero murmuraba algo. ¿Qué?, preguntó. Y de nuevo el bisbiseo ininteligible. Así que apoyó el brazo en el respaldo del copiloto y se giró para mirarle: ¿Qué dices? Y entonces, para su pasmo, el chico abrió la puerta y se arrojó del coche como si le fuera la vida en ello. Eran las doce de la noche, no se veía nada, el suelo estaba lleno de escombros y agujeros y el muchacho no parecía tener mucha estabilidad, de modo que nada más salir tropezó con algo y se rompió la crisma contra una piedra. Matías bajó para ayudarle, pero tuvo que hacer uso de toda su fuerza para conseguir meterlo de nuevo en el coche, porque el muchacho, aunque atontado y con la cara goteando sangre, se defendía como un gato rabioso para impedir que el taxista le cogiera. Fue sólo después, mucho más tarde, tras haber dejado al chico en el hospital, cuando Matías empezó a comprender lo que había sucedido. Estaba limpiando la sangre del taxi cuando encontró en el suelo un pequeño cuchillo de cocina, y entonces, en un instante de iluminación auditiva, descifró lo que su pasajero había querido expresar con su balbuceo irreconocible: «Esto es un atraco, dame todo el dinero». La tranquilidad de Matías y la inocencia con que se volvió a preguntarle qué decía debieron de ser tomadas por un gesto de reto, por la aplastante serenidad de quien se sabe más fuerte y va a hacer que te tragues el maldito cuchillo. De ahí la huida, el miedo, el forcejeo. No denunció al muchacho, y tampoco mencionó este incidente a los otros taxistas. De todos los excesos que un hombre puede cometer, el más frecuentado por Matías era el del silencio.

Tal vez por esta falta de experiencias traumáticas, nunca le amedrentó el destino de la carrera, la oscuridad o el mal aspecto de un cliente. Por ejemplo, ahora mismo circulaba por los desolados desmontes del noroeste de la M-40 con un pasajero de catadura siniestra a sus espaldas. Eran las cuatro de la madrugada y la autopista de circunvalación estaba casi vacía; de cuando en cuando, un coche solitario y veloz le pasaba zumbando como un insecto. En realidad Matías ni siquiera sabía con exactitud adónde iban: el tipo tan sólo le había dicho que cogiera la pista en dirección a la carretera de Burgos. Le echó una ojeada por el retrovisor: un perfil afilado como un hacha, el mentón mezquino, la barba rala y sucia, los ojos enrojecidos y febriles. Era un rostro embrutecido y desagradable. Matías volvió a mirar hacia delante. Al fondo se veía la línea de la ciudad, los novísimos rascacielos a medio encender y el resplandor anaranjado de las luces urbanas, que, pegado al perfil del horizonte, parecía el vaho de la respiración de los edificios. Pero antes de llegar a ese reino de poder y riqueza, a esa ostentación de acero y kilovatios, estaba la mancha oscura de los desmontes suburbiales por los que ahora estaban pasando, campos áridos que siglos atrás debieron de ser de labranza, pero que ahora no eran más que sucios baldíos invadidos por una horda de drogadictos y miserables. Tierras humilladas por las basuras, los delitos y los dolores acumulados allí año tras año.

—¡Aquí, tío, aquí! ¡Para aquí, te digo!

El tipo golpeteó nerviosamente con la mano el hombro de Matías, que dio un respingo de desagrado, encendió las luces de emergencia, detuvo el coche en el arcén y se volvió a mirarle. Pero el pasajero estaba contando el dinero para pagar y no advirtió el enojo del taxista. Se encontraban en mitad de la nada, en una de las rectas de la autopista, rodeados de un telón de noche negra. El hombre salió del taxi, saltó por encima del guardarraíl y echó a andar campo a través. Caminaba con la cabeza encogida entre los hombros, con pasos apretados y ligeros, mirando hacia el suelo. Como las hienas de los documentales de animales, pensó Matías. Un depredador en estado de alerta. Al fondo, por el desmonte abajo, se adivinaba entre las sombras un mar ondulado de chabolas. Allí es adonde va, pensó el taxista. Y tenía razón: el tipo se dirigía al chamizo de lata en donde ocho meses después, una noche achicharrante de verano, matará a bastonazos a su mujer, desquiciado por la droga y el frenético chirrido de las cigarras. Pero todo eso aún no había ocurrido y Matías casi sintió pena por él, casi se compadeció de la extrema soledad de la alimaña.

El taxista siguió al hombre con la mirada hasta que su silueta desapareció en la oscuridad y luego frunció el ceño con desasosiego. No lejos de este asentamiento de chabolas había otro lugar aún más terrible. Era el Poblado, la barriada más peligrosa de Madrid; estaba rodeada por una franja de hogueras y de carcasas de coches calcinados que formaba una especie de cinturón de exclusión, una muralla defensiva que nadie se atrevía a cruzar. De modo que hasta el infierno tenía sus arrabales; siempre se podía encontrar un lugar un poco peor, de la misma manera que siempre se podía sentir un dolor un poco mayor. Menos ahora. Ahora, pensó Matías con un estremecimiento, él había llegado al corazón del dolor, al centro mismo de la pena. No se podía sufrir más, y por eso mismo el mundo se había vaciado de sentido y parecía a punto de romperse en mil pedazos, como una fina costra de hielo sobre un lago oscuro. Matías se aferró al volante para no caer en la inmensa sima de esas aguas negras. Necesitaba encontrar una explicación para lo inexplicable, una justificación para la muerte de Rita. Necesitaba un mensaje o un castigo. Algo que pusiera las cosas en su lugar.

Estaba temblando, pero no podía seguir parado en el arcén de la autopista mucho más tiempo, ni siquiera a esas horas de la madrugada y sin apenas tráfico. Arrancó despacio y condujo con embotado esfuerzo, sin tener una conciencia clara de hacia dónde iba. Sin pararse a pensarlo, dio la vuelta en el cambio de sentido y luego abandonó la M-40 por una pequeña carretera que serpenteaba entre los campos secos. Enseguida empezó a ver las primeras hogueras que señalaban la proximidad del Poblado, y figuras fantasmales recortadas en negro sobre las llamas. Estiró la mano para echar los seguros de las puertas, pero en el último instante decidió no hacerlo: si tenía que pasarle algo que pasara, ése sería su destino, ésa la respuesta. Circuló lentamente a lo largo de la franja fronteriza del territorio bárbaro y llegó al paso subterráneo bajo las vías del ferrocarril, un estrecho túnel inconcebiblemente sucio entre cuyos detritus de latas aplastadas, cadáveres de ratas e indiscernibles harapos se podían encontrar numerosos documentos personales, carnés de piscinas municipales o de videoclubs, monederos abiertos y bolsos de mujer despanzurrados, un alud de restos desechados por una legión de ladrones. Y ahí, justo a la salida del túnel, leyó una pintada en la pared que le decía: «La venganza te hará libre». Al fondo volvía a verse la línea reluciente de la ciudad, con su sueño de lujosos rascacielos y su amenazante pesadilla de mugre y de miseria.

El Oasis tenía una barra larga en forma de ele y media docena de mesas de formica con sillas de plástico color verde manzana. Estaba abierto las veinticuatro horas, pero cuando el negocio marchaba de verdad era por la noche. Se encontraba cerca de la carretera de La Coruña, a un tiro de piedra de una gran gasolinera y, sobre todo, al lado del Cachito, que era uno de los puticlubs más conocidos de los alrededores de Madrid, un edificio exento de tres plantas bañado por la pegajosa luz de un montón de neones rosados. El Cachito brillaba como un chicle galáctico en mitad de la nada, pero su reputación era bastante oscura. De hecho, los asiduos al Oasis solían llamarlo el Cachete con notorio eufemismo, porque a veces las chicas aparecían deslomadas y doloridas como consecuencia de los correctivos de Draco, el dueño del lugar (que no les pegaba en la cara para no estropear la mercancía), y también, se rumoreaba algo morbosamente, a causa de los juegos sexuales que las obligaban a aceptar, porque parte del negocio del burdel estaba dedicado al sadomasoquismo.

Salvo algunas meretrices especiales que ostentaban ciertos privilegios, la mayoría de las pupilas vivían en el puticlub. En teoría Draco prohibía que sus chicas salieran del edificio salvo para hacer algún servicio previamente concertado, pero en la práctica permitía que se tomaran un par de descansos cada noche y se acercaran al Oasis. A sus esmirriados y crueles treinta y tres años, y tras haber sido líder de bandas criminales desde los catorce, Draco había aprendido que tolerar pequeñas infracciones de sus propias normas fomentaba en sus víctimas un provechoso y agradecido síndrome de Estocolmo, y que además siempre se podía utilizar la trasgresión para castigar a las chicas cuando a él le viniera en gana. Draco era un malvado inteligente. No hubiera llegado vivo a la edad que tenía de no ser así. Y también era un malvado con ambiciones: quería convertir el Cachito en el puticlub más moderno de Europa, un auténtico emporio del sexo a la carta. A veces, pensando en todo lo que ya había conseguido pese a haber partido desde lo más bajo, Draco se emocionaba con la magnitud de sus proyectos y con su propia audacia empresarial.

El grueso de los parroquianos nocturnos del Oasis eran putas y taxistas. Éstos se arrimaban al bar al reclamo de su horario corrido, de la plancha de cocina, que nunca se apagaba, y del buen ambiente que el lugar tenía. Porque era un local tranquilo, uno de esos sitios modestos a los que las rameras van para tomarse un descanso y para protegerse del mundo y de la calle; un verdadero oasis en donde nadie se metía con ellas, y en donde los taxistas podían compartir un café con los compañeros y olvidar por un momento los miedos de la noche. Era un bar de ambiente familiar, aunque se tratara de una familia un poco triste de desarraigados y noctámbulos. Pero qué familia no exuda unas cuantas gotas de tristeza, cuando se mira de cerca.

Desde la muerte de Rita, Matías había tomado la costumbre de pasarse todas las noches por el Oasis, aprovechando algún servicio que le cayera cerca. En el bar consumía su única comida caliente del día y se proveía de sobras para Perra y Chucho. Hoy había llegado pronto; apenas hacía un par de horas que se había levantado y no tenía hambre, pero se estaba forzando a comer el plato de callos con garbanzos que le había servido Luzbella, la camarera colombiana, porque no sabía si podría regresar. Estaba sentado en su lugar de siempre, en un taburete y en la parte más corta de la barra, cerca de la pared. En la parte más larga de la ele estaban de pie cuatro compañeros del taxi charlando con gran animación. Matías los conocía superficialmente y ellos también le conocían a él; por eso, porque sabían de su carácter reservado, se habían limitado a saludarle con un movimiento de cabeza. La parte corta del mostrador parecía ser el sector de los solitarios y los ensimismados, porque era donde se solían instalar aquellos parroquianos que no querían que se les molestara. A la izquierda de Matías estaba una puta negra muy joven a la que recordaba haber visto alguna vez porque su belleza era inolvidable. Y no se trataba de que Matías la deseara como mujer, eso en absoluto, porque después de Rita aquello para él se había acabado. Pero la chica parecía llevar una luz dentro, era una criatura resplandeciente, un ser precioso y frágil que uno sentía inmediatamente el ansia de proteger. Maldita sea, si tenía edad para ser su hija, la hija que Rita y él no pudieron tener. Recordó que esa cosa suave y exquisita trabajaba en el Cachito y sintió tal desolación que tuvo que volver la cara y ponerse a mirar hacia el otro lado.

En ese otro lado, apoyada en el muro, estaba Cerebro, la parroquiana más habitual del Oasis. Siempre se instalaba en la misma banqueta y era tan consustancial al lugar como el grifo niquelado de la cerveza. Cerebro llegaba al comenzar la noche y se marchaba al amanecer, y en el entretanto se dedicaba a beber pausadamente vino tinto. Parecía que siempre estaba con el mismo vaso, pero en realidad Luzbella se lo rellenaba con discreción de cuando en cuando. Así, libando parsimoniosa y tenaz de su copa, la mujer debía de acabar metiéndose entre pecho y espalda una cantidad de alcohol considerable; sin embargo, nunca montaba ningún escándalo ni daba señales de estar embriagada. Tan sólo se iba poniendo un poco más rígida a medida que transcurría la noche, y cuando se marchaba al amanecer caminaba tan tiesa como un húsar y con una sospechosa lentitud de movimientos, como si estuviera haciendo un esfuerzo titánico por controlarse para que la cogorza no se le notara. Y lo conseguía: no se le notaba. Pero de todas maneras Matías desconfiaba de ella; el taxista, que detestaba a la gente que bebía, estaba seguro de que, aunque lo disimulara, en realidad era una maldita borracha. Cerebro aparentaba unos setenta años y era una mujer delgadísima de aspecto marchito, con la piel grisácea y ojos perpetuamente enrojecidos. Sin embargo, cuidaba su apariencia; iba con ropas que, aunque gastadas, debieron de ser buenas, y las llevaba limpias y planchadas. Las uñas cortadas al ras, el pelo canoso meticulosamente recogido en una trenza a la espalda y dos pendientitos brillando con turbiedad de cristal barato en las orejas. Era una dama tan afilada y pulcra como un instrumento quirúrgico, y sus gestos tenían una arrogancia natural, algo duro y altivo. Nadie se atrevía a hablar con ella y a ella tampoco parecía importarle nadie. Y eso era lo que había llevado a Matías a sentarse junto a Cerebro: la seguridad de no ser importunado. Si al viudo le gustaba venir al Oasis era justamente porque podía estar tranquilo y solo. Matías era el taxista más callado del planeta y desde la muerte de su mujer se había metido dentro de una cáscara de soledad suprema que le rodeaba como una armadura: el vacío de su chalé a medio hacer, la burbuja de ensimismamiento en la que vivía, el aislamiento de su taxi, esa caja rodante dentro de la cual él iba encerrado. Sobre todo desde que, en los días finales de la agonía de Rita, había arrancado de cuajo la emisora que le unía con la central de Radio Taxi: no podía soportar la monótona e insistente voz de la operadora, esa prueba atroz de la indiferencia del mundo. Así, incomunicado y enmudecido, su coche se había convertido más que nunca en una especie de féretro metálico con el que poder compartir la irremediable soledad de los muertos.

De modo que aquella noche, mientras se terminaba el plato, Matías se puso a ver las noticias en el televisor del bar, cosa que le liberaba de tener que mirar a sus vecinos. La televisión como cómplice de la misantropía. Pero los informativos son ventanas al mundo y a veces pueden arrojar sobre ti imágenes dañinas o peligrosas. Eso fue lo que sucedió en aquella ocasión: que lo que Matías vio en la pequeña pantalla acabó por desencadenar furiosos acontecimientos que estuvieron cerca de arruinarle la vida. Y lo que vio fue la cara arrugada y frágil de un anciano.

—¡Coño! —exclamó el taxista, dando un brinco sobre el taburete.

Sí, sí, él conocía ese rostro de roedor envejecido, de conejo desdentado e indefenso.

—¡Coño, sí, es él, es él, es el viejo de la calle Almansa! —dijo en voz alta, excitado, atónito.

Luzbella le miró sorprendida desde el otro lado de la barra y, al observar su interés, subió el sonido del televisor con el mando a distancia.

Se llamaba Felipe Varela. Eso acababa de decir el locutor. Él no sabía su nombre, claro está, pero estaba seguro de haberlo subido al taxi en la calle Almansa la noche antes. Era una cara imposible de confundir gracias a esa mancha amoratada que tenía en la mejilla, una especie de antojo con forma de media luna. Sí, apenas veinticuatro horas atrás lo había llevado a Urgencias al San Felipe. ¡Si incluso había hablado un poco con él, porque el viejo se sentía mal y estaba asustado! Tenía mareos y el taxista le había acompañado hasta la puerta del hospital. No podía creerlo.

—No es posible... Yo llevé a ese hombre anoche a Urgencias y estaba bien... O sea, estaba vivo —balbució incoherente y espantado.

Y ahora estaba muerto. Asesinado. Maldita sea, se lo habían cargado. Ahora el presentador explicaba que lo habían encontrado en su domicilio, ya cadáver, con la sonrisa congelada en la boca. El pobre abuelo se había convertido en la última víctima del *asesino de la felicidad*. Matías no podía creerlo. ¡Y pensar que lo había llevado al San Felipe! Encima eso. De entre todos los hospitales de Madrid, habían ido justo a ese lugar fatídico: al escenario del tormento de Rita. Qué horrible sucesión de coincidencias. Sintió que la fría mano de la oscuridad rozaba su espalda y se estremeció.

—Ayer estaba bien... Ayer estaba bien... —repitió incrédulamente.

—*Vulnerant omnes, ultima necat* —murmuró una voz grave y rasposa junto a él—. Todas hieren. La última mata.

Matías dio tal respingo que casi se cayó del taburete. Se volvió hacia Cerebro, que era quien había hablado, anonadado por la sorpresa. La mujer hundía la mirada en su copa con indiferencia.

—Las horas... —susurró Matías con angustia—: La respuesta es las horas.

Cerebro le lanzó una ojeada de refilón. Su boca fina y marchita se apretó en una pequeña sonrisa sin alegría.

—Vaya. Veo que conoces el acertijo clásico. Pues sí, las horas. Y el final inevitable. A qué viene tanto escándalo por la muerte de un viejo. La vida es así.

El taxista cerró los ojos y se agarró al borde del mostrador, porque el Oasis había empezado a girar en torno a él. «Todas hieren, la última mata.» Eso era lo que decía Rita. Era una de sus frases favoritas. Sobre todo después de que le diagnosticaran el tumor.

—Son demasiadas coincidencias —musitó, mareado y con ganas de vomitar—: Yo llevé a ese hombre ayer y ahora veo que le han asesinado... Y fuimos al San Felipe, que es donde murió mi mujer... y ahora usted acaba de decir lo mismo que decía Rita cuando estaba muy enferma...

Cerebro dio un sorbo a su vino y frunció el ceño.

—¿Cuándo murió tu mujer?

—Hace... hace mes y medio —murmuró Matías con la voz estrangulada, porque las palabras le arañaban la garganta.

—Ya veo. Lo siento —comentó Cerebro.

Y lo dijo sin aspavientos y sin dramatismo pero con una rara autenticidad. Lo dijo como si lo sintiera de verdad. Como si no fuera una frase trillada sino un ofrecimiento solidario: escucha, sé lo que es sufrir y puedo acompañarte durante unos segundos por ese trayecto. Matías gruñó, asustado de su propia debilidad y del chispazo de cercanía que acababa de percibir con Cerebro, y se puso en guardia. Recuerda que es una alcohólica, se dijo. Recuerda que uno no puede fiarse de los borrachos y de sus efusiones sentimentales. Como su madre, cuando le abrazaba y le llenaba las mejillas de besos y de mocos con olor a ginebra barata. Hasta las lágrimas le apestaban a alcohol. Sintió un repentino, exasperado rechazo por su compañera de mostrador. Malditas viejas beodas. Al final todas eran iguales, aunque escondieran tan bien los síntomas de la embriaguez como Cerebro. Pero entonces, cuando el taxista ya había conseguido neutralizar a la mujer, ésta volvió a hablar:

—En cuanto a lo que dices de las coincidencias, habrás de saber que es algo muy común. Algo tan habitual que incluso ha habido científicos que lo han estudiado.

Matías alzó las cejas, interesado a su pesar.

—Ahí está la ley de Kammerer, por ejemplo... Esa ley postula que, cuando se da una coincidencia, siempre se dan muchas más. Por así decirlo, las coincidencias coinciden. Pero tú no sabes quién es Kammerer... —añadió Cerebro.

—No.

—No, claro. Es natural.

Encandilado con la idea de que las coincidencias coincidían, a Matías se le había olvidado su decisión de no fiarse de la mujer. Permaneció en silencio, a la espera de que siguiera hablando. Pero Cerebro hacía girar la copa de vino entre sus dedos y parecía haberse abstraído en sus pensamientos.

—¿Quién es? —preguntó al fin el taxista.

Cerebro frunció el ceño y le dedicó una mirada glacial:

—¿Quién es quién?

—El hombre de la ley esa. El científico del que estaba usted hablando.

—Kammerer... Bah. Es una historia muy larga y no te va a interesar.

—Se equivoca, sí que me interesa.

—Puede, pero a mí no me apetece contarla —repuso la mujer en tono cortante—. No me gusta charlar con desconocidos.

Matías se irritó:

—Yo creo que no soy un desconocido. Nos hemos visto muchas noches aquí.

—Entonces es peor. Porque prefiero no intimar con nadie. Al final la gente siempre es un fastidio —dijo Cerebro de manera tajante.

No quedaba en ella el menor rastro de la empatía con que poco antes había dicho «lo siento». Confundido y humillado, Matías llamó a Luzbella, pagó la consumición y salió del Oasis sin despedirse. Se detuvo en la puerta, inseguro e indeciso. Delante de él, el Cachito parecía flotar en la oscuridad, un cubo enorme de chirriante color rosa. Las piernas le temblaron y se sintió desfallecer. Tenía miedo y no sabía de qué. Del asesinato del pobre viejo, y de la visita al San Felipe, y de Cerebro repitiendo las palabras que decía Rita. Tenía miedo del horror, y del dolor, y de volverse loco. Necesitaba que alguien le ayudara a ordenar el mundo. Inspiró profundamente y volvió a entrar en el Oasis. Se acercó a Cerebro titubeante.

—Mire, no me encuentro bien —murmuró, tragándose el orgullo—: Por favor, cuénteme esa historia de las coincidencias. A lo mejor no es nada y a lo mejor me ayuda. Necesito poder entender. Estoy muy confundido.

La vieja le miró, sorprendida. Y la velada dureza de sus ojos pareció ablandarse un poco.

—¿De verdad quieres entender? ¿De verdad quieres aprender? Está bien. A fin de cuentas, me has dicho la solución del acertijo... Eso no es muy habitual. Pongamos que soy un oráculo y que te has ganado mi respuesta al contestar bien...

Y lo dijo con una pequeña carcajada amarga, como burlándose de la situación y de sí misma. Al reír enseñó brevemente unos dientes estropeados y el hueco negro de un premolar y un colmillo perdidos. Se tapó la boca con la mano en un inesperado gesto de vergüenza; pero enseguida volvió a bajar el brazo, apretó los labios, recuperó su aire orgulloso y altivo.

—Pero no admito ni una sola interrupción. Calla y escucha. Como si estuvieras en clase —ordenó.

Se arrellanó en la banqueta y dio un trago a su copa.

—Paul Kammerer fue un biólogo austriaco que allá por 1920 era uno de los científicos más famosos del planeta. ¿Y quién le conoce hoy? Absolutamente nadie. Ya ves cómo se desvanecen las glorias de este mundo. Kammerer era un evolucionista partidario de las teorías de Lamarck; por consiguiente, sostenía que los seres vivos podían adquirir caracteres físicos a lo largo de su vida para adaptarse al medio y que luego eran capaces de transmitir esos cambios a sus hijos. Mientras que Darwin decía que la evolución es el resultado de la acción de la selección natural a lo largo del tiempo, y que lo que un individuo había aprendido en su existencia no podía transmitirse genéticamente. Con los años Darwin ganó la partida, pero entonces la batalla estaba muy enconada, y Kammerer realizó unos experimentos con un sapito muy simpático, el sapo partero, y consiguió que le salieran unas ventosas que antes no tenía y que se las transmitiera a sus hijos, lo cual parecía probar de manera definitiva que era Lamarck quien estaba en lo cierto. Por eso Kammerer se hizo tan famoso. Lo malo es que luego descubrieron que las ventosas estaban falsificadas con tinta china y que los experimentos habían sido adulterados. Kammerer se pegó un tiro en 1926, dejando una carta en la que decía que era inocente. El pobre tipo no fue capaz de soportar el tormento del escándalo. Hace falta ser muy fuerte para no hacerte trizas cuando toda la sociedad se vuelve contra ti, cuando todas las personas que conoces se convierten en tus verdugos.

Vació la copa de un trago y se quedó callada y pensativa. Matías recordó lo que se decía de Cerebro en el bar: que había sido una científica muy importante y catedrática de algo complicado. De ahí el apodo que le habían puesto, aunque el cerebro de Cerebro debía de llevar ya demasiados años macerado en alcohol. A saber qué le habría pasado en la vida para que se le estropearan las cosas de ese modo. Claro que Matías sabía bien lo fácil que era que el mundo se te desplomara de repente; pensando en esto, el taxista miró a la consumida mujer con vaga empatía. Pero la vieja seguía ensimismada.

—Y lo de las coincidencias... —musitó Matías para darle pie.

Cerebro volvió en sí:

—En efecto, claro, ahora voy a ello. Entre sapo y sapo, Kammerer publicó un libro muy curioso titulado *La ley de la serialidad*, en donde expuso su teoría sobre las coincidencias. Kammerer era un coleccionista de coincidencias, empezó a anotarlas meticulosamente a los veinte años y cuando sacó su libro, casi dos décadas después, incluyó en él cien casos de su colección. La mayoría son aburridísimos: por ejemplo, que su mujer estaba leyendo un libro protagonizado por un personaje llamado Equis y que, yendo en el tranvía, vio a un pasajero que se parecía a un amigo suyo que se llamaba también Equis, y luego, en la tarde de ese mismo día, el tal amigo apareció de modo inesperado y repentino en casa de los Kammerer... Cosas así, tremendamente tediosas y perfectamente inútiles. Pero con sus ejemplos el científico quería señalar que las coincidencias se dan en series, que no son hechos aislados, y que esta percepción forma parte de la sabiduría popular desde el principio de los tiempos. Todos los jugadores saben que hay rachas de buena y de mala suerte, y en todos los idiomas hay refranes que se refieren a ello, como «siempre llueve sobre mojado» o «las desgracias nunca vienen solas».

Había desgracias que no necesitaban venir acompañadas, reflexionó Matías. Desgracias tan enormes que lo ocupaban todo y no dejaban espacio ni para la pena más pequeña... ¿O tal vez sí? Por ejemplo, el hecho de que hubiera llevado en su taxi la noche anterior a ese pobre viejo, ¿era una desgracia? Aún peor: esa coincidencia, ¿anunciaba más desgracias venideras? Y que hubieran ido precisamente al San Felipe, ¿qué significaba? Todas esas casualidades tenían que encerrar algún sentido. Miró expectante a Cerebro, cada vez más subyugado por sus palabras.

—Kammerer sostiene que hay una ley física general que hace que el universo tienda hacia la unidad. Según él existe una fuerza de atracción comparable a la de la gravedad, pero que en vez de atraer masas, atrae hechos, objetos, formas semejantes. Dicho de otro modo: el universo, como establece la segunda ley de la Termodinámica, tiende a la entropía, es decir, al desorden; pero Kammerer asegura que, por otra parte, el universo también tiende hacia el orden y la armonía, hacia esa elegante simetría que se percibe en un cristal de sal o en la estructura de un copo de nieve. Y las coincidencias serían una consecuencia de esa ley, de esa fuerza que iría agrupando en el tiempo y en el espacio hechos u objetos parecidos. En fin, cuando salió el libro fue muy bien recibido. El mismísimo Einstein dijo que la teoría era original y que no tenía nada de absurda. Pero seis o siete años después vino el escándalo del sapo y la muerte de Kammerer, y todo quedó sepultado en el olvido.

—Pero eso es una pena, la gente debería saber que esa ley existe... —dijo Matías sin poderse contener, porque había encontrado sensatísima la explicación de Kammerer.

—No lo entiendes: se trata de una teoría absurda, científicamente insostenible —gruñó Cerebro—: Ningún investigador se la toma en serio y en realidad no es ciencia, es poesía. Porque es una idea hermosa, eso sí. Pensar que existe una pulsión de orden y armonía en el universo es una idea conmovedora y consoladora. En fin, esto es todo lo que te puedo contar. Tú verás si te sirve para algo.

Sí, Cerebro debía de haber sido catedrática de algo, porque, pese a sus iniciales reticencias, se advertía en ella el gusto por enseñar, por explicar. A Matías le daba lo mismo que la teoría de las coincidencias no hubiera sido aceptada por la ciencia. ¿Cuántas veces se habían equivocado los famosos científicos a lo largo de la historia? Matías era un hombre autodidacta pero razonablemente culto. Le gustaba leer y aprender cosas nuevas. De hecho, tal vez su amor por la lectura, junto con su odio por el fútbol, hubieran contribuido a su aislamiento dentro del gremio de los taxistas. El caso es que Matías sabía de la relatividad de los conocimientos científicos a lo largo de la historia, y de cómo los pioneros habían sido a menudo ninguneados.

—¿Sabes qué? —añadió Cerebro de repente, como si hubiera estado escuchando sus pensamientos—: Lo más terrible es que ahora algunos biólogos que han estudiado los experimentos de Kammerer, como el célebre Stephen Jay Gould, han llegado a la conclusión de que es muy probable que el sapo partero desarrollara de verdad esas ventosas... Hay una explicación darwiniana del asunto que es demasiado larga para contártela, pero que demuestra esa posibilidad. Lo que pasa es que luego llegó la guerra, los sapos se murieron y Kammerer quizá tuviera dificultades para reproducir el experimento. Puede que entonces él mismo o algún otro cometiera el fraude de la tinta china, lo cual desde luego es injustificable. Pero la cuestión es que el pobre tipo debía de tener razón.

Era lo único que le faltaba por escuchar a Matías. Si al final se había demostrado que Kammerer había atinado con los sapos, ¿cómo no pensar que algún día ocurriría lo mismo con la ley de la serialidad? De pronto tuvo la certeza de que ahí se escondía una gran verdad. Claro que sí: las coincidencias tenían que tener un porqué. Haber encontrado al anciano el día anterior a su asesinato, y haberle llevado precisamente al San Felipe, debía ocultar a la fuerza algún significado. Era un mensaje que el destino le estaba enviando. ¡Y aún se podían añadir más coincidencias! Como el hecho de haber venido al Oasis antes de lo habitual, y por consiguiente haber podido ver el telediario con la noticia del asesinato. ¡Y que Cerebro formulara el acertijo de las horas y luego le contara la historia de Kammerer! Piensa, Matías, se dijo con angustia, piensa un poco, todo esto tiene que servir para algo, tienes que hacer algo con todo esto. Tienes que entender cuál es el mensaje. Después de las semanas de caos y de estupor que había vivido tras la muerte de Rita, después de tantas horas rotas y perdidas, tal vez el mundo pudiera recuperar algún sentido.

Antes de ser taxista, Matías había trabajado para una de las principales compañías de mudanzas. Y antes había sido peón de albañil. Y aún antes había estado en un correccional por robar radios de coches. Por entonces tenía quince años, se pasaba el día fumando porros y era como una pluma que, posada en el borde de un abismo, puede precipitarse hacia el vacío con el menor soplo. Pero, cuando salió del reformatorio, Rita decidió salvarle de sí mismo. Rita la vecina ya le había ayudado con anterioridad, ya había estado ahí eventualmente para secar sus lágrimas de niño o para prepararle una tortilla cuando su madre estaba borracha y no quedaba nada de comer en casa; pero fue al abandonar el correccional cuando Rita tomó de verdad las riendas de la situación, cuando le buscó el trabajo de albañil y le obligó a seguir estudiando por las noches. Y además le llevó al cine, le hizo escuchar música clásica y le descubrió que leer podía ser algo apasionante. Por último, esa misma Rita de carne suave y blanca le acogió en su corazón y en su cálido vientre. Cuando hicieron el amor por primera vez, él tenía diecisiete años y Rita acababa de cumplir treinta. Para entonces él ya había probado a otras mujeres, pero con ella todo fue distinto. Cuando entró en el jugoso refugio, en el nido espléndido que Rita guardaba entre sus piernas, Matías sintió que regresaba a casa.

Poco después de haber empezado a vivir juntos abandonaron Valladolid y se trasladaron a Madrid. Huían de los insultos groseros y etílicos de la madre de Matías, de la maledicencia de los vecinos, de la curiosidad morbosa. Fue un cambio de vida radical, un corte tajante; de hecho, Matías nunca volvió a ver a su madre: ni siquiera sabía si estaba viva y no tenía ningún deseo de saberlo. Tanto les marcó el escándalo de los comienzos de su relación que, durante el resto de su vida en común, incluso cuando la diferencia de edad apenas era distinguible, vivieron más bien aislados de los demás. Eran ese tipo de personas a las que todo el mundo parece apreciar, pero que en realidad no comparten su intimidad con nadie. Se tenían el uno al otro y se bastaban, y, cuando ella enfermó, Matías cayó en una vorágine de misantropía. Desalentó con secos monosílabos las llamadas de interés de los conocidos hasta conseguir que se rindieran, no avisó a nadie del rápido deterioro de Rita y acabó tirando el teléfono móvil a una papelera del San Felipe. Reclamó la muerte de su mujer toda para él, de la misma manera que antes había gozado de su vida.

Rita era maestra y amaba su trabajo, pero después de emparejarse con Matías abandonó la docencia para siempre: sin duda temió ser mucho más vulnerable a los rumores venenosos si seguía manteniendo la profesión. Era una mujer que tenía un don para la pedagogía: enseñaba con facilidad y con modestia. Le gustaba compartir lo que sabía y al taxista le gustaba aprender. De modo que Matías se convirtió en su único alumno.

Cuando llegaron a Madrid, Rita trabajó como secretaria en una empresa de informática y luego en la gestoría; él entró en la compañía de mudanzas de mozo de cuerda y fue ascendiendo hasta ser responsable de equipo. Su envergadura y su fuerza le ayudaron a trasladar los muebles más pesados, pero además sabía manejar y embalar mejor que nadie los objetos frágiles, porque el cuerpo de Rita le había enseñado a tocar con sabiduría y delicadeza. Pasados los años Matías tuvo que dejar el oficio por problemas de espalda y lo hizo con cierta pena, porque, pese a su dureza, le gustaba. Disfrutaba con la aniquilante explosión de energía que era cada mudanza, con el reto de velocidad casi circense que se imponían los equipos para acabar cuanto antes, con la sensación de ser una especie de cirujano de vidas ajenas que va imponiendo violentamente el orden en las casas. Porque al hacer una mudanza salía todo, se abrían cajones que llevaban años sin abrirse y se vaciaban armarios cuyos fondos hacía medio siglo que nadie tocaba. Era como rajar un vientre con bisturí y empezar a sacar el enredo de entrañas, los infinitos detritus que los humanos vamos acumulando en nuestro enfermizo afán de acaparar. Matías había llenado así, a lo largo de su vida profesional, cajas y cajas de porquerías mugrientas, de cochambres inútiles bien embaladas y rotuladas que ocupaban lugar en el camión y que, él lo sabía, serían arrojadas a la basura en cuanto llegaran a la nueva casa. Así se restauraba un mínimo de orden, así se combatía el caos que proliferaba en los rincones oscuros. Por lo menos hasta que los objetos inútiles volvieran a crecer desordenadamente en el nuevo domicilio como champiñones en la sombra. Ahora que lo pensaba, con su trabajo en la empresa de transportes él también había contribuido a esa armonía universal de la que hablaba Kammerer.

Daniel estaba tumbado, desnudo y boca abajo, en un potro de madera. Recios grilletes de hierro ataban sus muñecas y sus tobillos al aparato. De pie junto a él, la mujer levantó el látigo de siete colas rematadas en bolas de metal y descargó un formidable golpe sobre sus espaldas. El médico se retorció de dolor al recibir el trallazo. Aunque, para ser exactos, quien se retorció fue Nilo, su musculoso y pelirrojo avatar en Second Life. Daniel contempló la escena en la pantalla del ordenador, sintiendo una vaga excitación sexual y al mismo tiempo considerable frustración, porque los dibujos tridimensionales de SL no eran a fin de cuentas más que dibujos, y porque los movimientos de los avatares eran repetitivos y mecánicos: la mujer azotando siempre de la misma manera, Nilo estremeciéndose siempre del mismo modo y manteniendo su piel virtual tersa e indemne. Qué perversión tan pánfila, pensó. La situación le pareció grotesca: nada resultaba tan patético como un vicio inocente. Era la primera vez en su vida que el médico se acercaba al mundo del sadomasoquismo y se sintió decepcionado.

—La verdad es que no le veo la gracia a esto, es bastante aburrido, vamos a dejarlo —tecleó en el ordenador.

Lup se detuvo inmediatamente.

—¿Te sientes incómodo? —preguntó.

—No, me siento ridículo. Es un aburrimiento y una bobada —contestó Daniel, soltándose los grilletes y poniéndose en pie.

—Lo siento. ¿No quieres probar otro aparato?

Estaban en la cripta de un castillo de piedra tópicamente lóbrego. A lo largo de varias salas iluminadas por grandes hachones humeantes se sucedían decenas de instrumentos de tortura, cada uno con su pequeño programa informático integrado para que, al usarlos, los avatares ejecutaran los movimientos adecuados al castigo, como los latigazos o los retorcimientos de dolor. Para bajar a la cripta habían tenido que sacar entradas en la taquilla situada en el piso superior, porque el lugar era una discoteca y un centro de esparcimiento para sadomasoquistas o, mejor dicho, para los aficionados al BDSM, que era como ahora llamaban los yanquis al sadomasoquismo, según le había explicado Lup: por lo visto les sonaba mejor. Cosas de lo políticamente correcto. Daniel había descubierto, para su sorpresa, que en Second Life había mucho sexo (mucho *Slove and Slex*, como decían los residentes de SL), y sobre todo sexo raro, mucho sadomasoquismo, mucho juego de esclavas y amos, o de amas y esclavos. Daniel no venía buscando semejante cosa cuando entró en SL, pero su vida sexual era tan calamitosa, tan inexistente últimamente, que cuando alguna de sus amigas se le insinuaba en el mundo virtual, en el mundo real se le alborotaba la entrepierna.

—No, gracias. No quiero probar ningún otro aparato. Mejor nos sentamos en alguno de los divanes frente a la lumbre y charlamos un rato. Pero espera un momento a que me vista, por favor —escribió.

Lup aguardó pacientemente con los brazos cruzados sobre su opulento pecho. Su amigo Lup ya no tenía cabeza de gato y tampoco era su amigo, sino su amiga, porque después de todo había resultado que Lup era mujer. O eso decía, y Daniel la creía. Ahora el avatar de Lup era una real hembra alta y atlética, con el pelo de color azabache recogido en una larga cola de caballo a la espalda. Llevaba un traje de encaje negro transparente muy pegado al cuerpo, vertiginosos zapatos de tacón de aguja, guantes negros por encima del codo y gruesas pulseras de metal erizadas de clavos sobre los guantes. Tremenda y muy atractiva. Daniel volvió a sentir un tenue cosquilleo en la zona sensible. Ahora sabía que Lup no podía ser de ninguna de las maneras el *asesino* o la *asesina de la felicidad*, porque vivía en Canadá, en los alrededores de Vancouver, a miles de kilómetros de distancia y en otro huso horario: la noche de él era el día de ella. De hecho, Daniel se estaba llevando el portátil a las guardias para poder coincidir con Lup en SL.

—¿Tal vez te has sentido agredido con lo de los azotes, Nilo? —preguntó Lup con cortés solicitud: Daniel había descubierto que los pervertidos de SL eran educadísimos.

—¡No, no! Al contrario. Quiero decir que me pareció algo muy tonto —contestó tras repantigarse en un diván rojo con borlas de oro.

Daniel era una de esas personas que, cuando ignoran algo, tienden a mostrarse despectivos y superiores, como si ellos estuvieran de vuelta y nadie les pudiera enseñar nada. Por eso ahora había empezado a pensar que los individuos que hacían BDSM en Second Life eran en realidad unos panolis, unos miedicas que no se atrevían a practicarlo de verdad. Estaba deseoso de comprobar su teoría y decidió interrogar a Lup:

—¿Puedo hacerte una pregunta personal? ¿Has hecho alguna vez sadomasoquismo en la vida real?

—¡Claro! Así fue como conocí a mi marido, hace veinte años. Era maravilloso haciendo BDSM... Pero luego se fue convirtiendo en otra persona, y ahora no tenemos mucho trato, como sabes.

Sí, lo sabía. Lup y él se habían hecho algunas confidencias esos últimos días. Sabía que la mujer tenía cuarenta y ocho años, que había nacido en Barcelona, que no tenía hijos, que se llevaba mal con su marido canadiense, que era la encargada de una pequeña empresa que organizaba festejos, que se tenía que levantar a las cinco y media de la mañana para ir a trabajar, que todo su tiempo libre, fines de semana incluidos, lo pasaba metida en SL. Eso era todo lo que sabía de ella, pero era bastante. Y ahora había que añadir ese dato tan revelador de su vida sexual. Caramba, o sea que era una sadomasoquista de verdad... Daniel sintió un pequeño repelús, una pizca de desagrado paradójicamente entremezclada con cierta admiración. Con la fascinación de lo salvaje. De manera que la relación con su marido había empeorado porque el hombre ya no la pegaba en la cama. O porque no se dejaba pegar. Qué rara era la vida.

—Doctor Ortiz, lo siento pero...

La enfermera abrió la puerta de sopetón, sobresaltándole. Intentó esconder el cigarrillo prohibido que se estaba fumando y apagó a toda prisa el ordenador.

—Sí, sí, ya voy.

Como la noche estaba tranquila, había dicho a los residentes que se iba a echar una cabezada al cuartito de descanso. Pero nunca le permitían relajarse mucho rato. Salió cabreado y se fue a los boxes.

—¿Qué pasa?

—Es que yo creo que esto es claramente una agresión, y le estoy diciendo que tenemos que dar parte a la policía, pero ella no quiere... —dijo un R1 muy joven y muy nervioso.

Y se retiró a un lado, dejando ver el espléndido y fulminante espectáculo de la mujer más bella que Daniel había contemplado en toda su vida, una negra esbelta de piel luminosa y largo cuello flexible. Tenía tal elegancia natural que la camilla en la que estaba sentada se convirtió en un trono. La muchacha miró a Daniel con expresión tranquila.

—Ha sido un accidente, doctor. Y no sería bueno que lo denunciara a la policía.

Tenía la voz inesperadamente grave, resonante como un bronce, y hablaba un español muy bueno adornado con el leve aleteo de un acento exótico. Daniel se acercó a ella todavía aturdido por su hermosura y cogió el brazo que la chica le tendía. Advirtió con asombrado disgusto que las manos le temblaban un poco al tocar la carne tersa y cálida: parecía mentira que un médico veterano y cuarentón como él se dejara descolocar de tal modo por una mujer guapa. Se forzó a sí mismo a adquirir la distancia profesional, el tono doctoral y superior que siempre le resultaba tan protector, y estudió el dulce antebrazo de la chica arrugando desdeñosamente el entrecejo. En la parte superior, a media distancia de la muñeca y el codo, había una cruz sangrienta como de tres centímetros de altura por otros tres de anchura, un corte muy profundo y muy preciso, sin duda ejecutado por una mano firme y una hoja muy fina y afilada. Era un corte profesional digno de un cirujano. Resopló con genuina pesadumbre, agarró el otro brazo de la muchacha y le levantó la manga: allí estaba la delgada marca, cicatrizada ya, de una cruz semejante. Daniel había visto antes ese tipo de heridas en otras chicas. Una vez, incluso, en una mejilla. Miró a la muchacha.

—¿No sería bueno denunciarlo para quién? —preguntó con un gruñido.

—No sería bueno para mí, doctor.

La muchacha había hablado con suave firmeza y ahora le miraba fijamente. Esos ojos perfectos de color caramelo, ese óvalo perfecto de virgen renacentista, esos labios llenos y perfectos, esa... Daniel volvió a sentir que perdía pie. Desde luego era una puta, pero también era una diosa.

—¿Dónde trabajas?

Ella negó con la cabeza sin decir palabra.

—No te preocupes, te voy a coser y no presentaremos ninguna denuncia —se apresuró a decir él—: Era simple curiosidad personal.

La muchacha le miró con gesto pensativo, como evaluando el sentido de sus palabras. Luego pareció llegar a una conclusión y sonrió brevemente.

—Trabajo en el Cachito. Puedes venir a verme cuando quieras. Está en la carretera de La Coruña.

—¡Sé dónde está! —barbotó Daniel, muerto de vergüenza.

Era obvio que la chica había creído que, a cambio de atenderla y no dar parte, él le había pedido un pago en especie. Notó cómo el bochorno le calentaba la cara. Pero ¡si él jamás había ido de putas! Detestaba la idea. Se puso a curarle la herida con aparatosa diligencia para ocultar su turbación. Limpió y cosió intentando concentrarse en lo que hacía, pero no podía evitar oler el maravilloso aroma de la mujer y sentir la tibieza animal y promisoria que despedía su cuerpo. A fin de cuentas, pensó, es una puta... A lo mejor podría ir al Cachito un día y... La idea le provocó media erección y al mismo tiempo un asco de sí mismo y una angustia tan grandes que supo que jamás haría eso. Pero por Dios, se dijo, si estas pobres son como esclavas, mira lo que le han hecho, ¿vas a ir tú también ahí a ser su verdugo? Advirtió que la erección se esfumaba y que su sexo encogía más y más, hasta esconderse en el último rincón de su entrepierna. Terminó de coser y vendó el antebrazo.

—No te preocupes. No me debes nada. Absolutamente nada —dijo, tal vez de manera demasiado enfática, al terminar.

La chica, que se llamaba Fatma, le miró con curiosidad. Estaba convencida de que el médico la deseaba, de modo que su rechazo podía significar que la despreciaba por ser puta; pero eso, por otra parte, a ella le importaba un pimiento. Lo importante era que necesitaba ser curada, y lo había sido; que tenía que evitar las complicaciones policiales, y no iba a tenerlas; y que había conseguido todo esto sin tener que endeudarse de ningún modo. Fatma se consideró afortunada y sonrió con toda la luz y la armonía del mundo en sus dientes parejos. Y entonces, y por primera vez en mucho tiempo, Daniel se sintió casi en paz consigo mismo.

Matías llevaba dos horas aparcado ante el San Felipe. No en la parada de taxis del hospital, sino en la esquina de la calle de enfrente, con las luces y el motor apagados, intentando pasar desapercibido. Desde su posición de vigía podía controlar bastante bien la entrada de Urgencias. Justo donde, apenas veinticuatro horas antes, había dejado al pobre viejo asesinado. Desde que había visto al anciano en televisión no había podido quitárselo de la cabeza: era un recuerdo tan insistente como un dolor de estómago. El desasosiego llegó a ser tan grande que, al final, decidió dar por acabado su trabajo esa noche y apostarse frente al hospital. En realidad no tenía muy claro qué podía conseguir con ello, pero era el único hilo del que disponía para devanar la enredada madeja de su cabeza. Como ignoraba lo que estaba buscando, decidió permanecer alerta y fijarse bien en todo, por ver si encontraba un sentido a las cosas. Era esa hora extraña de la madrugada, demasiado tardía para los noctámbulos y demasiado temprana para los madrugadores, ese momento de desaliento y de vacío que anuncia la muerte de la noche. La calle estaba solitaria salvo en las inmediaciones de la puerta de Urgencias, que mantenía un movimiento constante: taxis que llegaban y que se iban, coches particulares aparcados en doble fila, ambulancias que apagaban la sirena al acercarse pero seguían lanzando mudos destellos con sus luces de alarma, doblemente alarmantes en el silencio.

Hacía tanto viento que el taxi se movía. Se mecía como un viejo barco. Las personas que entraban y salían del hospital caminaban inclinadas hacia el vendaval, bajando la cabeza y embistiendo, con los abrigos volando detrás de ellos. Era un ventarrón rasposo cargado de arena rojiza, excesivamente cálido para el mes de diciembre en el que estaban. Matías odiaba el viento, cualquier viento, incluso aunque no fuera un viento sucio como éste. Se recordaba de niño intentando dormir en su pequeño cuarto, que daba a un patio de ventilación tan estrecho y largo como una chimenea. Allí ululaba el viento como un demonio, silbaba en lo alto como si la chimenea fuera una flauta. Y allí aprendió a tenerle miedo; o por lo menos a sentir congoja al escucharlo. Matías se removió incómodo en el asiento del coche. Le dolía la espalda y tenía calor, pero el huracán le impedía abrir la ventanilla. Qué antipático invierno estaba haciendo, sin lluvia, sin nieve en las montañas, sin verdadero frío. Un invierno en el que se sudaban los abrigos. El aire seguía meneando el taxi con irregulares empellones, y una decena de bolsas de plástico revoloteaba erráticamente en el pedazo de calle que Matías alcanzaba a ver. Ésa era otra de las consecuencias del viento en la ciudad: los días que soplaba, las calles eran tomadas por una infinidad de bolsas danzarinas salidas de la nada, plásticos blancos como pequeños fantasmas girando furiosamente, metiéndose debajo de las ruedas y enganchándose en los guardabarros. El baile enloquecido de las basuras.

Ahora llegaba un hombre con un niño pequeño en los brazos y, por su forma de correr, Matías adivinó la gravedad y el miedo. El final de los buenos tiempos. ¿Cuántos de los que ahora entraban a toda prisa en Urgencias estaban a punto de perder para siempre la vida feliz? ¿Y cuántos de ellos lo sabían? Dentro de la vasta e insospechada variedad de sufrimientos que provocaba la muerte de un ser querido, al taxista le hería especialmente el arrepentimiento por el tiempo perdido. Le desesperaba pensar que se habían acabado para siempre los buenos tiempos y que no los había disfrutado debidamente: hasta que Rita no se puso enferma, él no había sabido valorar de verdad lo que tenía. Como el padre que acababa de llegar a Urgencias con su hijo en brazos; si su pequeño moría, ¡cómo lamentaría no haber gozado más de las cosas antes de que llegara la desgracia! ¡Cómo se arrepentiría de no haber agradecido cada minuto de su vida ignorante y feliz! Pensando en estas cosas, Matías experimentaba un sufrimiento tan hondo y tan agudo que se convertía en algo físico, como si estuvieran revolviéndole las tripas con un cuchillo. Dolía tanto que casi se le cortaba la respiración.

Se estiró en el asiento y se esforzó en llenar de aire sus oprimidos pulmones. No debía permitirse unas lucubraciones tan morbosas; seguro que el niño que acababa de entrar estaba bien; seguro que su padre lo había traído por alguna pequeña tontería, una diarrea pasajera, un diente roto. Los imaginó dentro, esperando turno, y se estremeció. Matías conocía bien las Urgencias del

San Felipe. Podría describir el interior con todo detalle. Nada más ingresar, a la derecha, el mostrador de admisión, que era una gran ventana abierta en el muro. Pasado el mostrador, también a la derecha, el acceso restringido a la zona asistencial. Enfrente de admisión, la sala de espera, un espacio cuadrado y cochambroso con los muros recubiertos de viejas baldosas blancas, suelo de linóleo verdoso y varias filas de sillas de plástico color naranja atornilladas a gruesos raíles negros. Al fondo, dos máquinas de venta automática, una de agua y refrescos y otra de sándwiches y chocolatinas. No era una sala muy grande y además varias de las sillas estaban rotas, de manera que solía estar llena y era difícil encontrar asiento. Allí se pasó Matías las horas de pie cada vez que tuvo que llevar a Rita, cuando la fiebre le provocaba delirios, o cuando vomitaba sangre, o en aquellas ocasiones, ya hacia el final, en las que el dolor se convertía en algo insoportable. A veces, mientras esperaba a que le llamaran por los altavoces para poder entrar a la zona restringida y hablar con los médicos, miraba alrededor a la gente que abarrotaba la sala y se preguntaba si los demás serían conscientes de lo que les aguardaba a todos, si sabrían que morirse era algo tan difícil, algo que costaba y dolía tanto. Maldita sea, farfulló Matías en voz alta, sintiendo que se le estrechaba de pena la garganta: Maldita sea, si ese cabrón de médico hubiera puesto un poco más de atención, a lo mejor Rita seguiría viva. Y nada más decirlo se quedó espantado, porque era la primera vez que lo pensaba. Sí, aquel médico había tenido la culpa, el que les atendió cuando vinieron a Urgencias con aquel dolor tan grande en los riñones. Eso había sido casi un año atrás y el médico no les hizo caso, ni se molestó en reconocer a Rita ni preguntó nada, a la primera ojeada dijo que era un cólico nefrítico, le dio buscapina y se desentendió. Y así perdieron dos meses, ocho semanas enteras, un tiempo crucial para vencer al cáncer. Por todos los santos, ¡si acababa de leer en un periódico que el noventa por ciento de los cánceres diagnosticados tempranamente se curaban! Y en el hospital habían conocido montones de casos de personas que habían superado la enfermedad. Sí, el verdadero problema había sido la incompetencia de aquel inútil, ahora se daba cuenta Matías, había tenido que venir hasta aquí y pasarse media noche delante del San Felipe para comprenderlo. Ése era el mensaje que le estaba aguardando escondido entre los pliegues de los acontecimientos. Qué extrañas paradojas tenía la vida: gracias al *asesino de la felicidad* y a la muerte del pobre viejo, él había conseguido encontrar el origen, la causa del dolor. Matías sintió que toda su ira y su congoja se ordenaban y concentraban en ese punto, que la ciega desesperación que le había estado volviendo loco en los últimos tiempos atravesaba su cuerpo como una corriente eléctrica y caía en forma de rayo sobre el recuerdo de aquel maldito incompetente. El odio le inundó como un proyecto de vida.

En ese momento la vio salir y la reconoció enseguida. Sólo ella poseía ese cuerpo largo y vibrante, esa elástica levedad. Era la puta negra y bella del Oasis. ¿Qué habría venido a hacer al San Felipe? Al principio de la noche habían estado juntos en la barra del bar, justo cuando el locutor contó lo del anciano, y ahora volvía a encontrársela aquí. Una nueva coincidencia que venía a confirmarle a Matías el diseño oculto de su destino. La muchacha caminó por la acera, braceando empujada por el viento como si estuviera a punto de levantar el vuelo. Cuando se detuvo junto a la vacía parada de taxis, Matías arrancó y, atravesando la calle, llegó junto a ella. La chica entró en el coche envuelta en un áspero remolino de aire tibio y se apresuró a cerrar la puerta, aunque para ello, observó el taxista por el retrovisor, realizó un extraño movimiento, porque no tiró del asidero con la mano derecha, como hubiera sido lo normal, sino con la izquierda.

—Buenas noches. Vamos a la carretera de La Coruña, por favor...

Entonces Matías se volvió hacia atrás y advirtió el porqué de ese gesto tan poco natural: la muchacha llevaba la chaqueta por encima de los hombros y el antebrazo derecho cubierto por un vendaje inmaculado. De modo que había venido por eso al San Felipe.

—¿Qué te ha pasado? —preguntó bruscamente.

La chica le devolvió la mirada y no dijo nada, pero la mano de su brazo sano tocó levemente el borde de las vendas, como quien acaricia a un niño enfermo. Matías sintió que la furia le atravesaba de nuevo como un relámpago. Qué le han hecho, pensó. Qué le habrán hecho esos degenerados, maldita sea.

—Lo siento —farfulló Matías—. Yo te conozco. No sé si me recuerdas.

Ella asintió con la cabeza.

—Eres el taxista viudo.

La frase le golpeó como una bofetada. Matías ignoraba que, así como a Cerebro se la conocía como Cerebro en el Oasis, a él todo el mundo le llamaba el Viudo. Tragó saliva. No supo qué decir, así que se enderezó en el asiento y arrancó. Condujo unos minutos sin añadir palabra.

—Vas al Cachito, ¿verdad? —preguntó sin volverse.

—Sí.

Más silencio.

—¿De dónde eres?

—De Sierra Leona.

Matías no sabía bien dónde estaba eso. En África, desde luego. Y África era un sitio lleno de desgracias. A saber qué vida había debido de tener la pobrecilla. De pronto, Matías pensó que no podría soportar ni un sufrimiento más, ni propio ni ajeno. El mundo era un lugar demasiado terrible y la congoja le pesaba dentro del pecho como una bola de hierro. Miró a la chica a través del espejo: estaba recostada en el respaldo, con los ojos cerrados y expresión fatigada. Deseó poder proteger su sueño y dejarla descansar en el refugio de su taxi, pero la ciudad estaba todavía bastante vacía y, por más que intentó conducir despacio, llegaron enseguida al Cachito. Detuvo el coche en la puerta y se volvió hacia su pasajera:

—¿Quieres tomar algo en el Oasis? ¿Desayunar, quizá?

—No, gracias. Estoy un poco cansada —contestó ella.

Su tensa y lisa piel parecía de plástico bajo el artificioso resplandor de los neones rosados. Metió la mano sana en el bolsillo de su cazadora y sacó unos billetes.

—¡No, no! No me pagues. Te invito a la carrera.

La chica sonrió. Nunca la había visto sonreír. Iluminaba el mundo.

—Gracias.

—No me lo agradezcas —dijo Matías con amargura—: Lo siento mucho. Me gustaría de verdad poder ayudarte.

Ella le miró y sopesó sus intenciones. Había aprendido a reconocer a las personas de un solo vistazo porque su vida dependía de ello, y tenía la impresión de que el taxista, al contrario que el médico, no estaba interesado en ella de una manera sexual. Incluso era bastante probable que simplemente se tratara de una buena persona.

—¿Por qué dices eso? ¿Qué es lo que sientes? —preguntó cautelosa.

Los dos gorilas de la puerta del Cachito llevaban sin quitarles ojo desde que el taxista había detenido el coche. Matías carraspeó.

—No sé, todo... Lo que te ha pasado hoy, si es que te ha pasado algo, que yo creo que sí que te ha pasado...

Se estaba liando.

—Siento que las cosas sean tan difíciles y que el mundo sea asqueroso y que la vida sea insoportable.

La muchacha sonrió.

—No, no, no, amigo... Eso no es verdad. Tú no sabes lo que vale la vida.

Hablaba suave y persuasivamente, como quien tiene que convencer a un niño. Levantó su mano buena y apuntó con el dedo índice hacia fuera del taxi.

—Mira.

Matías obedeció y miró. Y descubrió que ya estaba amaneciendo. Eso era lo que le señalaba la muchacha, esa leve línea de luz nueva que se pegaba a lo lejos al perfil de las cosas, cortando las tinieblas y separando el cielo de la tierra.

—¿Ves, amigo? La noche tiene la barriga llena de luz. Eso dicen en mi país.

En ese momento los gorilas, escamados quizá por la larga charla, abandonaron el refugio de la entrada y echaron a andar hacia el taxi con lenta jactancia bravucona, contoneándose contra el vendaval. La muchacha les lanzó una ojeada despectiva y abrió la puerta del taxi.

—Gracias por el viaje —dijo.

Y desapareció, dejando tras de sí una pizca de viento sucio y un ligero aroma a limón y canela.

Daniel apoyó la acalorada frente en el cristal de la ventana y miró hacia abajo: una alfombra de luces titilaba en la oscuridad. Estaban en el piso veintiséis y el ventanal del modernísimo rascacielos se extendía desde el techo al suelo, de manera que arrimarse a la pared transparente producía una sensación vertiginosa. Una sensación perfectamente reconocible, porque era igual que volar en una noche estrellada de Second Life. Daniel se dejó mecer en uno de esos breves y vagos estupores que experimentaba, cada vez con mayor frecuencia, desde que había entrado en el universo virtual. A veces se le antojaba que la vida real era menos real que Second Life; y había momentos en los que, como ahora, las fronteras de ambos mundos se le confundían, y durante un alucinado microsegundo le parecía estar dentro de su ordenador. Esa maraña flotante de puntos luminosos, ese hermoso paisaje urbano y futurista, esa manera de estar colgado ahí arriba, en lo alto de la nada y de la noche. Dios. Daniel inspiró profundamente y regresó a su pellejo terrenal. Detrás de él, Marina parloteaba con una voz aguijoneada por el alcohol, demasiado chillona. Se la escuchaba feliz, y Daniel envidió una vez más su facilidad para disfrutar charlando de tontunas. Era Nochebuena y estaban cenando en la casa del hermano de Marina, un lujoso y recién estrenado piso situado en las nuevas torres de Madrid. Daniel lanzó una última mirada nostálgica al amplio panorama y a la acogedora oscuridad, y se volvió para reintegrarse al grupo. Una docena de personas, entre familiares y amigos, paladeaban sus copas de sobremesa hundidos en sofás italianos de color verde pistacho. Daniel se dejó caer en una dura y complicada silla de diseño que debía de costar más que la suma de tres meses de su sueldo y se sirvió un Chivas 21 años de la bandeja que estaba encima de la mesa.

—Hace un calor horrible. ¿Por qué no abrís un poco la ventana? —soltó en un tono demasiado alto que cortó la conversación como un cuchillo.

Su cuñado se volvió hacia él con ese gesto de simpática y condescendiente paciencia que Daniel tanto detestaba.

—¿Te parece que hace calor? Es posible. ¿Los demás también sentís lo mismo?

—Venga, abre de una vez —gruñó Daniel.

El dueño le dedicó una sonrisa estrecha y algo forzada.

—No se puede abrir, Daniel. Aquí las ventanas no se abren. Es un edificio inteligente.

—¿Inteligente, dices? ¡Vaya estupidez! ¿De manera que estáis encerrados aquí como mariposas dentro de una caja?

—Es que no hay ventanas. Son paredes de cristal. ¿Cómo quieres que se abran? —intervino la mujer del hermano con gesto altivo.

—Siempre poniendo la nota agradable, Daniel. Siempre tan positivo. Da gusto salir contigo —ladró Marina ácidamente desde el otro lado de la habitación.

—Tranquilo, hay un sistema de ventilación y climatización perfecto. Lo pongo en marcha y ya está —se apresuró a apaciguar el cuñado, dirigiendo un mando a distancia hacia el techo del salón. Un gesto muy de Second Life.

Daniel deseó decir algo, algo breve y cortante, ingenioso y sarcástico, pero no se le ocurrió nada lo suficientemente bueno, de manera que se recostó en el incómodo respaldo y se calló.

—Lo increíble es que el 24 de diciembre haga el calor que está haciendo. Da hasta un poco de miedo —comentó el cuñado, tal vez para distender el ambiente.

—Sí, sí, nos estamos cargando el planeta —dijo con enfervorecida pasión una mujer llena de tintineantes pulseras que era corredora de seguros y conducía por Madrid el todoterreno más grande y más contaminante de la ciudad.

—Bueno, en realidad no nos estamos cargando el planeta, sino nuestra civilización —especificó el cuñado con cierta pedantería—. Al planeta no le va a pasar nada, se reajustará y seguirá existiendo. Pero las inundaciones y la desertización provocadas por el deshielo y el calentamiento harán que millones y millones de personas vayan subiendo hacia el norte... Habrá guerras y matanzas y horribles hambrunas. Dicen que a finales de este siglo sólo quedarán unos cuantos cientos de millones de personas viviendo en el Polo Norte. Que para entonces será como Asturias, un sitio de praderas verdes y clima templado.

—De manera que lo que está haciendo el planeta es sacudirnos de encima, como un perro se sacude las pulgas. Porque somos eso, unos malditos parásitos —dijo el primo Koldo, un profesor de universidad de cuarenta años que no sabía que ésa era la última Navidad de su vida, porque el próximo agosto se iba a despeñar mientras escalaba una pequeña montaña. Si lo hubiera sabido, tal vez no hubiera perdido su precioso tiempo en una cena familiar que le parecía tediosa.

Daniel apuró el vaso de un trago y se sirvió otro para intentar ahogar la creciente congoja que llenaba su pecho. El alcohol, ya se sabía, era el mejor ansiolítico. Estaba algo borracho, pero, sobre todo, se sentía fuera de la realidad, flotando en tierra de nadie, un poco loco. No sabía qué hacía allí, en una cena de Nochebuena, como si a él le importaran esos ritos; en casa de su cuñado, como si formara parte de la familia, cuando no era cierto; en compañía de Marina, como si fueran una pareja, cosa que en realidad no eran. ¿Cuánto tiempo hacía que no follaban?

—Sí, claro, estas torres tienen todos los adelantos ecológicos. Paneles solares y de todo —decía la mujer del cuñado en respuesta a la pregunta de alguien.

Medio amodorrado, Daniel fumaba un cigarrillo tras otro y escuchaba sin atender el zumbido de tópicos de la conversación general. Pero, por el amor de Dios, ¿cómo podía uno ser cirujano plástico? Eso era el hermano de Marina. Cirujano plástico. Un médico que escogía especializarse en estética sabía muy bien por qué lo hacía: para conseguir un piso de lujo como éste, para hacerse millonario y llevar una vida suntuosa tan falsa como los implantes con los que rellenaba la pechuga de sus pacientes: temblorosos grumos de silicona resbaladizos y fofos como medusas. Qué asco. De pronto Daniel se sintió muy solo. Y desgraciado. Nada parecía tener sentido, él no era más que una hoja seca que el aire arrastraba, una bolsa de plástico zarandeada de acá para allá por el viento sucio. Recordó a Lup, su amiga virtual en Second Life. Era una auténtica marciana, pero por lo menos era una marciana necesitada de amor. Había vuelto a probar con ella alguno de sus juguetes de tortura, y también se habían desnudado y metido en una cama más convencional, un mullido lecho lleno de bolitas flotantes sobre las que había que cliquear para que se pusieran en funcionamiento los programas sexuales: la postura del misionero, coito anal, cunnilingus... Seguía sintiéndose ridículo jugando a esa pornografía de Disneylandia, seguía pareciéndole absurdo y poco excitante, pero al mismo tiempo percibía que iba creciendo dentro de él la frustración, una ansiosa inquietud que se asemejaba demasiado al hambre, a la necesidad animal de afecto y compañía, del roce de una piel ardiente contra la suya, de una explosión de sexo feroz que consiguiera sacarle de su ensimismamiento y su melancolía. Morir de sexo para olvidar que estaba medio muerto.

—Y lo más interesante es que el dinero ya está tomando posiciones frente al calentamiento global —decía la mujer de las pulseras con tonito sabihondo—: Leí hace poco en la revista de la Banca Privada de Citigroup que ya se está produciendo un cambio en los inversores. Y os diré que uno de los primeros beneficiados es mi sector. La gente ha empezado a meter más dinero en las compañías de seguros, porque, claro, el aumento de los desastres naturales, con todas esas inundaciones y tsunamis y huracanes que está habiendo, va a hacer que suban las pólizas muchísimo. Otro sector obviamente interesante para invertir es el del agua, que dentro de poco costará más que el oro. Y luego, claro, todas las tecnologías alternativas ecológicas. Además hay algo que no decían los del Citigroup, pero que yo creo que sería prudente hacer: hay que empezar a comprar terrenos en el norte. Un pedazo de bosque canadiense, por ejemplo. Avivaos, chicos, que el dinero ya se está moviendo, y el que no se mueva con él se quedará atrás.

La corredora de seguros se llamaba Belén, estaba más cerca de los cuarenta años que de los treinta y tenía un cuerpo centáurico que de cintura para arriba era fino y frágil, con senos pequeños, brazos huesudos y una cara chiquita y triangular como de ave rapaz, mientras que de cintura para abajo engrosaba igual que una hipopótama. En conjunto producía un raro efecto: parecía un pájaro posado sobre las redondas y poderosas ancas de una yegua. Daniel pensó en el símil animal y sintió cierta alegría en la entrepierna, cierta delectación ante esa grupa. Se removió en el asiento, disgustado; verdaderamente tenía que estar muy mal para que le atrajese una mujer como Belén, que siempre le había parecido horrible e insoportable. Pero ¿qué estaba ocurriendo en el mundo? ¿Qué les estaba pasando a todos? Esa misma mañana, mientras se encontraba conectado a SL, Daniel había visto aparecer a Lup en el ordenador. Y eso que para ella eran las cinco y media de la madrugada. A menudo lo hacía. A menudo Lup entraba un momento en Second Life antes de salir de casa para irse a trabajar. Daniel la imaginaba ya casi cincuentona, cansada, levantándose aún de noche en su deprimente y aburrido apartamento de clase media, en el frío del invierno de Canadá (sí, allí todavía debía de hacer frío), sin cambiar una palabra ni una mirada ni un roce con su marido. La imaginaba sorbiendo apresuradamente un café, de pie en la cocina, para poder entrar unos minutos en SL antes de lanzarse a la calle y hacer una hora de trayecto hasta llegar a su estúpido trabajo. La imaginaba enchufándose al ordenador para sentirse viva, como tantos otros individuos patéticos que debían de hacer lo mismo en todo el planeta, en Tokio y en Berlín, en Buenos Aires y en Barcelona, en Chicago y en Roma y en Madrid. Como él mismo, Daniel, patético como el que más y unido a los otros menesterosos afectivos, a la vasta y oscura red de solitarios, por el hilo umbilical de Second Life.

—Oye, hermano, ¿no te parece que hace bastante frío? —dijo Marina.

Los invitados se estaban poniendo en pie para marcharse y, en efecto, se les veía encogidos y ateridos, ansiosos de arroparse con sus abrigos. También él se había quedado helado, advirtió Daniel: tenía la punta de la nariz como un carámbano. Notó que una maligna alegría subía por su esófago como un reflujo gástrico. Un regüeldo de ácida impertinencia que intentó reprimir vanamente:

—¡Ja! He aquí el edificio inteligente. Un poco más y tu famoso sistema de climatización nos hubiera criogenizado.

—Sí, sí, lo siento... Es culpa mía, que todavía no me he hecho a estos mandos. Chicos, estas casas domóticas son como naves espaciales, complicadísimas —se disculpó el cuñado con fastidiosa paciencia.

En un abrir y cerrar de ojos se despidieron todos, descendieron en los supersónicos ascensores de acero y, tras volver a intercambiar apresurados adioses en la calle, desaparecieron camino de sus vehículos. Marina y Daniel anduvieron un par de manzanas en la noche tibia hasta encontrar el coche.

—Conduzco yo —dijo Daniel.

Eran las primeras palabras que pronunciaba desde que salieron de la torre. Marina no contestó. Toda la facundia de Marina, ese gracejo y esa locuacidad que la mujer derrochaba alegremente en las reuniones de amigos, se convertía en un silencio pétreo en cuanto se quedaban solos. Daniel frunció el ceño e intentó concentrarse en la conducción a través de los vapores del alcohol. El tráfico estaba bastante espeso y seguro que los demás también andaban algo borrachos. El médico echó una ojeada alrededor y le pareció que todos los coches eran semejantes al suyo y estaban ocupados por parejas idénticas, hombres y mujeres cejijuntos mirando con fijeza hacia delante. Sin hablar entre sí, sin prestarse atención, con el rostro crispado y la expresión odiosa. Supervivientes de la felicidad obligatoria de Nochebuena. Restos del destrozo familiar. Se estremeció: de nuevo le pareció formar parte de una oscura red de náufragos. O tal vez de idiotas.

—La casa de mi hermano es preciosa —dijo Marina.

Daniel se mordió la lengua. Se la mordió un poco. Pero no lo suficiente.

—Pues a mí me parece ridícula y absurda.

—¿Ah, sí? ¿Por qué?

El tono de la mujer era ominoso y Daniel sabía bien adónde iba a llevarles todo esto. Pero ya estaba dado el primer paso, ya había empezado el pequeño derrumbe de piedras que luego se convertiría en un alud.

—Bueno, pues es evidente, es un piso pretencioso e incomodísimo, un lugar claustrofóbico que no tiene ventanas, en fin, está claro que se lo ha comprado por una mera cuestión de estatus, es como el constructor hortera que se compra un Mercedes. Pero, claro, qué se podía esperar de un cirujano plástico.

—Claro. Y qué se podía esperar de ti.

—¿Cómo de mí?

—Lo que digo es que estás lleno de envidia.

—¿Yo? ¿Que yo envidio a tu hermano? ¿Lo dices por la casa? ¿O por el trabajo que hace? Sabes bien que mis prioridades no han pasado nunca por el dinero. Y tú antes opinabas lo mismo, o eso decías, porque tú siempre has dicho muchas cosas... Pero, por favor, mira que ser cirujano plástico... Vaya una manera de practicar la medicina.

—Claro. Es mucho mejor lo que tú haces.

—Pues sí. Por lo menos estoy en la sanidad pública.

—Qué fácil, sí. Disfrazar de ideología el propio fracaso.

—¿Cómo dices?

—Pero ¿qué haces tú en tu trabajo y en tu vida, a ver, Daniel, me lo puedes decir? Hace años que has perdido el amor por la práctica médica, estás hecho una seta, no lees un solo libro, ni de medicina ni de literatura, te pasas el día quemándote el cerebro delante del ordenador. ¡Por lo menos mi hermano se va todos los años con Médicos sin Fronteras y emplea sus vacaciones en ayudar a la gente!

—¡Ja! Se va quince días a un dispensario en África para matar el gusanillo de su mala conciencia y luego poder pasarse mes y medio con su barco en Mallorca. Porque tu hermanito se toma todas las vacaciones que le da la gana...

—Pero ¡por lo menos hace algo, Daniel, algo, maldita sea! Por lo menos se mueve, y desea cosas, y le gusta su oficio. ¡Por lo menos tiene el gusanillo de la mala conciencia, como tú dices! ¿Y tú? ¿Tú qué mierda haces? Estoy segura de que a estas alturas incluso eres un mal médico. No me gustaría que tú me atendieras, te lo aseguro.

—Descuida. No lo haré aunque te estés muriendo.

Los dos bajaron la barbilla a la vez y sellaron la boca, sumiéndose de nuevo en el hosco silencio. La expresión amargada, la frente embestidora. Y unas gotas de hiel en el corazón. Daniel encendió un cigarrillo, aunque sabía que su mujer odiaba que fumara en el coche. Notó que Marina rebullía en el asiento, furibunda, pero, como había decidido castigarle con su silencio, no pudo decir nada. Fastidiar a Marina hizo que el médico sintiera una pizca de placer, pero era un placer acerbo que dejaba un regusto repugnante. ¿Por qué no se separaban? ¿Por qué tantas parejas envenenadas seguían instaladas en la ponzoña? Como Lup y su marido, el antiguo sadomasoquista echado a perder. Lup le había mandado por e-mail un catálogo de la empresa en la que ella trabajaba como encargada. Se llamaba *Happy Days*, Días Felices, y efectivamente se dedicaba a organizar cumpleaños de niños y de adultos, bodas de oro y de plata e incluso festejos para el aniversario del perro o del minino. Era un catálogo espeluznante lleno de flores de azúcar, matasuegras, bengalas de colores, coronas doradas de príncipes y princesas de la casa, tartas de albóndigas para caniches, guirnaldas de corazones de plástico que se encendían y se apagaban con latidos luminosos color fucsia. Daniel imaginaba a Lup vendiendo a sus clientes esos pánfilos lotes de felicidad sintética, el Paquete Familiar, el Completo De Luxe, el Happy Days Especial, todos ellos atiborrados de corazones en sus más diversas y alucinógenas variedades, galletas, caramelos, sándwiches y pasteles acorazonados; globos, platos, farolillos y hasta felpudos de la puerta con forma cardiaca. Y se la figuraba sonriendo como boba, embutida en un púdico y banal guardapolvos azul pero llevando debajo la ropa interior de la Estricta Ama Dominadora, toda cuero, cadenas y pezones al aire. Pero, por todos los santos, ¿no era la vida real mucho más delirante e increíble que la vida imaginaria de SL? ¿Con la centaura Belén explicando cómo invertir mejor en la catástrofe planetaria? ¿Y con su pobre amiga virtual —al principio Daniel creyó que Lup era por Lupus, Lobo, pero ahora sabía que venía de su verdadero y manso nombre, Guadalupe, Lupita— llorando de pena porque ya no podía expresar su amor a su marido a latigazos? Por no hablar del *asesino de la felicidad*, que en realidad era como una versión extrema de la empresa de Lup. Y más altruista, porque el asesino no cobraba. Por ahí fuera debía de estar el criminal, en algún lugar de la negra noche de Madrid, tal vez preparando su próximo golpe o incluso liquidando ahora mismo a algún abuelo. Resultaría de lo más apropiado en estas fechas, pensó Daniel: nada como una Nochebuena para demostrar de manera irrefutable que la distancia entre los sueños de felicidad y la posibilidad de cumplirlos era insalvable. Así regresaban todos a casa con esas caras de amargura, se dijo mirando a los pasajeros de los otros coches: esos gestos feroces, fruncidos y fatales, esa expresión ferruginosa de quienes, de tanto reprimir las lágrimas, las han convertido en bolitas de hierro oxidado. ¿Adónde se había ido la alegría del mundo? Daniel no entendía por qué la felicidad no funcionaba: en realidad no parecía algo tan difícil. Por ejemplo, a estas alturas a él le bastaría con que alguien lc quisiera. Con que alguien le amara de esa manera tan cómplice y completa que había imaginado en la adolescencia. Con ese amor que creyó sentir por Marina cuando se conocieron. Pero ahora, después de tantos años de dormir juntos cada noche, compartiendo la suprema intimidad de los sudores y las flatulencias, aquel viejo amor estaba sepultado bajo capas geológicas de rencor y de pena. Qué cosa tan extraña que, habiendo deseado tanto quererse, no hubieran sido capaces de hacerlo, se dijo Daniel. Ay, Marina, Marina.

La temperatura era tan inusitadamente suave que Luzbella había sacado las mesas al exterior, como en verano, y ahora estaban tomándose el turrón con vistas a la autopista y a la mole rosa fosforito del puticlub.

—Mira, hoy sí que se puede decir que esta Nochebuena es una noche buena —dijo en voz alta, para que le oyera todo el mundo, un taxista viejo que ocupaba el velador de la esquina.

Nadie contestó, porque sabían que el tipo era un pelmazo. La terraza estaba bastante llena, sobre todo gracias a una docena de alegres y ruidosas rameras que estaban repartidas en dos mesas bebiendo cava y comiendo langostinos congelados.

—Supongo que hoy habrá poco trabajo —les dijo Matías, señalando con la barbilla hacia el Cachito.

—Huy, no te creas, guapo —contestó una robusta pelirroja artificial que era de Badajoz, una de las pocas nacionales que quedaban en el prostíbulo—: Te pasmaría saber cuántos tipos quieren echar un quiqui en Nochebuena. ¿No ves que hay mucha gente sola? Y no hay nada que se parezca tanto al hogar como un buen coño.

Matías dejó escapar el aliento, sorpresivamente golpeado por la exactitud de la observación de la mujer. Sí, él sabía bien que el único hogar posible era esa cueva caliente y submarina, esa blanda gruta palpitante. Se estremeció ante la magnitud de lo que había perdido: ¿cómo podía soportar vivir así, tan solo y tan desnudo, a la intemperie? Cerró sus manazas de mastodonte en dos crispados puños y los apretó hasta hacerse daño, mientras la añoranza de los buenos tiempos le ardía en el corazón. Había hecho mal viniendo al Oasis. Había hecho mal sentándose a una mesa en la terraza. Había hecho aún peor hablando tan ligeramente con las putas. A veces Matías se relajaba un poco, a veces su cuerpo se cansaba de sufrir y su cerebro desconectaba por un instante la memoria. Era como dormir con los ojos abiertos. Pero esos momentos livianos duraban muy poco, porque siempre volvía a caer violentamente sobre él la pena negra. Y, al regresar, el dolor dolía más. Era como el condenado a muerte que entretiene sus últimas horas leyendo un libro y que, cuando le vienen a buscar, dobla, distraído, la esquina de la hoja para marcar el punto de lectura, justo un instante antes de que se precipite sobre él la plena conciencia de lo que le espera.

—No pienses tanto, Matías. Pensar suele ser nefasto para la salud. Por eso son tan dañinas estas fiestas. Porque son trampas para recordar. Bombas de la memoria. Toma, bébete una copa conmigo por una vez. Es Rioja.

El taxista miró a Cerebro todavía entumecido por el estupor del sufrimiento. La mujer empujaba un vaso lleno de tinto hacia él. Eso era extraordinario, porque Cerebro nunca bebía con nadie. Lo cierto era que, a partir de aquella primera vez en que se hablaron, habían ido desarrollando algo que, en personas menos hurañas que ellos, podría ser calificado de amistad. En cualquier caso, y de un modo totalmente inesperado para ambos, todas las noches se buscaban en el Oasis y se intercambiaban silencios y palabras. Casi todos los silencios pertenecían al taxista, casi todas las palabras provenían de la mujer. Palabras didácticas, siempre profesorales, nunca íntimas. Amenas lecciones que el taxista escuchaba con gusto y que les proporcionaban un marco de relación confortable y seguro: así no tenían que hablar de nada personal, así evitaban rozar por accidente aquellos temas que podían explotarles en la boca y hacerles daño. Matías sabía que Cerebro le había tomado aprecio. Le gustaba su curiosidad, su receptividad, su bien entrenada docilidad de alumno. Y lo más raro era que también al taxista le agradaba estar con Cerebro: nunca pensó que pudiera hacerse amigo de una persona que no paraba de beber. Claro que la mujer no farfullaba, no decía tonterías, no vomitaba, no iba dando tumbos, no se caía al suelo. Tan sólo su cuerpo se iba poniendo un poco más rígido, sus ojos más llorosos, su discurso más lento. Hasta que, al final, callaba por completo y se encerraba dentro de sí misma. Entonces, cuando se quedaba sin palabras, se marchaba. Pero era capaz de pasarse toda la noche trasegando alcohol antes de llegar a ese punto: era increíble lo que podía aguantar bebiendo. El taxista miró el vaso de vino con gesto dubitativo. Bueno, ¿y por qué no? Se tomaría un trago con ella. A fin de cuentas era Nochebuena.

—Gracias —gruñó agarrando el vaso.

Cerebro y él estaban sentados a la misma mesa. Si los solitarios se juntaban, ¿seguían siendo solitarios? Desde luego las Nochebuenas eran raras incluso para aquellos que intentaban ignorarlas por completo. Gravitaban en el ambiente y hacían que te comportaras de un modo insospechado. Hacían que el taxista aceptara beber un vino con Cerebro, por ejemplo.

—Gracias —repitió Matías—: Pero si vamos a compartir los tragos, entonces me toca a mí pagar otra ronda. ¡Eh, por favor, otra botella del mejor tinto que tengas!

La camarera llegó con el vino, que resultó ser el mismo que ya estaban tomando.

—Esta Nochebuena sí que está buena, hombre —repitió el pelmazo—: ¿Lo pillas, Luzbella? Está buena porque hace bueno, porque hace un tiempo estupendo, y además es Nochebuena... Te lo explico porque como tú eres de por ahí lejos lo mismo no entiendes el español.

—Eh, amigo, un respeto, que ella es colombiana como yo, y los colombianos hablamos el español más lindo del mundo —intervino una de las chicas desde la otra mesa.

—Ah, mujer, bueno, no sé, yo lo que digo es por si acaso... —se disculpó el hombre.

Verdaderamente el aire estaba quieto y tibio, casi caluroso. Algo sin duda irregular y hasta un poco desagradable en un 24 de diciembre.

—Buen tiempo... Aquí a todo lo llaman buen tiempo —masculló Cerebro—. Al infierno lo llaman buen tiempo en este país. En verano, con una sequía espantosa, los montes ardiendo y los campos muriéndose de sed, sale el meteorólogo en televisión y dice feliz y sonriente:

«Ni una sola nube en la península, cielos completamente despejados y cuarenta grados de temperatura, de manera que ¡sigue el buen tiempo!». Qué país de analfabetos. Pues se van a enterar. Con el cambio climático, España será por fin un desierto perfecto. Se van a hartar de buen tiempo. Brindemos por el desierto.

Cerebro y Matías apuraron sus vasos.

—¿Recuerdas lo que te conté el otro día sobre Kammerer? ¿Lo de la ley de la serialidad? ¿Y que él sostenía que el universo tiende por un lado a la entropía pero por otro al orden?

—Sí... Y también recuerdo que usted dijo que la teoría no se sostenía científicamente. Aunque a mí me pareció de lo más razonable.

Matías no se atrevía a hablarle de tú a Cerebro. Puede que no fuera más que una pobre vieja solitaria y demasiado dada a la bebida, pero al taxista no le salía el tuteo. Pese a todo, la mujer imponía una especie de áspero respeto. Tal vez fuera por las cosas que sabía, o por la pulcritud de su miseria, o por la serenidad con la que vivía su propio desastre. Nadie hablaba de tú a Cerebro en el Oasis.

—Bueno, la teoría de Kammerer no se sostiene. Pero hay otros científicos que han hablado del orden del mundo. Hay uno, en concreto, cuyas observaciones sí que están demostradas empíricamente. Me he acordado de él porque ha trabajado en cuestiones relacionadas con el medio ambiente y el cambio climático. Se llama James Lovelock. Es un inglés, un viejo viejísimo, mucho mayor que yo. Y también ha sido muy atacado a lo largo de su vida.

¿A quién se estaría refiriendo Cerebro con ese «también ha sido muy atacado»?, se preguntó Matías: ¿a Kammerer o a ella misma? Claro que el taxista no pensaba plantear su duda abiertamente.

—James Lo-ve-lock —repitió la mujer con lentitud, como quien paladea un caramelo—. Hace muchos años, este viejo, que entonces no era viejo, trabajaba para la NASA. Iban a mandar una sonda a Marte, y querían equiparla con una tecnología que pudiera detectar si había vida o no en ese planeta. Lovelock vio que estaban usando unos sistemas de detección absurdos, propios de la Tierra... Es decir, eran técnicas que sólo permitían detectar la vida tal y como la conocemos aquí. Pero en el universo puede haber muchas otras formas de vida... Organismos capaces de sobrevivir sin oxígeno, o nadando en ácido, o a unas temperaturas terriblemente elevadas o extremadamente bajas. Entonces Lovelock tuvo una idea maravillosa y descubrió un método para poder detectar la vida, cualquier tipo de vida... Como sabes, el universo tiende a la entropía, hasta alcanzar un punto de equilibrio en el desorden. Pero Lovelock se dio cuenta de que, allí donde hay vida, cualquier tipo de vida, las mediciones de esa entropía resultaban alteradas de forma radical. Porque, de alguna manera, la vida introduce el orden en el mundo. Te lo estoy simplificando mucho para que lo comprendas.

—Pues no lo entiendo...

—Imagina un kilo de sopa de letras. Esas pequeñas letras de pasta, ya sabes. Imagina ahora que las echas en una cazuela. Estarán todas revueltas. Ése es el punto de equilibrio de la entropía. Es decir, el punto de máximo desorden. Pero suponte que alguien forma palabras con las letras; o que separa todas las emes por un lado y las eses por otro. Si tú te asomas a la cazuela y ves que las letras están separadas y ordenadas, sabes con seguridad que alguien lo ha hecho. Pues eso es lo que hace la vida. Ordena las letras esenciales del universo. La vida es orden, pues. Es un pensamiento muy hermoso.

Matías se quedó rumiando las palabras de la mujer. Nunca había sido creyente, pero cuando le oía decir esas cosas a Cerebro sentía una especie de vago respeto religioso por los misterios de la ciencia. ¡De manera que la vida era orden! Incluso su propia vida, tan colmada de angustia y oscuridad.

En ese momento alguien salió por la puerta del Cachito y cruzó la explanada en dirección a ellos. El taxista reconoció enseguida sus andares graciosos y ligeros: era la princesa negra. Fatma llegó a la terraza y saludó a sus compañeras; sólo quedaban cuatro en una mesa porque las demás habían regresado al puticlub. Luego se acercó a Matías y Cerebro.

—Buenas noches —dijo con su voz un poco ronca.

—Hola, feliz Navidad. ¿Quieres sentarte con nosotros? —contestó Matías.

La chica dudó un instante y después asintió.

—Un ratito nada más.

Viendo a la muchacha, Matías sí era capaz de creer que la vida era orden. Sólo un orden maravilloso habría podido colocar esas larguísimas y rizadas pestañas una tras otra en el borde mismo de los párpados, como disciplinados centinelas de sus ojos tremendos. Sólo una monumental fuerza ordenadora habría logrado juntar tanta belleza en un mismo cuerpo, desde cada uñita rosada de sus manos a la elegancia de sus largos huesos. Matías volvió a sentir un apretón de pena en el estómago. Cada vez que veía a Fatma se le encogía el ánimo. Por Dios, si podía ser su hija. Esa muchacha tan desvalida y tan hermosa sometida a los horrores del Cachito.

—¿Quieres un poco de vino? —ofreció Cerebro.

—No bebo alcohol. Soy musulmana. Mejor una coca-cola. Y un pincho de tortilla, por favor.

Callaron todos mientras Luzbella servía el pedido. El refresco burbujeó y se derramó sobre la mesa; inmediatamente apareció una moscarra negra que se puso a libar en el pequeño charco pegajoso. ¡Una mosca en diciembre! Si seguían subiendo las temperaturas de ese modo, reflexionó Matías, Madrid pronto se convertiría en el tórrido desierto que decía Cerebro.

—Hace calor —exclamó Fatma como si le hubiera leído el pensamiento.

La chica llevaba una gruesa chaqueta de punto, amplia y esponjosa, con grandes bolsillos. Una prenda juvenil e inocente que sin duda se había puesto por encima de sus ropas de trabajo al salir del Cachito. Ahora se la quitó con delicados movimientos, dejando ver sus pantalones de lycra ajustadísimos, el ombligo al aire perforado por un diamante falso, el escotado corpiño de satén rojo que proyectaba sus pechos hacia delante. Fatma dobló la chaqueta con sumo cuidado y la dejó sobre la mesa.

—Sólo estaré un ratito, a Draco no le gusta que hablemos con la gente.

En cada antebrazo, sobre la piel suavísima, Matías pudo ver el fino dibujo de dos cruces perfectas. Una de las cicatrices todavía estaba tierna. Ésa debía de ser la herida que se tapaba cuando la recogió del hospital. Volvió a sentir el mordisco de la angustia.

—Vaya... Ya veo lo que te llevó el otro día al San Felipe. Lo siento. Qué mierda de vida —gruñó.

Fatma le miró de refilón y sonrió.

—No es tan malo. Muchos clientes son buenas personas. Y también muchas compañeras.

De nuevo el silencio cayó sobre ellos. Cerebro bebía sin parar, camino de ese lugar remoto y desolado al que se retiraba cada noche. La mosca deambulaba entre los vasos, frotándose de cuando en cuando las patitas con aire satisfecho. Y ese bicho inútil y asqueroso, ¿también tenía la capacidad de ordenar el universo? ¿Las moscas también llevaban impreso el orden de la vida? El taxista se sentía un poco mareado. Un poco febril. Un poco borracho.

—Yo soy de Kono. Una zona de montañas. Cerca de la frontera con Guinea. Ahí están los diamantes en mi país. Hay muchos diamantes en Sierra Leona. Son nuestra maldición.

Fatma hablaba con lentitud, letárgicamente, como si estuviera medio dormida. Su voz ronca y sazonada de guturales exóticas vibraba en la tibieza de la noche.

—Yo tenía diez años cuando llegaron a mi aldea los guerrilleros del Frente Revolucionario Unido y me llevaron con ellos. Me follaban todos los días. Eran muchos. Eso sí que era malo.

Matías la miró, espantado. Pero la muchacha picoteaba tranquilamente su triángulo de tortilla, ajena en apariencia al horror que acababa de contar.

—Así pasó mucho tiempo, no sé cuánto, un año o dos o tres. Fue duro. Aunque yo tuve una poquita de suerte. Porque a los niños era peor, a los niños los hacían soldados. Les llenaban de cocaína y les daban un fusil. Y les hacían matar. Primero a sus padres. Pum, pum, pum. Para probarlos. Y luego tenían que matar a mucha gente cada día. A algunas niñas también las hacían soldados. Pero yo era guapa, así que me tenían sólo para divertirse. En eso tuve una poquita de suerte. Además, mis padres ya habían muerto mucho antes.

El taxista se agarró al borde de la mesa. La noche negra, el puticlub resplandeciendo en rosa, el zumbido de los coches en la autopista. El mundo daba vueltas y Matías sintió que se caía. Se aferró con más fuerza al velador y miró a Cerebro. Pero la mujer parecía tan anonadada y enmudecida como él. Fatma acabó su comida, dio un trago del vaso y luego se secó delicadamente los labios con la servilleta de papel. Lanzó una rápida ojeada al taxista desde debajo de sus pesadas pestañas.

—Por eso digo que aquí no estoy tan mal. No te preocupes.

Matías abrió la boca y la volvió a cerrar. Luego tragó saliva y consiguió encontrar la voz en su garganta:

—Pe... pero todo eso ¿cuándo fue?

—Hace mucho tiempo.

—Pero ¿qué edad tienes?

—Mil años —respondió Fatma sonriendo.

—Una lagartija —exclamó repentinamente Cerebro.

Matías la miró, estupefacto: la vieja señalaba con un índice temblón hacia la mesa. Pero en la mesa no había nada especial, tan sólo el plato sucio de la tortilla, el vaso de refresco, las copas de vino y las botellas, la chaqueta doblada de la muchacha.

—¡Una lagartija! —repitió la mujer.

¿Estaría entrando en un delirio alcohólico? ¿Veía lagartijas del mismo modo que su madre veía arañas cuando estaba muy mal y había que ingresarla en el hospital? Pero entonces a Matías le pareció intuir una pequeña mancha móvil encima de la rebeca. Se inclinó hacia delante para verla mejor: era algo que asomaba por el bolsillo y que ahora salía al exterior con prudente cautela. Parecía, en efecto, una lagartija. Diminuta y perfecta, de color verde brillante, con una raya azul eléctrico recorriendo su dorso. La muchacha colocó su mano extendida sobre la mesa, junto al pequeño bicho, y el reptil se subió confiadamente a la palma cremosa.

—Es muy bella. Y muy rara —murmuró Cerebro.

Fatma acarició el lomo resplandeciente con exquisito y amoroso cuidado.

—Es Bigga. Es mi Nga-fá. Mi espíritu protector. Me lo ha dado el dios Ngewo.

—Pero has dicho que eras musulmana... —dijo Matías.

—Y lo soy. Pero hay muchos dioses en el mundo y mejor llevarse bien con todos. ¿Quieres verlo? Es un lagarto muy sabio y muy bueno.

Diciendo esto, Fatma se inclinó hacia delante y puso al animal en la mano derecha de Matías. El taxista se quedó muy quieto, con la manaza abierta, temiendo hacer daño a ese ser diminuto si se movía.

—Sabe que eres un buen hombre. Mira qué tranquilo —dijo Fatma, satisfecha.

¿Por eso me ha dejado la lagartija?, pensó Matías. ¿Para probarme? El bicho parecía estar a gusto, en efecto. Se paseaba con majestuosa lentitud por la callosa palma, haciéndole cosquillas con sus patitas.

—¿Qué estás haciendo aquí, Fatma?

La voz venía de atrás. Matías se volvió y vio acercarse a Draco. Nunca había hablado con él, pero le reconoció enseguida. Era un pequeño tipejo con cara de malo. Fatma se puso en pie de manera tan precipitada que la silla cayó al suelo con estrépito de lata. Se había puesto pálida. Sí, su bonito color dorado oscuro había adquirido ahora un tono ceniciento. Matías sintió que una ola de adrenalina recorría su cuerpo y le encendía entero.

—Lo siento, Draco. Tenía hambre y vine a comer algo. Ya me iba.

—Pero, Fatma, hermosura, ¿qué necesidad tenías de salir para eso? Sabes que en el Cachito puedes comer todo lo que quieras —dijo Draco con venenosa amabilidad.

En la terraza ya no quedaba ninguna de las mujeres: Matías no se había dado cuenta de cuándo se habían ido. Los ojos de la muchacha y del taxista se cruzaron un instante y ella le hizo un gesto imperceptible, algo que era una negación y una súplica al mismo tiempo. El hombre creyó entender el mensaje y puso su mano izquierda sobre la palma de la derecha, ocultando la lagartija.

—Sí, es verdad. Me voy. Perdóname —volvió a decir Fatma.

—Buena chica —zureó el canijo.

La africana recogió su chaqueta y abandonó el lugar sin despedirse. Draco la siguió con la mirada mientras cruzaba la explanada y hasta que entró en el puticlub.

El dueño de la finca vigilando su ganado. Matías sintió que el alcohol que había bebido, y al que no estaba acostumbrado, le llenaba la cabeza de vapores fácilmente inflamables. Le indignaba la prepotencia de ese chulo, su poder sobre Fatma, la asustada docilidad de la muchacha. En los hombres fuertes y grandes como el taxista la ira suele acumularse en los puños y en los hombros embestidores, y lo cierto es que Matías deseó poder pegarle un guantazo a Draco. Pero las patitas de la lagartija le arañaban las manos. No podría atizarle mientras sujetaba a ese bicho.

—Esa chica te tenía miedo —masculló con voz turbia.

—¿Tú crees? Yo creo que es respeto —contestó Draco alzando la barbilla.

El proxeneta era bajo y enteco pero conseguía parecer muy peligroso, tal vez porque en verdad lo era. Se acercó a Matías y le señaló con un dedo.

—Tú no eres cliente. No has venido nunca por mi club. Y te voy a pedir, educadamente, que no te arrimes a mis chicas si no pagas... —dijo Draco con susurrante lentitud—: Es más, te voy a pedir, educadamente, que no te arrimes a mis chicas ni siquiera pagando. No me gusta tu cara. Te aconsejo que no me obligues a verla nuevamente. Feliz Navidad.

Draco giró sobre sus talones con gesto despectivo, se alejó sin mirar hacia atrás y se metió en un deportivo rojo que estaba aparcado, descapotado, en un lateral del Oasis. Matías contempló cómo arrancaba con ruidosos acelerones y desaparecía a toda velocidad. Se volvió hacia Cerebro, que se encogió de hombros con gesto fatalista y apuró su vaso. Esta noche la mujer estaba bebiendo más deprisa de lo habitual. Con más ansiedad, con ensimismamiento. Al taxista no le gustaba verla así; y tampoco le gustaba sentirse, como se sentía, un poco achispado. Abrió las manos con cierta aprensión y contempló la lagartija, que brillaba como una joya bajo la luz eléctrica. El animalito estaba muy quieto y mantenía la cabeza alzada en actitud alerta. Sus diminutos y punzantes ojos negros se clavaban en los ojos de Matías como si quisiera decir algo, como si de verdad pudiera entender lo que estaba ocurriendo. Al taxista le anegó el desaliento. Como tantas otras veces últimamente, pensó que no iba a ser capaz de seguir soportando la vida ni un segundo más.

—Por Dios —gimió en voz alta—. Y ahora encima este bicho... ¿Qué demonios comen las lagartijas?

De pronto Cerebro salió de su abstraída quietud y lanzó su mano derecha al aire. Fue un movimiento preciso y fulminante, parecido al restallar de un látigo.

—Insectos. Comen insectos —dijo la científica.

Y abrió la mano lentamente, mostrando en su palma el pequeño y oscuro cadáver de la mosca.

No le despertaron los golpes en la puerta, sino los agudos ladridos de Chucho y Perra y el redoble de sus patas sobre el suelo. Se levantó infinitamente cansado, como siempre le sucedía desde lo de Rita. Cansado de regresar al mundo de los vivos. Atravesó la sala medio a tientas: había clavado mantas en las ventanas para que el resplandor diurno no le impidiera dormir. Abrió la puerta sin saber qué hora era y el atardecer cayó sobre él. El sol estaba a punto de ponerse, pero sus últimos rayos le cegaron al llegar de frente, desde los desmontes. Matías achinó los ojos, desamparado ante el ataque de la luz. No soportaba la implacable claridad de los días, esa luminosidad desnuda que volvía doblemente real la realidad. Malhumorado, se obligó a mirar a su visitante. Que era una mancha oscura, muy oscura. Un borrón de negrura a contraluz que fue adquiriendo poco a poco los delicados rasgos de Fatma. Sonreía con timidez, toda nimbada de oro por el sol. Matías soltó una exclamación, pasmado:

—¿Qué haces aquí?

—Vengo a buscar a Bigga.

—¿A quién?

—Mi lagartija.

El bicho ese, en efecto. El taxista recordó que antes de acostarse había metido a la criatura, tras horadar la tapa, en una caja vacía de magdalenas que le había dado Luzbella. Esperaba que siguiera allí dentro.

—Pasa.

Se hizo a un lado y la muchacha entró, sigilosa y ligera. El hombre cerró la puerta y la apacible oscuridad volvió a cubrirles. Buscó a tientas el interruptor y encendió la bombilla. Fatma lanzó una ojeada a su alrededor y Matías pudo ver en el lento deambular de sus ojos lo que ella veía: el piso de cemento, las paredes sin pintar, las ventanas cegadas, el gurruño de mantas, el cacharro para el agua de los perros, el cubo de basura, las cuatro prendas de vestir que se había comprado apiladas en una esquina sobre el suelo. Recordó que acababa de levantarse de la cama y se miró para ver si iba presentable: estaba en calzoncillos y camiseta. Abochornado, corrió a ponerse los vaqueros y el jersey.

—No te preocupes, hombre... —rió Fatma con un puntito burlón al advertir su apuro.

Pero luego se puso seria y dijo:

—Gracias.

Matías gruñó, azarado. Quitó las toallas, el jabón y el chaquetón de encima de las dos tambaleantes sillas de anea y le ofreció una para que se sentara. Fatma la rechazó con un pequeño gesto de cabeza.

—No, gracias. Me voy a ir enseguida.

—¿Cómo has sabido dónde vivo?

—Me lo dijo Luzbella.

—¿Y cómo demonios lo sabía ella?

—No sé. Me dijo que vivías al final de esta urbanización, pero no conocía el lugar mismo. Te he encontrado por el taxi aparcado en la puerta.

Matías volvió a gruñir, falto de palabras.

—¿Y mi Nga-fá?

—Ah, sí. Aquí.

El hombre cogió la caja de encima del alféizar de la ventana, en donde la había dejado horas antes para evitar que los perros pudieran alcanzarla. Levantó con cuidado la tapa agujereada y comprobó con alivio que la lagartija seguía acurrucada en el fondo.

—Tómala.

Fatma metió la mano y el reptil saltó enseguida sobre ella. Matías observó, admirado, que la pequeña lagartija bailoteaba nerviosamente en la palma de la muchacha, igual que hacían sus perros para mostrar su excitación y su cariño.

—Cualquiera diría que te reconoce...

—Claro que me reconoce. Es Bigga.

Fatma acarició el dorso de la lagartija con una ternura estremecedora. Ahora el bicho se había quedado totalmente quieto, entregado al suavísimo roce de ese dedo. Resplandecía el animal a la luz de la bombilla como si su cuerpo estuviera lacado. Un verde purísimo, un azul llameante.

—Antes de acostarme le di de comer una mosca. Y parece que le gustó. Era bien gorda —balbució Matías.

Fatma le miró. Tenía los ojos demasiado brillantes.

—Gracias. Sabía que eres un buen hombre. Y él también lo sabe.

—Ah. Bueno. Me alegro... —dijo el taxista, cortado—. Ahora me doy cuenta de que no le di de beber. ¿Tenía que haberlo hecho?

—No te preocupes, está bien.

La muchacha metió con cuidado al animal en el bolsillo del pecho. Seguía llevando la chaqueta de punto de la noche anterior.

—Me tengo que ir. No debo estar aquí.

Matías frunció el ceño:

—Ese Draco es un miserable.

—No te preocupes, está bien —volvió a decir la chica.

—Si quieres te llevo al Cachito.

—No. Mejor no. Vine en un taxi y buscaré otro. Gracias por todo.

Matías abrió la puerta. El sol ya había desaparecido y el mundo tenía un color azulón sombrío y macilento. Nada más cruzar el umbral, Fatma dio un respingo. Se llevó la mano un instante al bolsillo del pecho y la bajó enseguida.

—¿Qué pasa? —preguntó Matías al ver su expresión demudada.

La mujer señaló con la barbilla:

—Es uno de sus perros.

Al fondo, junto a la tapia pintarrajeada, había un todoterreno con los cristales tintados; y de pie, recostado contra el coche, un tipo entrado en carnes los estaba observando con los brazos cruzados sobre el pecho. Era Manolo el Zurdo, uno de los matones de Draco. Un veinteañero bastante bruto que no era del todo mala persona, a pesar de que ya llevaba una muerte en la conciencia, un tipo al que había apaleado hasta reventarlo. Pero no todos los malvados son igual de malvados, y ni siquiera son iguales los asesinos. Manolo tenía una madre en el pueblo, una buena madre, y a veces se le movían los sentimientos. Con el tiempo, y tras quedarse huérfano, Manolo acabará convertido en un gusarapo encallecido, pero por entonces seguía siendo capaz de sentir compasión. Sobre todo cuando se trataba de una mujer tan hermosa como Fatma, porque la belleza suele facilitar las emociones. De manera que Manolo se compadecía de la muchacha, y había silenciado con anterioridad algunas de sus pequeñas faltas. Y lo había hecho sin pedir nada a cambio, por pura generosidad del energúmeno. Pero esto era demasiado gordo, se dijo Manolo, y no iba a tener más remedio que contárselo a Draco. No le iba a gustar.

Matías observó al guardaespaldas con mirada torva.

—Voy a hablar con él —gruñó.

—No, no, no —susurró Fatma con urgencia—. De verdad que es peor. No te preocupes.

La chica echó a andar con paso decidido y se dirigió hacia el matón, que dio la vuelta al coche y le abrió la portezuela. Fatma subió sin decir palabra y desapareció tras los cristales oscuros. Antes de entrar a su vez en el todoterreno, Manolo saludó burlonamente con la mano a Matías. El taxista siguió el coche con la vista y luego permaneció todavía en la puerta durante un buen rato. La noche caía veloz oscureciendo el aire y borrando el contorno de las cosas. Apenas si se podían leer las pintadas del muro. El *Matías* de arriba, en lo más alto, junto al dibujo del muelle. Y luego, más abajo, *Estévez dimisión*. Pero dentro de un instante, cuando encendieran la lejana farola y empezara de verdad la turbadora noche, el taxista sabía que la pared pintada le diría otra cosa. Sabía que el muro gritaría *Ésta es tu misión*.

Matías reprimió un escalofrío. Vaya, hoy ha sido Navidad, recordó de repente sin ningún entusiasmo. Y entró en la casa y cerró la puerta.

No hay mudez más absoluta que la de los cuerpos desnudos que no son capaces de decirse nada. Daniel fingía estar haciendo el crucigrama del periódico, pero en realidad atisbaba a hurtadillas cómo Marina se desvestía antes de acostarse. Lo hacía ajena a sus propias carnes y doblemente ajena a la presencia de Daniel, sin importarle si, al inclinarse hacia delante para sacarse el zapato, se le plegaba la barriguilla en antiestéticas lorzas. Sin importarle andar con las tetas y el culo al aire de acá para allá. De la misma manera que, unos minutos antes, a él no le había importado quitarse los calzoncillos y dejar a la vista toda su hombría colgando mientras se ponía el pijama. Y, sin embargo, hubo una época en la que sus cuerpos estuvieron ungidos de valor y de intención. Días en los que ver un pezón de Marina era una epifanía. Tiempos en los que desnudar las partes pudendas y dejarlas al aire era un gesto casi religioso, casi litúrgico, como quien enseña las reliquias admirables de algún santo. El sexo siempre tenía algo de sagrado cuando era bueno, cuando era apasionado. Pero luego todo eso se evaporaba sin siquiera dejar la huella de su ausencia.

Ah, el triste silencio de los cuerpos hartos de verse. De los cuerpos que se ignoran por completo. Marina seguía dando vueltas por la habitación, de la cómoda a la silla a la ventana a la puerta, totalmente en pelotas y totalmente desdeñosa de la presencia de Daniel. Cada centímetro cuadrado de su piel exudaba una insoportable indiferencia. Eh, un momento, ahora había habido un cambio, ahora metía un poco el estómago, erguía la espalda, enderezaba los hombros sutilmente: había pasado por delante del espejo y se estaba recolocando para sí misma. Para verse más guapa. Le preocupaba más su propia opinión que la de su pareja. A saber cuántos otros hombres, reales e hipotéticos, estaban siendo representados en esa mirada que Marina se dedicaba ante el espejo. Su mujer se miraba imaginando la mirada del hombre. Es decir, de los otros hombres. Ya nunca la de él. En eso las mujeres eran radicales, unos bichos maximalistas y feroces. Cuando retiraban sus cuerpos, los retiraban del todo, para siempre. Y así, era como si Daniel se hubiera convertido de repente en una criatura de otra especie. En un rinoceronte, por ejemplo, de modo que para Marina la mera idea de aparearse con él hubiera pasado a ser algo absurdo e impensable. Claro que lo del rinoceronte era el símil que se le había ocurrido a él, se dijo Daniel: tenía su gracia que hubiera pensado en ese animal tan grande y tan fuerte y con un cuerno enorme. Pero seguro que Marina no le veía como un rinoceronte. Seguro que su mujer le encontraba más parecido a un conejo, por ejemplo. En fin, para el caso daba igual, porque los humanos y los conejos tampoco podían aparearse.

Él, en cambio, todavía lograba mirar el cuerpo de Marina como algo deseable. Bastaba con que se parara de verdad a observarla, bastaba con que se esforzara un poco por recordar la tibieza de su piel de antaño para que Marina volviera a convertirse en una mujer. Sí, Daniel todavía podía desearla, pero por desgracia ya era totalmente incapaz de tocarla. Llevaban demasiado tiempo sin hacer el amor, y además ella le había rechazado tantas veces que Daniel estaba seguro de que, con Marina, él ya no iba a conseguir encontrar su cuerno de rinoceronte. Así que la deseaba sólo un poco y sólo a lo lejos, como desde fuera de sí mismo. Era una especie de sexualidad fantasmal, una sensación probablemente semejante a la de aquellas personas que, tras sufrir la amputación de una pierna, todavía creen percibir el pie que les han cortado. Marina era su mutilación.

Ahora su mujer acababa de acostarse y había apagado la luz de su mesilla. Parecía increíble que se repartieran la misma cama y que se las apañaran para dormir juntos durante meses sin rozarse. Y aún le parecía más increíble pasar las noches en sudorosa y roncante intimidad, año tras año, con una mujer que no sólo era una extraña para él, sino que era además una enemiga. En la alucinada lucidez de sus largos insomnios, Daniel se asombraba de estar tumbado junto a una persona con la que en realidad no tenía nada en común. Probablemente hubiera encontrado más complicidad con cualquiera de los viajeros que habían compartido el vagón del metro con él esa tarde, porque su maldito coche había vuelto a romperse.

Y, sin embargo, no se separaban.

Era un misterio.

La noche anterior, Daniel había tenido una vez más su pesadilla recurrente, esa angustiosa sensación de haber matado a alguien que no acababa de borrarse ni siquiera después de despertar. Ciertamente tras tantos años de guardias en Urgencias había visto morir a muchas personas. Y en algunos casos creía recordar que quizá su práctica médica no había sido del todo maravillosa. Pero Daniel era un profesional veterano y ya hacía tiempo que había aprendido que no era Dios. Había errores. Y había muertos. Además, todos acabábamos muriendo. Todos éramos proyectos de cadáveres. Tampoco importaba tanto terminar un poco después o un poco antes.

Pero ahí estaba esa pesadilla incomprensible llenándole de angustia. Tal vez siguiera con Marina para castigarse por ese crimen que no conseguía recordar. ¡Pero, por Dios, si incluso Lup, su amiga virtual, era más cariñosa con él que su mujer! Y eso que Lup era una sádica. Daniel dejó el periódico sobre la cama, alargó la mano y se tentó un poco el bulto de los huevos y el encogido pene a través de la colcha, la sábana y el pantalón del pijama. Nada. No se movía nada. Ni siquiera sentía ganas de masturbarse. El cuerpo tenía también sus maneras de deprimirse.

Recordó a la espectacular chica negra del brazo tajado. Desde que apareció aquella noche por Urgencias, Daniel pensaba a menudo en ella. Muchas veces con cierta excitación, con un atisbo de avidez sexual, sintiendo que el recuerdo le pasaba por las entrañas. Pero en otras ocasiones, como ahora, con pena. Y no pena por ella, por su condición de mujer prostituida y maltratada, sino por él mismo. Porque sabía que esa mujer tan hermosa nunca iba a estar enamorada de él; y también sabía que él ya no podría experimentar esa pasión abrasadora que imaginó cuando era adolescente. ¿Adónde se había ido la belleza del mundo? Necesitaba hacer algo con su vida de manera urgente o un día se moriría de puro desaliento. Simplemente dejaría de respirar.

Fue a poner el periódico sobre la mesilla para apagar la luz cuando su mirada cayó sobre una extraña noticia: por lo visto estaban desapareciendo millones y millones de abejas en todo el planeta sin dejar ni rastro. Se volatilizaban, no quedaban ni los cadáveres. Daniel imaginó millones y millones de criaturillas rayadas y peludas desintegrándose en el aire. Qué extraño momento de la vida estaban viviendo: a lo peor hasta iba a ser verdad lo del calentamiento climático y lo de estar en las vísperas de un apocalipsis. A fin de cuentas, ¿no sentía Daniel que dentro de él naufragaba el mundo? Y lo más anormal, decía la noticia del diario, era que las abejas obreras se marchaban en masa dejando a la reina atrás. Cosa que por lo visto no habían hecho las abejas nunca jamás. Daniel pensó en esas pobres reinas abandonadas, genéticamente incapacitadas para vivir solas, que durante billones de generaciones habían gozado del afecto leal de sus obreras: qué desamparo tan monumental debieron de sentir al despertar en sus colmenas vacías. Por doquier triunfaba el desamor, y así iba el mundo.

Una semana más tarde, Daniel se descubrió mirando los anuncios de sexo de los periódicos. Interesarse por ese tipo de anuncios le parecía propio de horteras y de gente inmadura, y todavía pensaba que ir de putas era un oprobio. Pero el recuerdo de la hermosa negra había seguido creciendo de manera imparable en su memoria, como una de esas espinillas infectadas que cada día duelen y se atirantan más sobre la piel, haciendo que los dedos sientan la irrefrenable tentación de toquetearlas aun a sabiendas de que sobar una espinilla sólo puede contribuir a su enconamiento. Pues bien, con la muchacha del brazo tajado a Daniel le sucedía algo parecido: no podía evitar regresar mentalmente a sobar su recuerdo. Fatma, le había dicho que se llamaba. Y que trabajaba en el Cachito. Entrando y saliendo en coche de Madrid, Daniel había visto más de una vez el cubo luminoso de ese conocido puticlub. Además aparecía entre los anuncios por palabras, con unos recuadros grandes pero de texto sobrio: *Cachito, alto standing, chicas 10, también hotel y domicilio*, por ejemplo. O: *Cachito, hacemos realidad todas las fantasías que puedas imaginar*. Sonaba lo suficientemente turbio y prometedor; y si Daniel unía en su cabeza la frase *todas las fantasías que puedas imaginar* con el recuerdo de la bella Fatma, sentía que se le cortaba la respiración.

Durante algunos días, Daniel estuvo ojeando distraídamente los sicalípticos anuncios por palabras como quien no quiere la cosa, sin pararse a pensar qué era lo que le llevaba una y otra vez a ese rincón de los periódicos. Hasta que una mañana, al abrir el diario por las páginas eróticas, tuvo que reconocer que la negra le había dejado descolocado. Una idea gozosa se encendió violentamente en su cabeza: ¿y si intentaba volver a ver a Fatma? Desde luego no en el burdel, desde luego no como cliente. Sino como amigo. Podría llamarla, y tomar un café, y preguntarle por su herida y por su vida, y mimarla como a una reina, y ella se sentiría agradecida de no ser tratada como una puta, y se emocionaría, y tal vez empezara a experimentar por él algún sentimiento afectuoso, y él le daría todo su cariño y su respeto, y ella cada vez le querría más, y al final a lo mejor terminaría amándolo, al final a lo mejor terminarían siendo amantes. Se la imaginó entre sus brazos, temblorosa y lánguida, y toda la sangre se le fue a la entrepierna. Apenas si le quedaron unas gotas para alimentar el furioso palpitar del corazón.

El ímpetu de sus emociones le dejó asustado. Debo de estar idiota, se dijo, para hacerme una novela rosa con una puta a la que vi diez minutos. Sin embargo, una vez que la idea de llamar a la muchacha apareció en su mente, ya no pudo descartarla. Fue rumiándola durante varios días, y el mero hecho de pensar en la posibilidad de llevarla a cabo le alegraba la vida.

Así que una tarde marcó el número que venía en los anuncios del Cachito y preguntó por Fatma. Pero la inflexible mujer que contestó el teléfono le dijo que no se podía hablar con las chicas directamente. Que, si él quería, podía reservarle una cita con la señorita Fatma cuando ella estuviera libre, porque era la más solicitada, el señor tenía buen gusto. Y que, por un módico suplemento, la muchacha también podía hacerle un servicio a domicilio. Daniel dijo que se lo pensaría.

Y se lo pensó. Dos días después volvió a llamar y acordó una visita de Fatma a domicilio. Claro que Daniel no tenía domicilio visitable, por lo que previamente había reservado una habitación en un hotel cercano al aeropuerto. Lo del aeropuerto había sido un detalle genial, porque el médico supuso que un hotel semejante tendría un movimiento muy irregular, gente entrando a las tres de la madrugada y saliendo a las dos horas y cosas así. Un desorden muy conveniente para ocultar una relación inconveniente. Daniel quería pasar inadvertido. Le horrorizaba que alguien se enterase de lo que estaba ocurriendo.

Concertó el servicio a las diez de la noche del día siguiente en el hotel, y se pasó las treinta horas que faltaban para el encuentro descolgando el teléfono para anular la cita y volviendo a colgar sin haber acabado de marcar el número. Aún hizo algo peor: para su vergüenza, en el último momento se compró unos bóxers de seda y se los puso, a pesar de que no hacía más que repetirse que no iba a suceder nada con la chica. Llegó al hotel como a las nueve y media, con los nervios anudados en el estómago y provisto de un pequeño maletín para completar su disfraz de cándido viajero. Se registró en recepción temiendo que su aire de conspirador le delatara y, nada más subir al insípido cuarto, mandó un mensaje de móvil con su número de habitación, tal y como había convenido previamente, para que Fatma no tuviera que preguntar por él en conserjería. Discreción ante todo. A continuación, ocultó el maletín vacío debajo de la cama y se tomó un whisky del minibar para aliviar la tensión. Era ridículo estar tan inquieto. En realidad no iba a pasar nada. Sin embargo, se sentía como un adolescente aguardando la llegada de su primera cita. No seas absurdo, se dijo; tú eres un médico de cuarenta y cinco años y ella es una puta de veinte, ¿a qué viene tanta inseguridad? Pero el problema era que no sabía bien por qué estaba ahí. No tenía muy claro lo que quería.

Mil seiscientos treinta y dos segundos de agonía después, Fatma tocó con los nudillos en la puerta. El médico abrió y quedó abrumado por su esplendor. Había temido que, tras haberla saboreado y magnificado tanto en la memoria, la mujer real le decepcionara, pero su belleza imposible volvió a desconcertarle. Ese rostro de diosa antigua, a medias inocente, a medias abrumadoramente sabio; ese cuerpo ligero de huesos flotantes que, pese a su delicadeza, parecía dotado de una brutal sensualidad. De pie en el umbral, la chica le sacaba media cabeza.

—¿No me vas a dejar pasar? —sonrió Fatma.

Millones de resplandecientes dientes, regulares y blancos.

—Sí, sí, claro.

Entraron en el cuarto. Mientras Daniel permanecía tieso y atontado como un pasmarote, Fatma se quitó la chaqueta con naturalidad. Llevaba un sobrio traje de falda recta y chaqueta entallada color verde hoja, evidentemente una ropa pensada para acudir a hoteles sin llamar la atención, pero al sacarse la parte superior dejó ver un ajustado corpiño de encaje anaranjado con lacitos negros. La cintura brevísima, los pechos de piel bruñida y luminosa colocados muy fuera y muy arriba, en suculenta ofrenda. Por el borde de blonda del corpiño asomaba el dibujo perfecto de los oscuros pezones. Daniel hizo un esfuerzo agónico y apartó la mirada.

—¿Por qué no preparas dos tragos para nosotros, cariño? —dijo Fatma, sonriendo—. Un zumo para mí, por favor.

—¿No te acuerdas de mí? —preguntó Daniel.

Por el rostro sedoso de la muchacha cruzó una ligera nube, como si le incomodara la pregunta. Frunció el ceño y le observó atentamente.

—Mmmm, sí, claro, cariño... Ya hemos estado antes juntos... ¿No es así? —dijo al cabo con poca convicción.

—¡No, no! Soy el médico que te cosió en el San Felipe.

Fatma alzó la cabeza y dejó resbalar la mirada hacia él. Burlona y un poco dura.

—Entonces sí te gusto.

—¡No, no, no es eso!

—¿No te gusto?

—¡Sí, sí, claro que sí! Pero... Es que quería verte. Sólo para saber cómo estabas.

—Aquí no puedo invitarte. No con salida. Sólo en el club. Te dije que vinieras al club.

Daniel se turbó por el malentendido.

—No, no, te digo que no es eso... Telefoneé al Cachito, pero no os pasan las llamadas. Así que tuve que hacer una cita. Pero no quiero hacer nada contigo. Es decir, no estás obligada a hacer nada. Yo te respeto.

Fatma le miró muy seria. Luego alargó la palma de su mano:

—Son doscientos cincuenta euros. Tienes que pagarme por adelantado.

—¡Vale, pero no es un adelanto de nada! ¡Te digo que no vamos a hacer nada!

La chica se encogió de hombros.

—Hacemos como quieras, pero tienes que pagarme antes. Ahora.

—Sí, sí, claro. Toma.

Daniel ya sabía que tendría que abonar la tarifa y había traído el dinero necesario en metálico; comprendía que la chica no podía hacer otra cosa, pero de todas formas le pareció que el encuentro no había empezado nada bien. Fatma contó los billetes y los guardó en el bolso. Luego volvió a sonreír y el cuarto pareció más luminoso y cálido.

—Entonces, ¿qué hacemos?

—Pues no sé, charlar como amigos... Siéntate, prepararé esas copas.

Fatma se sentó en la cama mientras Daniel trasteaba en el minibar. Sirvió el zumo y se puso otro whisky, y luego se arrellanó en la única e incómoda butaquita que había en la habitación. Al hacerlo, sintió en sus ingles el suave roce de la seda de sus calzoncillos nuevos. Una sensación improcedente. Miró a la chica intentando no quedar enmudecido por su belleza, carraspeó y dijo:

—Debes de estar sorprendida de que sólo quiera charlar contigo...

—No.

—¿No?

—Otras veces pasa. Hay hombres que sólo quieren hablar. Buscan un corazón cariñoso y un oído que escuche. La gente está muy sola.

A Daniel le fastidió la comparación.

—Sí, pero yo creo que no es lo mismo. Es decir, yo no soy un cliente... He tenido que pedir una cita contigo porque no había otra manera de verte, pero a mí lo que me gustaría es conocerte más, hacerme tu amigo. Te respeto. No te veo como una profesional.

—¿Como una puta, quieres decir?

—Yo te respeto.

Fatma entornó sus ojos de color caramelo. Una pequeña sonrisa burlona vibró en sus labios.

—A ti lo que te gustaría, amigo, es poder follar conmigo sin pagar.

Daniel se irritó:

—¡No, no, pero qué dices! De verdad que no me conoces.

—Yo sí te conozco, amigo, ay, claro que conozco —rió Fatma—. Tantos hombres tenéis ese sueño en la cabeza, queréis que una puta se enamore de vosotros. Que folle con vosotros y no cobre porque le gusta tanto. Así os sentiréis estupendos, ¿verdad? Si una profesional, como tú dices, una mujer que conoce a tantos hombres, folla con vosotros y se enamora, es que sois los más grandes.

—Yo no soy así —se quejó Daniel con aspereza.

Fatma se levantó y le dio un ligero beso en la mejilla, como pidiendo disculpas por sus palabras, y luego se volvió a sentar en la cama. Pero la sonrisa maliciosa seguía bailándole en la boca.

—Bueno. Pues no eres así. Amigo.

Daniel se removió en el asiento, sin saber qué decir. Se sentía herido. Esa chica estúpida no sabía lo que él le estaba ofreciendo. Su capacidad de querer. Su necesidad de querer. Esa pobre necia no era capaz de valorar el precioso regalo de sus sentimientos. De todo lo bueno que tenía en él y que creía haber perdido hacía mucho tiempo.

Fatma ladeó su cara perfecta y le miró pensativamente. Luego se inclinó hacia delante y le agarró una mano.

—Venga, perdona. Eres un hombre bueno. Y te lo agradezco mucho. Eres tan bueno al tratarme tan bien.

Pero a Daniel le pareció que no era sincera. Creyó percibir en ella la misma disposición profesional con que fingiría gritones orgasmos o le susurraría palabras de deseo al asqueroso viejo que la estuviera follando. Sólo le estaba diciendo lo que él quería oír. Se soltó de la mano y se echó hacia atrás.

—Cuéntame de ti —dijo al fin. Y sonó como una orden.

Fatma tensó la espalda imperceptiblemente.

—¿Qué quieres que cuente?

—Todo. Qué edad tienes, cómo llegaste a esto...

La chica apuró el zumo.

—Tengo veintiún años. Soy africana. Mi vida es muy normal. Y me metí en esto por dinero.

—Venga, eso no es una historia, cuéntame de verdad.

—No hay nada que contar. Todo es muy aburrido. Además las profesionales escuchamos, no contamos. Pero si quieres invento algo. Todas las putas nos inventamos nuestra vida, ¿no dicen todos eso? ¿Prefieres que invente una vida triste o una feliz?

Daniel sintió un profundo desaliento. Desde luego era imposible que estuviera enamorado de una ramera a la que sólo había visto unos minutos. Eso era una necedad, una tontería. Pero entonces, ¿por qué dolía? Miró a Fatma, tan hermosa, tan tentadora sentada sobre la cama con su corpiño anaranjado, ofrecida a él como un enorme y delicioso juguete, y pensó que estaba comportándose como un imbécil. Un tumulto de fuego empezó a crepitar en su bajo vientre. Tal vez después de todo Fatma tuviera razón, se dijo. Tal vez lo único que quería era acostarse con ella. Pero entonces volvió a advertir las marcas en los brazos de la chica, y se vio a sí mismo cosiendo la fea herida. Recordó todos los ensueños de buenas intenciones que había pergeñado en su cabeza, y todas las palabras rimbombantes que acababa de decirle a Fatma, y comprendió que quedaría fatal, ante la muchacha y ante sí mismo, si ahora se abalanzaba sobre ella y la empalaba contra la cama, como estaba empezando a desear hacer de un modo frenético. Se puso en pie de un salto y se acercó a la puerta, horrorizado, intentando disimular los efectos de su calentura.

—¡Tengo hambre! ¿Has comido? ¿Quieres que bajemos a cenar? —dijo con aturullada premura.

—Bueno —respondió Fatma.

Así que la chica volvió a ponerse la chaqueta y se la abotonó lentamente de arriba abajo con sus largos dedos, ocultando la espuma de fuego del corpiño. Salieron del cuarto, olvidando el maletín vacío bajo la cama (Daniel nunca se atrevió a reclamarlo), y fueron al desierto y mediocre restaurante del hotel, en donde dieron cuenta de una desaborida cena entre largos silencios. A continuación,

Fatma le dio un beso en los labios y se fue para siempre. Doscientos cincuenta euros de ella, más noventa de la habitación, más sesenta de la cena, hacían un total de cuatrocientos euros, calculó Daniel. Y eso sin incluir el calzoncillo de seda. Cuatrocientos euros por hacer el ridículo y por contemplar con ojos de borrego durante toda la noche a una maldita furcia.

Perra era una perra totalmente errónea. Desde su aspecto de pequeño adefesio, tan rechoncha y deforme, hasta el colmillo retorcido por fuera del morro y los ojos bulbosos. Para peor, idolatraba a Chucho, otra birria esmirriada color rata, y le copiaba en todo. Por ejemplo, ahí estaba ahora Perra levantando la pata para mear como si fuera un macho. Es decir, intentando levantarla. Lo tenía muy difícil, porque su instinto de hembra hacía que se acuclillase, y porque sus patas eran demasiado cortas y el corpachón demasiado redondo. De manera que se veía obligada a ejecutar una verdadera filigrana de contorsionista, y a veces perdía el equilibrio y se caía de lado con la pata en alto, como una boba.

Cómo se reía Rita cuando ocurría eso. Reía hasta saltársele las lágrimas.

Matías rugió de dolor y de rabia. La vida era un campo minado y en cualquier momento, sin darse cuenta, el taxista podía pisar un recuerdo que hacía estallar la pena, dejándole sordo y mutilado, anegado en la sangre de su memoria. Y así, algo tan simple como sacar a los perros a pasear antes de comenzar su jornada nocturna podía acabar siendo una tortura. Lo mismo que pasar por una calle conocida y pensar en la última vez que anduvo por allí con su mujer. O ver un anuncio en una parada de autobús y recordar el comentario chistoso que habían intercambiado sobre la campaña publicitaria. Cualquier detalle podía estar ungido y saturado por la evocación de Rita y producir un dolor indescriptible al ser rozado. Matías silbó para llamar a Chucho, al que no podía distinguir en medio de la oscuridad de la calle; quería meter a los animales en casa y marcharse cuanto antes de allí, de sus propios pensamientos, de sí mismo. Llevaba meses que no hacía otra cosa que huir.

El primer quejido fue tan leve que Matías lo ignoró, creyendo que había salido de sus propios labios. A veces le ocurría, a veces le parecía escuchar un lejano lamento flotando en el aire y luego advertía que ese sonido venía de su boca, que era una especie de suspiro afilado o doliente resuello que se le escapaba sin querer del abrumado pecho. De modo que siguió llamando a Chucho y, como no aparecía, aguzó el oído a ver si le oía rascuñar por ahí.

Lo que escuchó fue una respiración agónica, acezante. Y nuevos gemidos, ahora más claros y sin duda ajenos. Alguien más gemía en este maldito mundo.

Matías avanzó a tientas por la calle sin asfaltar, por la cuneta sin construir y por la parcela vacía y llena de cascotes colindante a su casa. La farola quedaba bastante lejos y el taxista apenas veía por dónde pisaba. La angustiosa respiración se oía cada vez más cerca.

—¿Quién está ahí?

De nuevo alguien gimió. Matías había llegado ya a la casa vecina, a esa especie de pobre chabola de ladrillos. No había ninguna luz encendida en la vivienda, pero al taxista le pareció distinguir algo justo delante de él, junto a la puerta. Era como una condensación de las sombras, un bulto más oscuro. Se inclinó sobre esa oscuridad y el bulto se quejó. Sin duda era un hombre. Matías le tocó: estaba ardiendo.

—¿Qué te pasa? ¿Quién eres?

Un balbuceo incomprensible se intercaló entre los pavorosos jadeos. El taxista agarró al hombre por los brazos y lo incorporó lo suficiente como para que pudiera llegar hasta él la luz de la lejana farola. Sí, en efecto, lo que imaginaba: era su vecino marroquí. El muchacho le miraba sin ver, con unos ojos alucinados tan negros y duros como el caparazón de un escarabajo. Respiraba penosamente; parecía que cada inspiración pudiera ser la última y despedía tanto calor que daba miedo.

—Eh, ¿cómo te llamabas? Ya no me acuerdo... Mohamed... Eh, amigo...

El chico murmuraba confusos sonidos y daba la impresión de no saber muy bien dónde se encontraba. Sin duda estaba enfermo, muy enfermo, y delirante de fiebre. Matías le cogió por debajo de los sobacos y lo levantó con facilidad. Todavía seguía siendo fuerte, pensó, reconfortado por esa pequeña lealtad de su cuerpo. Apoyó al marroquí contra su pecho y, agarrándole por la cintura, se lo echó al hombro de la misma manera que se echaba los pesados rollos de alfombras cuando trabajaba en las mudanzas. Desanduvo el camino con cuidado para no caer en algún desnivel, abrió el taxi y depositó al muchacho como un fardo en el asiento de atrás. Luego recogió a Perra y Chucho, que trotaban medrosos en torno a sus tobillos, y los dejó en casa. Cuando regresó y se sentó al volante, el habitáculo se había caldeado por la emanación hirviente del cuerpo del vecino.

Arrancó, y en ese justo momento sintió que una mano de fuego le agarraba convulsamente la garganta. Dio un respingo y el coche se caló. Matías cogió la crispada mano del enfermo, la apartó sin esfuerzo de su cuello y miró hacia atrás. El marroquí se había incorporado en el asiento y le contemplaba con unos ojos desencajados en los que ahora parecía brillar una chispa de conciencia.

—¿Qué haces? Nonono... —farfulló el muchacho con cara de susto.

—Te voy a llevar al hospital... Soy tu vecino, ¿te acuerdas de mí?

Claro que tal vez fuera mejor que no le recordara, pensó Matías. Así que siguió hablando apresuradamente.

—Estás enfermo... Tienes mucha fiebre. Te llevo al hospital, no te preocupes.

—¡No, no, al hospital no, al hospital no! —gimió el muchacho agarrando el hombro de Matías con desesperación.

El esfuerzo de hablar le dejó medio ahogado y boqueó con ansiedad, produciendo un horrible sonido de fuelle roto.

—¡Tranquilo, hombre, tranquilo! ¿Cómo te llamas, Mustafá, Mohamed? Soy un amigo. Estás muy malo, ¿no ves que no puedes respirar? Tenemos que ir al hospital.

—No, no, no —volvió a susurrar el chico. Expectoraba con esfuerzo cada palabra como si arrojara con ella un trozo de pulmón—: No papeles... Policía... No...

Se dejó caer en el asiento, agotado.

—¿Ah, es eso? No te preocupes. De verdad. Yo te ayudaré. Diré que acabas de llegar. Que eres amigo mío. Diré que te he invitado. Y que vives en mi casa. No te preocupes —le tranquilizó el taxista.

Pero el muchacho ya no le escuchaba, se había hundido otra vez en el ardiente río del delirio. Matías arrancó y se dirigió a toda prisa al San Felipe: después de tantos días de apostarse frente al hospital como un cazador furtivo, ahora resultaba que era él quien iba a cruzar la entrada de Urgencias. Acostumbrado como estaba a las dolorosas prisas de la enfermedad, abandonó el taxi delante mismo de las puertas automáticas y fue a buscar ayuda. Enseguida encontró a un auxiliar de clínica y entre los dos sacaron al chico del vehículo y lo sentaron medio desmayado en una silla de ruedas.

—Usted espere ahí fuera —le dijeron.

Como si no lo supiera.

Antes se fue a aparcar el coche. Y de pronto pensó: ¿me estará mirando alguien entrar y salir, de la misma manera que yo les he estado mirando todos estos días? En un instante alucinado creyó verse al otro lado de la calle, agazapado entre las sombras, vigilándose a sí mismo. Sintió un golpe de sudor helado sobre la nuca y un espasmo de pánico cortándole el resuello. Pánico a ser el que contemplaba y el contemplado. Pánico a partirse por dentro en dos, a deshacerse. Pánico a estar aquí y también allí y volverse loco. Inspiró con fuerza, empujando el aire hacia dentro para intentar acabar con la opresión.

Entró como un autómata en la cochambrosa sala de espera y se dejó caer en una de las sillas. Ahí fue respirando lentamente, con cuidado, como si le doliera, hasta recuperar el aliento. No se atrevía a mover ni un dedo porque sentía que la pena daba vueltas en torno a él como un mal bicho y temía atraerla si llamaba su atención. De manera que permanecía totalmente quieto, con la espalda rígida y la cabeza hundida entre los hombros. Era la «posición del muerto» de su infancia, el viejo recurso con el que se defendía de la desgracia. Cuando su madre estaba borracha pero no del todo, de modo que todavía era capaz de arrear dolorosos guantazos sin caerse, convenía adoptar la posición del muerto en algún rincón de la casa, esto es, fundirse con las paredes y resultar invisible e inaudible, hasta que la madre acababa de ahogar en alcohol su desesperación y sus neuronas y perdía el sentido. Pero cuando más necesitó el pequeño Matías la posición del muerto, hasta el punto de que sin ella no hubiera podido sobrevivir, fue en los breves periodos en los que la madre intentó ser una buena madre. Cuando, después de algún internamiento en el hospital, volvía a casa abstemia y, agarrándole de los hombros, le comunicaba con engolado énfasis que esta vez sí que tenía las cosas claras, que esta vez iban a ser felices. A continuación la mujer se ataba un pañuelo a la cabeza con aire resuelto y se ponía a arreglar el horroroso desorden que reinaba en el piso. Los montones de ropas sucias regadas por el suelo, las basuras acumuladas en estratos geológicos, los nidos de botellas vacías, los restos de comida que atrancaban la pila. Metía en remojo toallas y bragas, movía las sábanas sucias de acá para allá y limpiaba algunos festones de moho de la nevera, pero sus esfuerzos nunca parecían hacer mella en la mugre reinante y al cabo de unas horas se rendía. Entonces agarraba a Matías y se lo llevaba al supermercado, en donde se gastaba todo el dinero de su pensión de viuda llenando el carrito con tabletas de chocolate, flanes y natillas, magdalenas coronadas de azúcar, galletas de vainilla con forma de animales y alegres paquetes de colorines perfectamente inútiles para alimentarse. Y luego, ya de vuelta en casa, se empeñaba en hacer buñuelos con miel y reía como una boba aunque se le quemaran; y se abrazaba al cuello de Matías y le llenaba las mejillas de húmedos besos porque iban a ser enormemente dichosos. La etapa exuberante, que era la peor, duraba unos días; luego empezaba a atiborrarse de tranquilizantes, de píldoras para dormir y de anfetaminas para despertarse, pero seguía sonriendo todo el rato aunque con los ojos nublados de lágrimas. Hasta que alguna tarde, al regresar Matías del colegio, se la encontraba tirada en el suelo y tenía que volver a saltar sobre ella para entrar. Y entonces respiraba aliviado y podía relajarse, podía abandonar la posición del muerto que había mantenido durante las semanas sin alcohol, podía prescindir de toda esa sequedad interior, de esa rigidez defensiva que le había salvado de caer en el engaño. En la horrible trampa de creer que la felicidad era algo posible.

Y, sin embargo, la felicidad con Rita fue verdadera.

El altavoz de la sala de espera chisporroteó y zumbó y luego se escuchó el retumbar de una voz cavernosa:

—Familiares de Rashid Bakri acudan a boxes para informe médico.

Matías dio un respingo. Ése era él, es decir, ése era su vecino. Había conseguido su nombre hurgando en sus bolsillos y sacando su pasaporte. Un pasaporte con un visado de turista que parecía legal, a pesar de los terrores que mostraba el chico. Echó un vistazo al reloj y se asombró de que hubieran pasado más de dos horas desde el momento de su llegada; sumido en la posición del muerto el tiempo transcurría inasible e incapaz de herir, como si de verdad estuviera ocupando un nicho en el cementerio. Se puso en pie con dificultad tras haber permanecido en tensión tanto rato: los músculos dolían y los huesos pesaban. Se acercó a la puerta de la zona asistencial.

—Rashid Bakri. Me han llamado.

—Sí, pase, último box a la derecha —dijo una enfermera consultando una lista.

Entró en el recinto médico y sintió que el viejo dolor le atravesaba el pecho, más o menos a la altura del corazón. Las paredes olían a Rita, a las medicinas de Rita, al sufrimiento de Rita. Conocía todos los boxes, o casi todos. En cada uno de ellos había apurado sus dosis de esperanza y de angustia. Matías respiró hondo y consiguió combatir las ansias de dar media vuelta y salir corriendo. Caminó hacia el fondo del corredor y entró en el último cubículo. Ahí estaba Rashid, tumbado en la camilla y tapado con una sábana, con una máscara de oxígeno cubriéndole la cara y un gotero en el brazo. La imagen misma de la desolación.

—Bueno, hombre, vaya, ¿qué tal estás? —farfulló el taxista.

El chico no contestó. En ese momento entró una mujer en el box, una doctora jovencísima con inteligente cara de roedor, grandes ojeras y una melenita rala y deslucida llena de caspa.

—Bueno, Rashid, ¿cómo te sientes? —preguntó jovialmente.

El marroquí la miró con ojos espantados.

—Tiene una neumonía de caballo —explicó la doctora volviéndose hacia Matías—. Esperemos que no se trate de un bicho resistente a los antibióticos. Se tendrá que quedar aquí unos cuantos días. Lo subiremos a planta en cuanto nos den cama. Le hemos administrado antipiréticos y ya le ha bajado ese fiebrón y se siente mejor. ¿Verdad que estás mejor, Rashid?

El muchacho siguió quieto y mudo. La doctora terminó de rellenar el formulario y se lo dio a Matías.

—Tendrá que arreglar los papeles en admisión —dijo a modo de despedida.

En cuanto la doctora salió, Rashid se levantó la máscara de oxígeno.

—Por favor... por favor... —imploró.

Parecía aterrado.

—No papeles... No policía... Por favor.

Después de todo, a lo peor el visado era falso. Por debajo de la sábana asomaban los hombros delgados y picudos del chico. Le habían desnudado y sus pobres ropas estaban cuidadosamente dobladas sobre una silla.

—No te preocupes, yo me encargo —contestó Matías.

De algo tenía que servir su larga experiencia en ese hospital. Incluso era probable que todavía conociera a alguien en admisión. El muchacho arrugó la cara en algo que tal vez fuera un sollozo seco.

—Mis padres... Si pasa algo... Ellos no saben yo aquí estoy. Buenos padres, buenos musulmanes. Pero antiguos, tradicionales, no entienden mundo moderno. No digas yo aquí estoy.

Matías se sintió conmovido a su pesar. Ese pobre diablo, tan lejos y tan solo. Volvió a colocarle la máscara de oxígeno y luego puso una mano sobre su hombro huesudo.

—Tú no te preocupes de nada, yo me encargo.

En ese momento un médico entró bruscamente en el cubículo.

—¿Ya les ha informado la doctora?

Matías le miró anonadado.

—¿Ya ha hablado la doctora con ustedes? —repitió el hombre con impaciencia.

Esa cara, pensó Matías con indecible angustia. Esa boca fina y como despellejada. Esa nariz un poco torcida. De repente le pareció que la habitación se había llenado de una niebla blanca y que sólo podía ver con nitidez el rostro del tipo. Era él. Sí, estaba casi seguro de que era él. El miserable médico que había mandado a casa a Rita. ¿Cómo se llamaba? Matías se esforzó en leer la chapa que el hombre llevaba en el pecho. Ortiz. Doctor Ortiz. ¡Sí! Era él. Era ese canalla que la había matado. Las muelas le chirriaron en la boca y de sus narices escapó un resoplido de fuego, un ardiente aliento de dragón.

Al doctor Daniel Ortiz no le extrañó que no le contestaran: estaba acostumbrado al aturdimiento con que algunas personas llegaban a Urgencias, y además siempre había considerado que el ser humano era un animal básicamente estúpido. De manera que agarró por el brazo a una apresurada enfermera que pasaba por el corredor.

—Necesito este box. Vacíamelo.

—Está para ingresar y todavía no hay cama —contestó la mujer.

—Pues ponlo en una silla de ruedas en el pasillo —ordenó Daniel de manera inapelable mientras se iba.

Sí, era él, se repitió Matías. Esa seca antipatía, esa asquerosa manera de ignorar al enfermo. Pero ahora él le había descubierto, le había encontrado. Le había atrapado.

Notó que alguien tocaba su mano. Bajó la mirada y vio que Rashid intentaba abrirle los dedos y aflojar la crispada garra que el taxista estaba hincando en su hombro desnudo.

—Perdona —dijo Matías soltando la presa.

Y luego añadió:

—Tú tranquilo, que yo lo arreglo todo.

Y era verdad. Estaba decidido a arreglarlo todo definitivamente.

Hacía varios días que Daniel tenía la desagradable sensación de que le seguían. A veces estaba caminando por la calle y de pronto percibía el peso de unos ojos en su nuca, un roce incorpóreo pero innegable, algo así como un soplo de malestar que le recorría la espalda. Ochoa, uno de los psiquiatras del San Felipe, solía decir que los paranoicos siempre tenían un punto de razón en sus paranoias, pero Ochoa era un inútil. Además, Daniel había llegado a experimentar esa sensación persecutoria incluso dentro del hospital. Cruzaba por un pasillo de Urgencias y zas, ahí estaba esa presencia invisible aferrándose a su sombra como un perro de presa. En fin, no podía ser real. Sin duda se trataba de algo imaginario que provenía de su creciente incomodidad, de su creciente angustia. Precisamente había comenzado a sentirse perseguido tras el papelón que había hecho con Fatma en el hotel, y eso no podía ser casual. Daniel no entendía qué le estaba pasando. Después de tantos años de impecable tedio, de un acorchamiento vital sin fisuras que, si bien no era muy confortable, por lo menos le protegía del sufrimiento, ahora todo parecía estarse desmoronando. Tal vez fuera la famosa crisis de los cuarenta años, en una versión algo tardía. O tal vez la culpa de todo la tuviera Second Life, ese mundo virtual en el que él se había metido como si fuera un juego. Pero lo malo es que no era un juego, sino de verdad una Segunda Vida; era un entorno social como cualquier otro que te ponía en relación con personas reales, y eso dejaba huella. Algo había empezado a movérsele por dentro desde que se había incorporado a SL. Nunca hubiera debido abandonar el pozo de los ladrillos virtuales. Los ladrillos no tienen emociones y no te contagian.

De modo que se sentía tan mal que apenas si podía aguantarse a sí mismo. Nunca se había querido mucho, pero ahora no se soportaba. Estaba blando, estaba sentimental, estaba accesible. Estaba torturado por un monumental dolor de cabeza. Todavía le faltaban algunas horas para acabar la guardia, pero puso la jaqueca como excusa y se fue para casa. Atravesó el solitario aparcamiento del San Felipe con la impresión de que alguien le observaba, condujo por las calles oscuras sintiéndose acechado y estacionó el coche en la esquina de su edificio perseguido por el miedo a su perseguidor. Verdaderamente estaba hecho un idiota. Eran las cinco y media de la madrugada y todavía no había amanecido, pero el modesto bar que había enfrente de su portal ya estaba abierto. Vivían cerca de la estación de autobuses de línea y el encargado del local, un libanés rechoncho y amable que se mataba a trabajar, abría cada vez más pronto para beneficiarse de los viajeros tempranos. De hecho, en esos momentos ya había algunos parroquianos en la barra. De pronto a Daniel se le antojó que el bar del libanés era una especie de oasis en la negrura, un momentáneo refugio para su desolación; de manera que cambió de dirección, cruzó la calle y se metió en el local. Ahmed le saludó muy sonriente, como si no fuera una maldición tener que trabajar como un perro, y levantarse de madrugada, y estar barriendo suelos antes del amanecer, que era precisamente lo que el hombre hacía ahora mientras su mujer ponía cafés en el mostrador.

—Me voy a sentar en la mesa —anunció Daniel innecesariamente mientras se dirigía al velador situado junto a la ventana—. Un whisky doble con hielo, por favor.

Se desplomó en la silla y siguió sintiéndose observado. Qué fastidio. A sus espaldas, la cafetera rugía y las cucharillas tintineaban contra la loza. Toda una descarga de atronadora energía matutina que contrastaba con la calle aún quieta, nocturna y silenciosa que Daniel contemplaba a través del cristal.

Entonces se abrió el portal de su casa y salió un hombre. Y por desgracia la acera estaba bien iluminada, de manera que Daniel pudo reconocerlo perfectamente.

Era el botarate del asesor fiscal. El que llevaba las cuentas de la pequeña empresa de su mujer. Un cuarentón divorciado y pretencioso. Salía con la corbata en la mano y el último botón del cuello sin abrochar. Pero ¡si incluso había estado en la cena de Nochebuena porque era medio amigo de su cuñado! Por eso se reía tanto Marina aquella noche. Por eso daba la impresión de pasárselo tan bien. Debía de saberlo todo el mundo. Y él, mientras tanto, desempeñando el papel del perfecto cornudo y sin enterarse.

Un hervor de sangre le subió a la cabeza. Sacó el móvil y marcó el número de casa. Su mujer descolgó al segundo timbrazo.

—Le he visto. Estoy en el bar del libanés y le he visto —susurró estranguladamente.

—¿Cómo?

—No mientas más, Marina. Ya está bien. Acabo de ver salir del portal al imbécil de tu asesor fiscal... ¿No podías irte a un hotel? ¿No te da vergüenza traértelo a casa? Ah, gracias, Ahmed —dijo, elevando la voz y fingiendo naturalidad, cuando el libanés se acercó a servirle la bebida—: Estoy hablando con mi mujercita, ¿sabes, Ahmed? Con mi queridísima Marina... Ahora te voy a contar yo de mi Marina... En cuanto me beba el próximo whisky... —añadió sonriendo con malignidad para que la otra le oyera.

—Espérame ahí —dijo ella con imperativa sequedad al otro lado del teléfono—. Bajo en dos minutos.

Y colgó.

Daniel se quedó mirando el teléfono con cierta frustración. ¿No era él quien había llamado? ¿No era él quien los había sorprendido in fraganti y quien estaba autorizado, por lo tanto, a llevar en el tema la voz cantante? Pero Marina había vuelto a arreglárselas para arrebatarle la iniciativa, como siempre. Le había colgado, y antes le había ordenado que la esperara. Y aquí estaba él, en efecto, hecho un calzonazos y aguardando.

Enseguida, no debió de tardar ni los dos minutos, se volvió a abrir la puerta del portal y apareció Marina. Llevaba un bonito vestido color burdeos que Daniel no conocía, aunque también era posible que no se hubiera fijado. Estaba acalorada y guapa. Maldita sea, sí, la encontró guapa. El médico la vio cruzar la calle sin prisas y entrar en el bar. Se dirigió en derechura hacia él con una sonrisa de hielo en la boca y, para pasmo de Daniel, se inclinó, le abrazó y le dio un par de besos en las mejillas. El médico la miró espantado. Hacía años que ni se tocaban.

—Disimula, Daniel —murmuró Marina bajo la mueca de su falsa sonrisa.

Se había sentado junto a él y, agarrándose a su brazo, le hablaba muy cerca, con fingida intimidad. Su roce abrasaba tanto como su aliento.

—Disimula. Ahmed y su mujer son los mayores cotillas del barrio.

—¡¿Y a mí qué me importa!? —siseó el médico furiosamente.

—Claro que te importa. Claro que no quieres que se sepa.

Debía de tener razón, tuvo que reconocer Daniel, porque él también estaba hablando en discretos susurros.

—Mira, siento mucho que te hayas topado con esto de esta manera, pero no me montes el número del marido engañado, por favor. Llevamos años manteniendo una relación verdaderamente penosa, y que yo me acueste con otro te da lo mismo, reconócelo. Lo único que te duele es el amor propio, porque temes haber estado haciendo el ridículo.

—¿Es que te parece bien traerlo a casa? ¿Y llevarlo a la cena de Nochebuena? ¡Por Dios, si a lo mejor ni siquiera conocía a tu hermano y todo era un apaño para que pudieras estar con tu amiguito!

—¿Ves lo que te digo? Lo que te duele es que los otros puedan saberlo. Pues quédate tranquilo, no lo sabe nadie. Ni siquiera mi hermano, que sí que es amigo suyo y que, por cierto, le invitó a la cena por su cuenta y riesgo.

Yo hubiera preferido que no estuviera, te lo aseguro. Y ya que lo dices, sí, tienes razón, he hecho mal trayéndolo a casa. Te pido perdón por eso. Es la primera vez que hago una cosa así y desde luego la última. Las cosas se liaron y... Pero no volverá a suceder.

—¿Piensas... piensas irte con él?

—Por Dios, no. No se trata de nada importante. No es más que una aventura. Una cosa muy pequeña y muy insustancial, te lo aseguro.

—Ya. Pero te acuestas con él.

—En vez de preocuparte tanto de si me acuesto con él o no, deberías preocuparte de por qué no nos acostamos nosotros desde hace siglos. Deberías preocuparte de la mierda de relación que tenemos. De que es imposible hacer nada contigo, de que no se puede hablar de nada, de que estás tirando tu vida a la basura, de que eres aburridísimo... En fin, ya hablaremos, éste no es el momento ni el lugar. Sólo he bajado para evitar que te emborraches y empieces a cometer estupideces.

Daniel se sintió atenazado por una inmensa congoja:

—Encima... encima vienes y me insultas —balbució.

Marina apretó su brazo y le miró con algo que se parecía de algún modo al cariño. Eso era lo más insoportable.

—Piénsalo, Daniel. Te emborracharías y harías alguna tontería.

Y Daniel lo pensó y no tuvo más remedio que admitir que sí, que seguramente hubiera hecho alguna tontería. ¿Tendría también razón Marina en las cosas horribles que le había dicho? Esa mujer implacable y feroz conseguía culpabilizarle incluso cuando la pillada en falta había sido ella. De pronto, por una de esas raras carambolas de la memoria, Daniel recordó a sus padres. Que se llevaron fatal y nunca se hablaron, salvo para zaherirse. Pero que fallecieron juntos, él apenas seis meses después de la muerte de ella. Pese a ser hijo único, Daniel nunca se había distinguido por su amor filial. Pero desde la desaparición de sus padres se sentía desnudo, porque, sin ellos, ya no había nadie que le necesitara, nadie que le recordara, nadie que le echara de menos. Salvo, quizá, Marina. Por lo menos llevaba años ocupando un lugar en el rencor de su mujer. Por lo menos él era alguien para ella, aunque fuera alguien odioso. Además, no era posible que Marina lo detestara tanto. Si de verdad pensaba lo que decía, ¿por qué estaba con él? La pregunta le abrasó la boca. Una pregunta de la que sintió que dependía el resto de su vida:

—¿Por qué sigues conmigo, Marina?

La mujer le miró y frunció el ceño. Ni una brizna de complicidad en esa mirada.

—La verdad, no lo sé... Pero te diré que no me pienso ir de mi casa. Si quieres, vete tú. Yo te pago tu mitad y me quedo con toda la hipoteca.

¿Entonces era eso nada más? ¿La pura miseria material? ¿O incluso la pereza de mudarse? Daniel experimentó una desolación sin fondo. Que se lo quede, pensó. Acabemos con esto. Que se quede con el maldito piso y yo me voy. Necesitaba desesperadamente un trago y alargó la mano hacia su whisky, pero estaba tan turbado que el vaso resbaló entre sus dedos, volcó el contenido sobre sus pantalones y luego cayó boca abajo en el suelo, estallando con estampido de bomba en mil fragmentos.

—Pero ¡mira que eres torpe! —susurró reprobadoramente Marina, mientras apartaba las esquirlas de cristal con el canto de su zapato y limpiaba los pantalones de Daniel con una servilleta de papel—. ¡Siempre estás tirándolo todo!

Daniel la observó con seca inquina. Que se fuera ella. Ella era la adúltera, la atrapada en falta.

—Vas lista. Ese piso también es mío y yo no me marcho.

—Pues entonces lo vendemos. Tú verás qué prefieres.

—Y además eres un monstruo de egoísmo. Nunca me has apoyado. Siempre estás ahí agazapada, esperando a que meta la pata para criticarme.

—Como comprenderás, no me voy a poner ahora a discutir contigo. Ya lo hablaremos. Ahora vámonos a casa de una vez.

Al médico le pareció que, en boca de Marina, la frase *vámonos a casa* quedaba manchada por una intimidad equívoca y obscena. No voy a hacer lo que ella dice, pensó. No voy a rendirme. Pero estaba demasiado cansado y dentro de su cabeza llovían lágrimas. Qué más da, se dijo de repente, sintiendo que se le escapaba la voluntad. Y entonces se levantó y se dejó conducir, con desanimada docilidad, al piso que compartía con su enemiga.

Se acabó, voy a hacerlo hoy mismo, se dijo Daniel. Y el haber tomado por fin la decisión no le liberó, sino que le colmó de nerviosismo y ansiedad.

Llevaba pensándoselo toda la semana. La idea se le ocurrió durante la guardia del viernes anterior, en un momento de calma, mientras miraba distraídamente el pequeño televisor portátil de la sala de descanso. En uno de esos programas disparatados típicos del horario nocturno estaban poniendo un reportaje sobre perversiones sexuales. Sacaron un prostíbulo sadomasoquista español, y pudo ver los mismos instrumentos que él había conocido en SL, pero en la cruda realidad del metal y la madera: la cruz de San Andrés, el potro de flagelación, las argollas con sus toscas cadenas... Y entonces, mientras contemplaba toda esa chatarra dolorosa, sucedió algo extraordinario: sintió una vibración en el estómago y el loco deseo de probar. Enseguida rechazó el pensamiento y lo consideró ridículo, pero la idea no acabó de marcharse de su cabeza. Por ahí dentro quedó, creciendo y dando vueltas y bajando de cuando en cuando hasta sus genitales, en donde le provocaba tentadores estremecimientos.

La atonía sexual y vital en la que Daniel llevaba años instalado le había servido durante algún tiempo de refugio, pero últimamente se estaba convirtiendo en algo insoportable. Necesitaba escapar de esa prisión interior, necesitaba hacer algo distinto. Más aún: necesitaba ser alguien distinto. Le avergonzaba su bochornoso encuentro con Fatma y le humillaba su falta de carácter con Marina. ¿Cómo era posible que siguiera viviendo con ella? Eso sí que era sadomasoquismo, y no la tonta menudencia de los latigazos. Sin embargo Lup, su amiga virtual, decía que practicar BDSM era maravilloso. Día tras día, la idea de intentarlo había ido deteniéndose por más tiempo en su cabeza y cada vez le parecía menos absurda. ¿Y si de repente descubría que eso era lo suyo?, se preguntaba Daniel. ¿Y si de repente la vida le cambiaba por completo? Como verdaderamente detestaba su vida, esa perspectiva radical le atraía bastante. Y así llegó un momento en el que, de manera insensible, la fantasía pasó a convertirse en un proyecto.

Decidir el lugar al que ir le había tenido bastante atribulado. En los anuncios por palabras de los periódicos venían algunos reclamos sadomasoquistas. *Disciplina sin límites, lavativas*, decía uno, por ejemplo. Pero a Daniel se le pusieron los pelos de punta: no había oído hablar de lavativas en Second Life y sus ansias de novedad no llegaban a tanto. *Amas tetonas, cabreadas, permanentemente*, decía otro, y tampoco terminó de decidirse. ¿Estarían cabreadas permanentemente? ¿O estarían permanentemente trabajando? Si no descansaban nunca, no era de sorprender que anduvieran cabreadísimas. Daniel se agobiaba leyendo los anuncios, porque le entraba la risa floja y el canguelo, un terror hilarante que le hacía temer que no conseguiría dar el paso jamás. Y él quería darlo. Quería volver a experimentar una emoción auténtica y fuerte. Qué extraño mundo el nuestro, pensó: resultaba inquietante que necesitáramos provocarnos dolor y hacernos daño para sentirnos vivos.

Por fin, tras darle muchas vueltas, había decidido ir al Cachito, porque el reportaje de la televisión hablaba sobre todo de ese prostíbulo. Lo llamaba el Supermercado del Sexo, y decía que era un concepto nuevo y diferente del lupanar. Algo muy moderno, en fin. Con secciones específicas para todos los gustos. Y explicaba que el servicio sadomasoquista era especialmente bueno. ¿Cómo lo llamaban? El estudio. Sí, el estudio sadomaso. Lleno de aparatos, por lo visto. Y podías escoger entre someter o ser sometido. Daniel quería ser sometido, como es natural. Él quería que le castigaran por los crímenes que soñaba haber cometido y por su rampante inutilidad. Él quería experimentar la excitación del miedo. Además, todavía no estaba preparado para asumir que le atrajera vejar a una mujer.

El caso es que todas estas lucubraciones le llevaron varios días, hasta que, al fin, sus vagos y medrosos planes cristalizaron en un acto de voluntad y en cinco palabras electrizantes: *voy a hacerlo hoy mismo*. Y a las diez de la noche, cuando salió del turno, se dirigió al prostíbulo. Había llegado el día D, fecha del desembarco en la orilla salvaje de la vida.

Decidió dejar el coche en el hospital y coger un taxi, para evitar que alguien pudiera reconocer su vehículo mientras estaba aparcado ante las puertas de un antro como el Cachito. Como se ve, había pensado en todo. O en casi todo, porque, mientras se dirigía al burdel, se dijo que debía haber llamado previamente para reservar hora, como en el fisioterapeuta. ¿Y si llegaba al Cachito y todas las amas estaban ocupadas? Imaginó un largo y tétrico pasillo lleno de pequeños cuartos en donde un montón de energúmenas tetonas y cabreadas daban de latigazos a otro montón de espantados hombrecillos con el culo al aire. El corredor entero resonaría con el blando redoble de los fustazos. Tragó saliva, porque, para su sorpresa, la imagen le excitaba. Tenía las manos mojadas de sudor y el corazón acelerado. Desde que había entrado en el taxi iba con la barbilla pegada al esternón, porque no quería que el conductor le viera la cara. Le daba una vergüenza atroz ir al puticlub.

—Ya estamos. Son dieciocho euros con cuarenta —dijo en ese momento el taxista deteniendo el vehículo.

Sumido en sus alucinadas cavilaciones, y entorpecido en su visión por la forzada posición en la que llevaba la cabeza, Daniel no se había dado cuenta de que habían llegado. Ahora atisbó a través de la ventanilla, intentando no enseñar demasiado la cara al conductor. La mole cuadrada del Cachito parecía enorme desde tan cerca. El resplandor rosado de los neones se metía por todas partes, nauseabundo. Sacó dos billetes de diez y se los dio al taxista.

—Está bien —murmuró, para no tener que delatarse aún más recogiendo el cambio.

—¿Quiere que le espere? —dijo el hombre.

—¿Cómo?

—Que si quiere que le espere. O que le venga a buscar. Por ejemplo, dentro de una hora...

—No, no, no —barbotó Daniel.

—Bueno, como quiera. Pero le advierto que luego le va a ser difícil encontrar taxi. Y ya sabe que, después, lo que uno quiere es irse a dormir cuanto antes... —dijo el hombre en tono cómplice y procaz.

Daniel salió del coche sin contestar. Aturullado, miró la puerta del burdel, custodiada por dos trajeados gorilas. Oyó que, a sus espaldas, el taxi arrancaba y se iba. Ya no tenía más remedio que seguir adelante y entrar en el lugar.

Y eso hizo. Subió el pequeño tramo de escalones intentando aparentar seguridad y uno de los gorilas le abrió la puerta con deferencia.

—Buenas noches, señor.

Se encontró en un amplio vestíbulo rectangular decorado de un modo francamente ecléctico. Había grandes ampollas de cristal de estilo retro-psicodélico, con amebas de colores que subían y bajaban lentas y lánguidas; pero también había lámparas de latón dorado que imitaban arañas del imperio austro-húngaro, y sofás tapizados con pieles sintéticas de cebra y de leopardo. En medio del vestíbulo vio una mesa cuadrada semejante en todo a la mesa de un conserje, salvo en que estaba fabricada en acero pulido, lo que hacía que también se pareciera a la cocina del restaurante de un gran hotel. Detrás de la mesa, una mujer madura y muy pintada con un escote que dejaba la mitad de los pezones fuera. Era un pecho aún impresionante, desde luego, y Daniel se impresionó.

—Hola, cariño. Tú me dirás —dijo la mujer muy sonriente.

—¿Yo?

—Eres nuevo, ¿verdad? No has venido nunca.

—No...

—¿Quieres que te aconseje?

Daniel advirtió que la puerta se abría y que venían más clientes. Pero apenas pudo verlos, porque desaparecieron enseguida detrás de una especie de biombo en el que Daniel no había reparado. Probablemente era una manera más discreta de entrar en el Cachito. Él estaba cometiendo todos los errores del novato.

—A ver, corazón, dime, ¿tienes algún gusto especial?

Daniel se ruborizó.

—Bueno... esto... Yo quería... Quería un ama.

—¿Quieres qué, cariño? Habla más alto, cielo, que no pasa nada.

—Quiero un ama.

—Ah, muy bien, un servicio de DS... Has venido al lugar perfecto y en el momento perfecto. Tenemos la mejor Dómina de Europa, Dómina Demoni. Es española, pero acaba de regresar de Hamburgo, en donde era la reina, te lo aseguro. Te va a encantar. ¿Con coito o sin coito?

Daniel se quedó desconcertado.

—Bueno... con coito, supongo. Esto es un prostíbulo, ¿no?

—Ay, ricura, me parece que estás tú un poquito verde. La mayoría de los servicios de DS son sin coito. Y la Dómina, naturalmente, no se acuesta con nadie. Pero no te preocupes, que para eso te pondremos a una de sus esclavas.

La mera mención de la palabra esclava le asqueó y excitó al mismo tiempo. La imagen de la hermosa puta negra cruzó por la cabeza de Daniel y deseó ardientemente que la esclava fuera ella. Pero al momento se avergonzó de su deseo; qué horror, se dijo, precisamente Fatma, la Fatma a la que él había respetado, la chica maltratada y herida... Y, sin embargo, él la deseaba, él hubiera querido abusar también de ella, ¡hasta era posible que hubiera escogido el Cachito sólo por ver si se la encontraba! Y tal vez incluso para vengarse un poco... Sintió que enrojecía violentamente.

La mujer estaba consultando un gran libro de citas e iba haciendo marcas y anotaciones con un lápiz.

—Bueno, ricura. Pues un servicio completo con la Dómina, en el estudio especial y con uso de esclava, son quinientos euros.

—¿Quinientos euros? Pero si en el periódico se anuncian amas por cuarenta...

La recepcionista apagó de manera fulminante la sonrisa y adquirió súbitos modos groseros de arrabal.

—Me parece que te has equivocado de sitio, ricura. Esto es un lugar de postín. Vete con esas zorras de cuarenta, si quieres. Allá tú si quieres meter el rabo en esos agujeros.

—No, no. Vale. De acuerdo —balbució Daniel.

No pensaba que fuera a costar tanto y no había traído dinero suficiente, de manera que tuvo que sacar la Visa. Tanto cuidado en no dejar la pista de su coche en la puerta, y ahora certificaba su paso por el burdel con un recibo de tarjeta de crédito. Se sintió indignado de su propia torpeza.

—Estupendo, cariño —dijo la mujer, de nuevo meliflua y zalamera—. Por ese ascensor, planta tercera, puerta siete. Entra sin llamar. ¡Que te diviertas!

Subió en el ascensor con el corazón batiendo locamente en su pecho. El corredor no era ni tan tétrico ni tan largo como había imaginado, pero estaba bastante oscuro. Buscó la puerta número siete y se apoyó en el picaporte, porque las rodillas le temblaban. Luego tomó aire y entró.

Era una habitación de buenas dimensiones y de una frialdad desoladora. Techo, suelo y paredes estaban pintados de blanco, y aunque la iluminación era bastante tenue, el ambiente resultaba duro y desapacible. En un rincón había una cama con sábanas negras que parecían de seda, pero lo más llamativo eran los múltiples instrumentos metálicos, erizados y de apariencia dañina que había por todas partes. Daniel reconoció algunos de los aparatos que había visto en SL, pero había otros artefactos de aspecto espeluznante cuyo funcionamiento no podía ni imaginar. En conjunto, el cuarto le recordó un quirófano, un lugar erigido en torno a la fragilidad y el dolor de los cuerpos.

—Vaya, vaya, vaya... ¿Qué tenemos aquí?

Daniel se volvió de un brinco. La Dómina acababa de entrar, vestida exactamente igual que lo que uno esperaría encontrar en una Dómina sadomasoquista de película de ciencia ficción: cueros negros y ajustados, altas botas con remaches, brazaletes con púas metálicas, un corpiño con aros de acero pulido rodeando los senos desnudos y los pezones atravesados por dos clavos. Sin embargo le sorprendió la mujer, porque pese a sus ropas estridentes tenía un aspecto refinado: era una rubia natural de mediana edad, atlética, con un elegante rostro cuadrangular de pómulos altos y expresión inteligente. Expresión inteligente y cabreada. Se acercó a él con su cara altiva y desdeñosa y una fusta en la mano.

—Un hombrecito que quiere ser castigado... Un hombrecito que disfruta sufriendo. Quieres que te castigue, ¿eh? ¡Contesta!

—Sssí... —farfulló Daniel, lleno de dudas.

La Dómina le dio un pequeño fustazo en la mejilla. Suave, nada doloroso. Una caricia.

—Se dice «sí, ama». Repítelo.

—Sí, ama.

La mujer empezó a dar lentas vueltas en torno a él, como un depredador, con el ceño fruncido y cara de enfado.

—Y dime, ¿cuánto te gusta sufrir? ¿Mucho, medio, poco? ¿Cuál es tu palabra de seguridad?

—¿Cómo?

Por Dios, otro novato, gimió para sí la Dómina Demoni, que en realidad se llamaba Macarena. Los novatos eran impredecibles, aburridos y peligrosos. Había que explicarles todo, no sabían jugar y tampoco sabían medirse. Qué tedio tener que lidiar con semejante ganado. En Hamburgo era mejor, en Hamburgo el BDSM estaba mucho más asentado y además ella ya tenía su clientela. Pero su madre se había muerto y su padre se había quedado solo y enfermo de enfisema y, claro, ella había tenido que volverse a Madrid para cuidarlo. Enfureció el gesto un poco más, cabreada de verdad por tener que vérselas de nuevo con un principiante.

—No tienes ni la menor idea de esto, ¿verdad, hombrecito? Es la primera vez que vienes a que te castiguen, ¿eh?

—Sí.

La fusta volvió a cruzarle la cara. En esta ocasión dolió un poco.

—¿Cómo se dice?

—Sí-sí ama.

—Así que eres un mísero *vainilla*...

—¿Un qué? ¿Ama?

—Un aburrido, un ignorante, un rutinario practicante del sexo convencional... La gente sexualmente convencional es como el tipo que entra en una heladería maravillosa llena de helados de todos los colores y sabores y siempre pide una bola de vainilla. Y eso eres tú, hombrecito.

¿Practicante del sexo convencional?, pensó Daniel. Ni eso, se dijo con desconsuelo. Ni convencional, ni sexo, ni practicante.

—Y tú, con toda esa paletería y esa ignorancia, ¿pretendes acostarte con una de mis esclavas? Vamos a ver primero si te lo ganas... Vamos a ver si me complaces lo suficiente como para hacerme sentir magnánima contigo. Porque por ahora estoy muy enfadada... Muy enfadada... Prepárate, porque te vas a enterar... Vas a aprender que hay otras maneras de sentir... y de sufrir... Escucha bien, mequetrefe, porque no te lo voy a repetir. Antes de que empiece a divertirme contigo tenemos que acordar una clave de seguridad.

—¿Una clave de seguridad?

La fusta le calentó una oreja.

—¡Ama! —añadió en un chillido.

—Si sientes que no lo resistes, y sólo entonces, puedes decir la clave de seguridad y yo pararé y el juego se terminará.

—¿Y no puedo simplemente pedirle que pare... Ama?

—Pero qué hombrecillo más estúpido... ¿No entiendes que tus súplicas y tus gemidos son mi placer y el tuyo? ¿Que me pedirás que me detenga pero no querrás que lo haga? ¿Que implorar forma parte del juego?

Daniel calló, amedrentado.

—Por eso es necesario buscar una palabra o una frase que no tenga nada que ver con lo que estamos haciendo, para que quede claro y no haya equívocos. Para que no pueda ser confundida con nada.

La Dómina apretó los labios en una sonrisita maliciosa.

—Tortilla de patatas. Ésa va a ser tu clave de seguridad. Si ves que no lo aguantas, tú di «tortilla de patatas». Y estarás fuera. ¿Lo has entendido, hombrecillo?

—Sí... Ama.

La Dómina le miró con su cara de ángel frío y se relamió los labios burlonamente.

—Está bien... Creo que me voy a divertir contigo. Bájate los pantalones y los calzoncillos.

Daniel obedeció con dedos temblorosos y la cara ardiendo. Por ahora la cosa no le estaba excitando nada. Por ahora sólo se sentía fuera de lugar y bastante ridículo. Y además, ¿qué iba a hacerle la Dómina? Había oído hablar de cera que abrasaba... Eso no le iba a gustar. Y de pinzas que apretaban los pezones. Eso tampoco. Se sujetó a una de las cruces de tortura y levantó un pie para sacarse la pernera del vaquero, pero un fustazo en la mano le hizo detener el movimiento.

—¿Te he dicho acaso que te los quites, mequetrefe? Sólo he dicho que te los bajes.

Daniel se quedó de pie, desconcertado, con el gurruño de su ropa en los tobillos.

—Camina hasta ese potro de allí y túmbate encima boca abajo.

Los pantalones y los calzoncillos le impedían andar normalmente, así que tuvo que cruzar el cuarto anadeando con pequeños brincos. Oyó la risa cruel de la Dómina:

—Así..., saltando como un pollo... Qué ridículo estás, hombrecito.

Por la cabeza de Daniel pasó como un relámpago la imagen de uno de sus pacientes, de un pobre viejo de barriga bamboleante al que él había hecho cruzar el cuarto de curas del mismo modo, con los pantalones en los tobillos. Se tumbó sobre el potro, que era de acero y tenía la parte superior acolchada en látex negro. Estaba muerto de miedo.

—Estira los brazos...

Obedeció y la Dómina cerró dos grilletes en torno a sus muñecas. Luego la mujer tentó sus tobillos entre el lío de ropas y también los encadenó con dos sonoros chasquidos. Daniel experimentó un espasmo de pánico al sentirse atrapado. Pero entonces se fijó en que los grilletes estaban forrados de fieltro, como para evitar herir la piel, y suspiró algo aliviado. Es un juego, se dijo. No es más que un juego. Tengo que relajarme y disfrutar. Notó sus genitales desnudos en contacto con el látex del potro, y cómo la Dómina levantaba los faldones de su camisa con la fusta, para dejar sus posaderas bien al aire. Luego el flexible rebenque empezó a bajar suave y lentamente por el canal de sus nalgas, como en una caricia, entreabriendo la carne. Ahhhhhh, resopló el médico, entusiasmado,

167

sintiendo una súbita y feroz excitación. Y pensó: esto va a ser tremendo.

Lo fue. Daniel aguantó exactamente once vergajazos. Por lo general Macarena empezaba con suavidad y jugaba más con el cliente, pero estaba con el síndrome premenstrual, y deprimida por haberse tenido que volver a España y por ver a su pobre padre con los labios amoratados y boqueando, y verdaderamente harta de neófitos. De manera que se saltó las normas profesionales y disfrutó zurrándolo. A medida que iba subiendo la intensidad de sus golpes, Daniel chillaba más y ponía mayor énfasis en decir que le dolía y en pedir que por favor por favor se detuviera. Al octavo trallazo entreverado de insultos la cosa ya le pareció insoportable, pero le daba tanta vergüenza soltar la ridícula clave de seguridad que aguantó todavía tres fustazos más, hasta que al undécimo se puso a berrear como un poseso:

—¡Tortilla de patatas! ¡Tortilla de patatas! ¡Tortilla de patatas, maldita sea!

En cuanto la Dómina le soltó, Daniel se puso en pie, se arregló las ropas como pudo y salió corriendo de la habitación sin siquiera atreverse a mirar a la mujer. Anda y que te folle un pez, *vainilla* de mierda, pensó Macarena, que a pesar de su aspecto cosmopolita se había criado en un barrio obrero. El médico trastabilló por el corredor: iba tambaleante y tembloroso, emborrachado de adrenalina. Bajó por las escaleras para no tener que esperar el ascensor, atravesó el vestíbulo como una exhalación y, en su prisa por abandonar el burdel, casi se llevó por delante a uno de los gorilas de la entrada.

—Eh, cuidado, tío...

Salvó los escalones de un salto y comprobó que, en efecto, no había ningún taxi en la puerta. Así que echó a andar a toda prisa carretera adelante y sólo redujo un poco la velocidad, agotado y con las pantorrillas acalambradas, cuando salió a la carretera de La Coruña. Maldita sea, se dijo con exasperación, iba a tener que caminar varios kilómetros por el arcén de la autopista hasta llegar a algún sitio donde coger un taxi. Maldita sea, resopló casi llorando mientras sentía que las nalgas le ardían al rozarse contra el calzoncillo, para castigarse ya se bastaba él solo haciendo de su vida un disparate.

Cuando Fatma se despertó fuera ya estaba muy oscuro. Encendió la lámpara de la mesilla y miró el reloj: las siete menos cuarto de la tarde. Alargó la mano y sacó la pequeña caja de bambú que ocultaba debajo de su cama. Alzó la tapa de rejilla y la lagartija giró sobre sí misma, apoyó las patitas en el borde de la caja y la miró con sus ojos intensos. Era su manera de saludar.

Fatma acarició suavemente al reptil y lo depositó sobre la almohada; luego se estiró con voluptuoso deleite entre las sábanas. Era un poco tarde, pero la noche anterior Draco la había enviado a una fiesta privada y había terminado a las once de la mañana. Tenía derecho a disfrutar de un poco de descanso. Vanessa, su compañera de cuarto, ya se había marchado. O sea que Fatma estaba de suerte en esos momentos. Fatma era lo que se dice rica. Tenía tiempo para sí misma en soledad. Tenía a Bigga a su lado, sano y a salvo. Tenía una cama calentita de colchón blando y sábanas suaves. Nadie iba a matarla, o al menos no era probable. Tampoco era probable que le hicieran daño en las próximas horas. Estaba bien alimentada, y ahora mismo, en cuanto se levantara, iría a la cocina a prepararse un desayuno formidable. Podía comer todo lo que quisiera. Cosas muy ricas hasta hartarse. Volvió a desperezarse, regocijándose del placer de sentir su propio cuerpo, ese cuerpo sano y joven y fuerte y entero. Estiró el brazo derecho por encima del embozo: sí, entero hasta la puntita misma de sus manos. Sacó una pierna de debajo de las sábanas y la extendió en el aire: entera hasta los talones y las rosadas uñas de los pies. Ahora mismo iba a levantarse, iba a ir hasta el cuarto de baño y se iba a dar una ducha bien caliente con un jabón líquido que olía a mandarinas. La vida tenía cosas maravillosas.

Oyó rumor de pasos en el corredor y, previsora, volvió a meter a Bigga en su caja. Los cuartos de las pupilas se encontraban en la parte trasera del Cachito y no estaban mal, a Fatma le parecían más que suficiente. Pero no tenían cerradura. No había manera de encerrarse en el Cachito, ni en los dormitorios ni en la sala de baño colectiva. Lo peor era que en cualquier momento podía entrar el jefe o alguno de sus perros. Esa falta de intimidad le resultaba más insoportable que tener que acostarse de cuando en cuando con Draco. Acostarse con el jefe era lo normal, en fin, las cosas eran así, y además Fatma sabía retirarse dentro de sí misma cuando lo hacía, había aprendido a protegerse muchos años atrás y a encerrarse en el último rincón de su cabeza. Allí, muy lejos de su cuerpo, pensaba en cosas hermosas. Pensaba en sus diez dedos de las manos y en sus diez dedos de los pies, y en lo bien que podía dar palmas y agarrar delicadamente a Bigga, en lo bien que podía saltar y correr y bailar con esos veinte deditos. Solía estar ahí dentro refugiada mientras atendía a los clientes, y cuando la penetraban no llegaban a ella.

Los pasos del otro lado de la puerta se alejaron. Debía de ser alguna compañera. Fatma respiró aliviada. Tenía miedo sobre todo por su Nga-fá; sabía que, si Draco descubría a Bigga, tendría un poder sobre ella ilimitado. Vanessa sabía de la lagartija, es decir, de la existencia de la lagartija, aunque ignorara qué ocultaba. Pero Vanessa era una buena chica. En realidad el mundo estaba lleno de buenas personas. Como el taxista viudo, por ejemplo. Gente dispuesta a hacer buenas cosas por los otros a cambio de nada. La noche que fue al San Felipe para que le cosieran la herida del brazo había coincidido en la sala de espera con dos tipos cojos. Uno era un chico joven, no más de veinte años. Sus dos piernas eran demasiado cortas y llevaba zapatos especiales y muchos hierros. Tenía que usar muletas y aun así se movía muy mal. El otro era algo mayor, tal vez de treinta y tantos, y también estaba contrahecho. Las piernas se le curvaban hacia dentro, y una de ellas era mucho más corta y acababa en un pie deforme y en una bota de plataforma muy alta. Pero el hombre se las apañaba para moverse sin apoyos. Ambos atravesaron la sala de espera arrastrándose penosamente hasta alcanzar los asientos; el mayor acomodó con cuidado al más joven, y luego le preguntó si quería tomar algo. Sí, sí, dijo el chico, intentando levantarse. Quita, quita, voy yo a buscarte la bebida, contestó el mayor con la tranquila seguridad del sano que cuida del enfermo, del fuerte que vela por el débil, del sabio que protege al ignorante. Y allá fue él hasta la lejana máquina de bebidas, bamboleándose como un pato y arrastrando agónicamente su pierna marchita, sólo por darle un poco de gusto, por animar a su amigo doliente.

Tanta gente buena.

Una mañana muchos años atrás, en la otra vida, Fatma consiguió escapar de la guerrilla. Había ido a buscar agua con otras niñas y, mientras estaban fuera, el campamento fue atacado por las fuerzas del Gobierno, los Kamajor, y ella aprovechó la confusión para salir huyendo. Recordaba borrosamente lo que sucedió después. Recordaba que caminó y caminó, y que, cuando estaba a punto de dejarse morir, siguió caminando un poco más. Y así, paso a paso, cubrió trescientos kilómetros y llegó cerca de Freetown, la capital. Y entonces encontró a Nanamoudou, que era un sacerdote católico guineano que había hecho un refugio para niños. Para niños soldados y para niñas putas como ella. Y ahí Fatma curó los pies y el cuerpo y un poco el corazón, y engordó hasta esconder los huesos bajo la carne. Eso duró poco porque vinieron otra vez los Kamajor, que se vestían con sacos de patatas y pelucas, que llevaban las cabezas de sus enemigos como adorno, que estaban locos y creían que las balas no podían tocarles, y torturaron a Nanamoudou para que les confesara dónde estaban los niños, porque decían que eran guerrilleros. Pero Nanamoudou, que había ocultado a los niños en una cueva, no habló aunque le hicieron comer sus propias tripas. Y así fue como Fatma se salvó otra vez.

Tanta gente buena.

A veces Fatma soñaba que había matado a alguien Era una pesadilla vaga, sin detalles, sólo con la angustiosa sensación de su propia culpa. Despertaba empapada en sudor y durante unos instantes esa culpa la perseguía todavía. Incluso con los ojos abiertos sentía el corazón ennegrecido por el daño hecho. Pero entonces cogía a Bigga, a su Nga-fá, y comprendía que ella no era culpable de nada, que lo que pasaba era que todos los muertos que había visto en su vida se le metían por la noche en la cabeza, aprovechándose de que estaba dormida e indefensa. Venían los muertos a pedirle respeto y un poco de cariño, y ella intentaba complacerles; Fatma pensaba en ellos con afecto y con gratitud, porque ella tenía tanto y ellos tan poco que era natural que vinieran a reclamarle. A menudo Fatma recordaba a aquella niña que conoció en el dispensario que había montado Nanamoudou. Debía de tener unos diez años y le faltaban los brazos y las piernas porque la guerrilla se los había cortado a machetazos. Pero la niña sonreía, simplemente contenta de estar viva. Ella, en cambio, tenía dos piernas enteras y dos brazos bien sanos, y los veinte dedos sin faltarle ni uno, y dos orejas a los lados de la cabeza, y la nariz encima de los agujeros para respirar, y los labios encima de la boca. No como otros. Ella tenía de todo y era feliz.

Tras haberse topado con el doctor Ortiz en el hospital, todo el dolor, la incredulidad y la furia que atenazaban a Matías desde la muerte de Rita habían empezado a ordenarse dentro de él y a concentrarse en el médico, de la misma manera que un tornado ordena y dirige la violencia del viento. El taxista estaba cada día más convencido de que nada de lo que le sucedía era casual; el asesinato del viejo le había llevado al hospital y a comprender el papel de Ortiz en el prematuro fin de Rita, y la neumonía de su vecino había hecho que se vieran cara a cara, que pudiera reconocerle y recordar su nombre. Matías creía que el destino estaba empujándole a hacer algo, aunque todavía no sabía qué. Pero, fuera lo que fuese, él quería hacerlo, él quería dar salida a toda esa energía negra que daba vueltas dentro de él y aullaba como un huracán en su interior.

Así se van construyendo las obsesiones: con un vértigo repetitivo de pensamientos que cada vez se encierran más y más en un solo objetivo. Ya en la primera noche, cuando la neumonía de Rashid, Matías se quedó colgado del recuerdo del médico. Tras ingresar al marroquí el taxista hubiera debido irse a trabajar, pero no fue capaz de hacerlo. En vez de eso se había vuelto a apostar en la esquina de enfrente, vigilando la puerta del San Felipe. Esperó hasta ver salir a Ortiz, muchas horas más tarde, y luego un raro impulso le hizo arrancar el taxi y acercarse a la barrera del aparcamiento del hospital, en donde aguardó hasta que el hombre pasó por delante de él con su vehículo. Así localizó cuál era el coche del médico, y luego se las apañó para ir detrás sin que el otro le viera hasta descubrir dónde vivía.

En un organismo predispuesto, las manías pueden dispararse con la velocidad y la virulencia de una infección mortal. De repente, Matías se obcecó con el doctor Ortiz. Ya no trabajaba como taxista, ya no admitía pasajeros: se pasaba las noches acechando al médico. Le aguardaba, le seguía, le vigilaba. A veces incluso se colaba en la sala de espera del San Felipe y espiaba durante horas su comportamiento profesional. Matías quería reconstruir la existencia del médico, adivinar cómo era. Una tarea tediosa, porque las rutinas del doctor eran de una simpleza exasperante: su casa, el hospital, alguna copa en solitario en el bar de enfrente. El taxista era el testigo silencioso de esa pequeña vida. Que a pesar de todo era una vida. Ortiz seguía disfrutando de esa vida minúscula tras haber provocado la gran muerte de Rita. Y eso era insoportable, inadmisible. El mismo Matías había destrozado con meticulosidad su propia existencia, había abandonado su casa y malcomía y dormitaba en el suelo, porque la simple idea de que pudiera haber una vida normal sin ella le parecía algo monstruoso. Y, sin embargo, ahí estaba ese maldito médico, intacto, impertérrito, arropado en sus costumbres. El taxista le odiaba cada día un poco más, hasta que una madrugada sucedió algo que fue la gota final que colmó su ira.

Como de costumbre, Matías había estado toda la noche de guardia frente al hospital, y cuando Ortiz salió le siguió al bar de siempre, e incluso entró en el local detrás de él y se apostó en una esquina de la barra. Le vio sentarse junto a la ventana y pedir un whisky. Igual que otras veces. Pero entonces ocurrió algo muy distinto: a los pocos minutos, apareció ella. Una mujer. Su mujer. El monstruo, dedujo el taxista con una punzada de incredulidad, estaba casado. ¿Cómo no había pensado en ello? Le había visto siempre tan arisco y tan solo que le imaginó soltero. La mujer se acercó al médico y le abrazó con ese afecto acostumbrado y cómplice que Matías conocía tan bien. Luego, la esposa del monstruo se sentó a su lado, muy cerca de él, y se pasaron un buen rato con las cabezas muy juntas, hablándose con susurrante pasión e intensidad, solos ellos dos en mitad del mundo, solos ellos dos y se bastaban. Matías tuvo que hacer un violento esfuerzo de contención para no ponerse a aullar de dolor, porque la añoranza de Rita le abrasaba como un hierro al rojo. Resonó un estampido: el médico había tirado sin querer la copa que estaba bebiendo y, al chocar contra el suelo, el cristal había estallado en mil pedazos. La mujer secó solícitamente con unas servilletas los pantalones del médico, manchados por las salpicaduras de la copa. Luego dejaron unos billetes en la mesa, se levantaron y salieron del bar. El taxista los vio cruzar la calle agarrados del brazo, protegiéndose el uno al otro bajo la luz macilenta del amanecer. Y desaparecer en el portal. Todo lo tenía, su depredador. El ladrón vivía en la opulencia.

Matías sintió que se ahogaba, que se mareaba, que la boca se le inundaba de la cálida saliva que precede al vómito. Quizá el ruido que había creído oír al romperse el vaso había sido en realidad el estruendo de su propio corazón al desgarrarse. Arrojó unas monedas sobre la barra y salió corriendo del local. En cuatro zancadas llegó hasta su taxi y, sin pararse a pensarlo ni entenderlo, descargó un brutal puñetazo en la puerta del coche. Restalló la chapa, los huesos crujieron y los oídos de Matías retumbaron con el ruido estridente de su propio alarido, un bramido de furia y sufrimiento que enseguida, felizmente, se volvió dolor físico, porque se dejó los dedos machacados.

—Mierda —rugió, metiéndose la mano bajo la axila.

Un madrugador ejecutivo de traje y corbata cruzó a la otra acera y se alejó de Matías a toda prisa, mirándole a hurtadillas con ojos de miedo. Aguantando el aliento, el taxista abrió la mano y probó a mover los dedos. Estaban machacados y desollados y sin duda se hincharían, pero parecían responder... Todos menos el meñique, torcido y quizá roto. Abrió la puerta del coche, que mostraba una abolladura redonda como un cráter y jaspeada de sangre, y sacó de la guantera el rollo de cinta adhesiva que siempre llevaba, un utensilio polivalente de utilidad insospechada al que se había aficionado en su antiguo empleo de mudanzas. Apretó los dientes, estiró el meñique pese a la tortura que suponía moverlo y, una vez enderezado, lo alineó junto al anular y cubrió ambos con un kleenex limpio. A continuación unió los dos dedos con la cinta adhesiva y los fue recubriendo con sucesivas capas hasta dejarlos inmovilizados: no era la primera vez que se rompía un dedo. Luego rebuscó por las bandejas del taxi hasta encontrar dos aspirinas sueltas, grisáceas y llenas de pelusas, que limpió someramente contra el pantalón y tragó sin agua. Sentado en el coche, se concentró en respirar con regularidad, a la espera de que el dolor menguara, aunque él sabía que el daño era total e irreparable. Que la mano se curaría, pero que la vida no dejaría de doler jamás.

Gimió quedamente. No lo soportaba. No soportaba que el doctor siguiera teniendo una vida plena tras haberle destrozado la suya. Un médico negligente, un mal médico sin sentido de la responsabilidad era una anomalía vital, una aberración que contribuía al caos de las cosas. El doctor Ortiz formaba parte del desorden y era un peligro para todos. Había que impedir que volviera a hacer daño. Sí, Matías estaba decidido a hacer algo al respecto. Todavía no sabía qué, pero lo haría.

Dos semanas después de haber visto a la mujer de Ortiz, Matías seguía instalado en su puesto de vigía, sin haber hecho nada todavía y sin siquiera haber preparado ningún plan en concreto. El taxista echó otro vistazo al reloj. Lo consultaba cientos de veces cada noche, exasperado ante el lentísimo avance de las manecillas. Pronto amanecería y habría desperdiciado otra jornada más. Estaba empezando a desesperar, porque hacía seis días que había perdido a su presa. Una noche vio salir a Ortiz del hospital y coger un taxi, cosa sorprendente porque le constaba que el coche del médico aún estaba en el aparcamiento del San Felipe. Se apresuró a arrancar y seguir al compañero, pero el meñique roto le dificultaba los giros del volante y le retrasó. Fue detenido por un semáforo antes de poder distinguir el número de licencia o la matrícula, y cuando volvió a alcanzarlos había dos taxis idénticos, los dos con un solo pasajero. En la oscuridad era imposible descubrir cuál era el del doctor. Apretó el acelerador intentando ponerse a la par de los coches para salir de dudas, pero llegó una rotonda y los taxis tomaron calles distintas. Matías tuvo que decidirse por uno; pocos cientos de metros más allá, cuando llegó a su altura, comprobó que se había equivocado. Había perdido a Ortiz, y lo peor era que desde entonces no había vuelto a encontrarlo. El coche del médico seguía en el aparcamiento del hospital, pero el hombre no aparecía por ningún lado. Entonces Matías había llamado al San Felipe y le habían dicho que el médico estaba enfermo. La noticia le desazonó; se maldijo a sí mismo por no haber actuado antes, y de pronto temió que sucediera algo, cualquier cosa, que le impidiera vengarse. Siguió haciendo guardia ante la puerta de Urgencias, pero Ortiz no regresaba y él se sentía cada vez más nervioso.

Llovía desapaciblemente y cada cierto tiempo tenía que accionar los limpiaparabrisas para poder ver algo. Las escobillas barrieron el cristal con un siseo, pero las gotas de agua volvieron a emborronar el mundo en pocos segundos. De pronto, un inmenso cansancio se abatió sobre el taxista como un oscuro velo. Advirtió que tenía hambre, y sed, y deseos de orinar; que su cuello estaba agarrotado y la espalda le dolía. Sintió que su cuerpo reclamaba vivir y le exigía atención y cuidados, y entre las brumas del agotamiento le pareció percibir un pequeño deseo de descanso y olvido. Matías se enderezó en el asiento, espantado: rendirse nunca, descansar nunca, olvidar jamás. Un pellizco de pánico le retorció las tripas. Dejar de sentir dolor por la muerte de Rita sería como volver a matarla. Por eso le preocupaba no ver al medicucho: tenía miedo de no ser capaz de seguir odiándole lo suficiente.

El espasmo de angustia le había dejado resoplando, y le llevó un buen rato serenar el aliento y conseguir volver a llenar los pulmones de un aire respirable. La proximidad del alba estaba destiñendo la noche en un negro sucio y Matías decidió dar por terminada su vigilancia. También resolvió acercarse al Oasis antes de irse a la parcela. Para comer algo, pero sobre todo para recoger las sobras que Luzbella le guardaba para Chucho y Perra.

Cuando Matías llegó al bar, Cerebro estaba ya en la fase rígida de su proceso etílico nocturno. Cerca, muy cerca del silencio. Pero de todos modos se alegró de ver entrar al taxista: le echaba de menos, le había cogido cariño, disfrutaba contándole pequeñas anécdotas del mundo de la ciencia, curiosidades que ella explicaba con antiguos modos didácticos, residuos de la profesora que había sido. Aunque la mujer no recordaba bien su vida primera, antes de convertirse en una vieja insomne y solitaria aferrada a una copa. Bebía para olvidar, y casi lo había logrado. Durante años, Cerebro había sido una presencia callada y remota en el Oasis, y había cumplido con exactitud y perseverancia de investigadora científica su férreo programa de embrutecimiento. Pero algo del taxista había llegado hasta ella, quizá su desesperación o su dolor o su vacío; algo que había hecho que Cerebro le sintiera cercano y que volviera a recrearse explicando historias. Así que ahora le sonrió con genuino agrado.

—Buenas noches, Matías.

El hombre no contestó. Se sentó en la barra junto a ella, con la cabeza hundida entre los hombros. Su pesadumbre se podía oler como un sudor agrio. Cerebro advirtió que el taxista estaba mal, esto es, que estaba un poco peor de lo mal que siempre estaba. Entonces se le agolparon en la boca palabras del pasado, cosas hermosas que ella supo un día, y pensó que podría contar algo bello y verdadero para intentar animarle.

—Ay, Matías, Matías, amigo mío, te veo mal. Te diré una cosa: sé lo que es eso. Sé que a veces la vida aprieta tanto que no te deja sitio para respirar. Y entonces bebo. Y los pulmones respiran alcohol, en vez de oxígeno. Pero no era de eso de lo que te iba a hablar, porque sé que a ti no te gusta demasiado la bebida. Hay otros trucos buenos contra la desesperación, y todos pasan por salir de uno mismo. Del agujero de la propia pena. Beber también te saca de ti mismo porque te anestesia. Es como el enfermo que está anestesiado en un quirófano: pueden cortarle la pierna y no se entera, porque de algún modo no está ahí. Pero ya hemos quedado en que tú no eres partidario del alcohol. Bueno, hay otras maneras de salir de uno mismo, como, por ejemplo, pensar en lo infinitamente grande... ¿Qué es tu dolor de hoy, de este minuto, de esta hora, de este día, incluso de toda tu pequeñísima vida, comparado con los 4.500 millones de años que lleva existiendo la Tierra? Pero todavía funciona mejor pensar en lo muy pequeño. Por ejemplo, en los átomos. Ya sabes que todo lo que existe en el universo está compuesto de átomos. Están por todas partes. Están en el aire transparente, en las piedras rugosas, en nuestra carne blanda. Y hay tantos, tantísimos átomos en el universo que su número resulta inimaginable. Son cifras inhumanas que no caben en la cabeza. Los átomos se agrupan en moléculas; dos o más átomos unidos de manera más o menos estable forman una molécula. Y para que te hagas una idea, te diré que en un centímetro cúbico de aire, que es lo que abulta uno de esos dados con los que están jugando en esa mesa tus amigos taxistas, en un dado de esos de aire, digo, hay unos 45.000 millones de millones de moléculas. Ahora mira alrededor e intenta imaginar la exorbitante cantidad de átomos que hay por todas partes. Por añadidura, los átomos, además de ser muchísimos, son prácticamente eternos. Duran y duran un tiempo incalculable. De manera que esa cosa tan minúscula es inmensa en número y en persistencia. Los átomos se pasan sus larguísimas vidas moviéndose de acá para allá y haciendo y deshaciendo moléculas. Sin duda parte de los átomos que hay en nuestro cuerpo proviene del corazón candente de algún sol lejano. Ya sabes, somos polvo de estrellas. Y no sólo eso: estadísticamente es más que probable que tengamos millones de átomos de cualquiera de los personajes históricos que puedas nombrar. Mil millones de átomos de Cervantes. Y de Madame Curie. Mil millones de Platón y otros mil millones de Cleopatra. Los átomos tardan cierto tiempo en reciclarse, o sea que tienen que pasar bastantes décadas de la muerte de alguien para que sus átomos consigan volver a entrar en el circuito; pero se puede decir que todos los seres humanos que ha habido en la Tierra viven en mí, y que yo viviré en todos los que vendrán en el futuro. Y en un tallo de hierba quemado por el sol o en el cuerpo acorazado de un escarabajo.

Esto fue lo que pensó Cerebro que estaría bien decir, y ciertamente se trataba de algo alentador y hermoso. Lástima que para esas alturas de la madrugada la mujer ya se encontrara demasiado bebida y tuviera miedo de no controlar su dicción de modo suficiente. Temía sisear con las eses, redoblar las erres y tropezarse irremisiblemente con las dentales. Temía farfullar y parecer beoda, cosa que le espantaba, porque, pese a la dureza de su vida y a las humillaciones que había tenido que soportar, Cerebro había conseguido mantener el orgullo y seguía aferrada a su sentido de la dignidad como el náufrago que se hunde aferrado a la bandera de su navío. Por consiguiente que, tras morder las palabras y dudarlo un rato, la mujer se calló, como se callaba todas las madrugadas; pero esta vez le dio tanta pena sumirse en el silencio que los ojos se le llenaron de lágrimas. Se puso en pie, dura como un alambre, decidida a largarse cuanto antes.

—Me voy. Buenas noches.

Matías la miró, y supuso que la excesiva humedad de sus ojos era un efecto de la bebida. A decir verdad, tampoco se equivocaba demasiado. Pobre Cerebro, pensó el taxista, sintiendo por ella una compasión cercana a la ternura. De repente la veía muy mayor, cansada, indefensa. ¿Dónde viviría? Siempre se marchaba sola al despuntar el día. No podía ir muy lejos, si iba andando; pero, con la excepción del Cachito, los edificios más próximos estaban a bastante distancia y había que atravesar carreteras imposibles de cruzar y lóbregos desmontes.

—Venga, la llevo a casa —dijo Matías agarrándola del brazo.

Cerebro se soltó de un tirón.

—¡No! Yo me voy sola —gruñó.

Luego la mujer ablandó un poco el gesto, se atusó el cabello con una mano algo temblorosa, sonrió brevemente.

—De verdad. Gracias, pero lo prefiero así —dijo, expresándose con precisión y lentitud—: Buenas noches.

Dicho lo cual, salió por la puerta andando muy tiesa y algo escorada hacia la derecha, como si estuviese soplando sobre ella un ventarrón. Fue una pena que Cerebro no se atreviese a hablar, fue una pena que la vieja se callara, porque a Matías le habría supuesto un gran consuelo enterarse de que, en algún momento del futuro, sus propios átomos y los átomos de Rita volverían a estar unidos en algún cuerpo. Pero hay días que son más desabridos que otros, y en aquel día mezquino Matías perdió para siempre la oportunidad de informarse de algo que le hubiera importado muchísimo. Todo lo que aprendemos en nuestras breves vidas no es más que una pizca insustancial arrancada de la enormidad de lo que nunca sabremos.

En realidad Cerebro vivía al otro lado de la autopista de La Coruña, apenas a cinco minutos del Oasis. Cruzaba la carretera por una pasarela de peatones, y eso era lo que no se le había ocurrido a Matías, que utilizara la pasarela y que viviera tan cerca. Su casa era un enorme palacete de piedra, una de las antiguas villas señoriales que antaño jalonaban la salida noroeste de Madrid. A medida que la autopista fue ensanchando, el asfalto se había ido comiendo los jardines de las viejas casonas y, en ocasiones, había obligado a derruir las villas. Los acaudalados dueños originales hacía tiempo que habían vendido sus propiedades y ahora los pocos palacetes que quedaban, sin tierras y apretados contra el muro de la autovía como condenados contra el paredón, habían sido reconvertidos en oficinas, tiendas o discotecas. Todos menos el perteneciente a la familia de Cerebro. Una familia extinguida de ricos añejos de la que sólo quedaban Cerebro y el deteriorado palacete. La casa era una ruina, la techumbre calaba con las lluvias y amenazaba hundirse, las contraventanas de madera estaban descolgadas de sus goznes y los escalones de la entrada habían sido sepultados por las madreselvas, que antes adornaban el desaparecido jardín y que ahora se habían transmutado en leñosas y voraces malas hierbas. El interior era enorme y estaba prácticamente vacío: Cerebro se lo había ido comiendo, o mejor dicho, bebiendo, mueble a mueble y cuadro a cuadro. Bombillas peladas colgaban de los cables eléctricos, ofreciendo una luz enfermiza y deprimente bajo la que Cerebro, en efecto, se deprimía. A todas horas del día y de la noche zumbaba atronadora la autopista. Pasaba tan cerca que los coches parecían estar dentro de casa y los muros temblaban. Allí vivía Cerebro, durmiendo el sueño sin descanso de los beodos sobre un viejo sofá con los muelles rotos. Sin saberlo, Matías y ella habitaban en la misma precariedad, en el mismo despojo, aunque provinieran de pasados muy distintos.

Aquella noche, como tantas otras, Cerebro regresó a su casa contando los pasos. Era su manera de llegar. Su truco para encontrar el camino, sus numéricos garbanzos de Garbancito. Al salir del Oasis, quince pasos de frente y luego 105 a la izquierda, hasta alcanzar el arcén de la autopista por la trocha apenas distinguible entre los hierbajos de la cuneta. Una vez en el arcén, ochenta pasos hacia delante le hacían llegar a la pasarela. Ahí tenía que ejecutar una especie de U, como si recorriera tres lados de un cuadrado dando seis pasos en cada segmento; y así, dibujando geometrías con los pies, era como se las arreglaba para enfilar la escalera que conducía al puente elevado. Si no pensaba en la U y en el cuadrado, le costaba mucho encontrar el acceso entre las turbiedades del alcohol y la penumbra. Una vez hallado el hueco de la entrada, Cerebro subía y subía sin parar. Tres tramos de quince, quince y nueve escalones dispuestos en zigzag.

Con dos pasos más entre cada tramo para salvar los descansillos. Allí arriba venía la peor parte, la más vertiginosa, la más amedrentante. Había que cruzar la pasarela sobre el río de coches y de luces, sobre el ruido aturdidor y la vorágine, sobre la velocidad que siseaba a sus pies. Cerebro se agarraba a la barandilla y se forzaba a caminar, aunque todo le diera vueltas y en ocasiones no supiera decir si estaba cabeza arriba o cabeza abajo, si las luces de los coches eran el firmamento o si el cielo anaranjado de la noche urbana no era más que el reflejo de las farolas sobre el asfalto. Y en esos momentos tenía que aferrarse convulsivamente al pretil de hierro, porque se sentía caer hacia arriba. Tenía mucho miedo de echar a volar. Cien pasos le llevaba esta travesía. Cien lentísimos pasos entre el fragor. Y al fin llegaba al otro extremo. Ánimo, se decía, ya no queda nada. Quince escalones de bajada, y otros quince, y luego dieciséis, porque por ese lado el suelo estaba más hundido. Entonces tenía que dar ocho pasos de frente hasta llegar al muro defensivo de la autopista. Torcer ahí hacia la derecha, y caminar 135 pasos más en paralelo al muro y en dirección hacia Madrid. Y ya estaba. Justo ahí entraba en el metro y medio de terreno que le habían dejado delante de su casa, en el estrecho pasillo conquistado por las hambrientas madreselvas. Si contaba los escalones como pasos, en total había 554 entre el Oasis y su casa. O bien había 469 pasos y 85 escalones, si quería expresarse con mayor precisión. Eso era lo que todavía la salvaba. La precisión. Mejor dicho, los restos, las ruinas de la precisión que antes tenía, mucho tiempo atrás, antes de que sucediera aquello que le partió la vida, aquello de lo que ya casi no se acordaba.

Aquella noche, como tantas otras, Cerebro regresó contando su camino. Estaba en el paso 273, o bien en el 222, más 39 escalones, más doce pasos sobre la pasarela, cuando vio aparecer a unas cuantas personas al otro lado del puente. A veces sucedía, aunque la última ampliación de la autopista y el progresivo despoblamiento de los márgenes habían dejado el puente peatonal bastante obsoleto. Pero aún se utilizaba de cuando en cuando, sobre todo para llegar a las paradas del autobús. Cerebro siguió su penoso avance por la pasarela, aferrada a la baranda de hierro. Once pasos más allá, en el 284 (o bien 222 más 39 más 23), a Cerebro le pareció que la gente que venía hacia ella tenía algo extraño. Eran jóvenes, o eso creía ver bajo el resplandor amarillento de las farolas y entre la brumosa incertidumbre del alcohol. Todos hombres. Tal vez fueran cinco o seis. Y caminaban agrupados como animales. Compactos y firmes. Como una manada de lobos en busca de una presa. Cerebro dio dos pasos más y se detuvo en el 286. La embriaguez se le estaba despejando velozmente como un velo de gasa que se rasga. Era el miedo, el efecto milagroso de la adrenalina. Porque, de pronto, Cerebro tuvo miedo. Venían muy deprisa. Estaban ya muy cerca y la miraban. Reían, comentaban algo entre sí, la señalaban. La mujer pensó en darse la vuelta, pero un simple cálculo de posibilidades y distancias le hizo comprender que no tenía la menor oportunidad de escapar de ellos. De manera que decidió seguir adelante. Pasar a su lado. Intentar ignorarlos y que la ignoraran.

Pero ellos se pararon. Se detuvieron justo delante de ella, desplegados en línea, cortando el camino. Media docena de cachorros feroces.

—¿Adónde vas a estas horas, vieja chocha? —se rió burlón uno de los chicos.

Cerebro enderezó toda su seca fragilidad. Fue un movimiento instintivo, semejante al que hacen los perros cuando, al enfrentarse a un enemigo, erizan la pelambre del lomo para parecer más grandes. Pero ella no quería enfrentarse. Todavía no. Intentó evitar sus miradas. Intentó hacer caso omiso de sus palabras. Intentó escurrirse por uno de los laterales de la pasarela y dejarlos atrás. El chico se apretó contra la barandilla, bloqueando su paso.

—¡Adónde vas, vieja chocha, adónde vas! —repitió.

Cerebro alzó la cara lentamente y le contempló. No debía de tener más de diecisiete años. Alto, espigado, con buenas ropas, el pelo castaño corto y repeinado y aspecto deportivo. Un niño rico. Un pijo. Echó una rápida ojeada a los demás: todos tenían el aspecto de ser hijos, nietos y biznietos de familias bien alimentadas durante generaciones. Cerebro conocía a ese tipo de familias y a esa clase de vástagos, porque venía de un entorno similar. Suspiró, se estiró un poco más y miró directamente a los ojos del muchacho que había hablado.

—Voy a mi casa. Vengo de casa de unos amigos y voy a mi casa, que está ahí enfrente.

—¡Uau, qué pestazo a alcohol, vieja chocha! —gruñó el chico con grandes aspavientos—. ¡Eres una puta mendiga y una puta borracha, vieja chocha!

Los otros chavales rieron y corearon los insultos festivamente. Ninguno parecía llevar encima ni una gota de alcohol, desde luego. Pero su excitación y sus ojos desencajados anunciaban otra clase de drogas.

—Ni soy una mendiga ni soy una borracha. Sólo me he tomado unas copas en casa de mis amigos, igual que tú te has metido cocaína o a saber qué otro tipo de alcaloides. Y ahora déjame pasar o tendré que decírselo a vuestros padres.

Cerebro había recurrido a su tono más astringente, más profesoral, a los restos de su antiguo poder de catedrática. El chico acusó el golpe y una pequeña sombra de estupor le cruzó la cara. La vieja chocha no estaba respondiendo como una vieja chocha. Ni en su vocabulario ni en su voz de mando. Abrió la boca como para contestar algo, pero no dijo nada. Y entonces Cerebro se equivocó. Debería haber remachado con la fuerza de su voz, debería haberle vuelto a ordenar que se quitara de en medio, pero en vez de eso le perdieron los nervios y las ansias de marcharse, e intentó pasar por el lateral, empujando para ello el cuerpo del joven. Pero el contacto físico, en los varones cargados de testosterona y adrenalina, despierta inmediatamente una respuesta violenta, eso hubiera debido saberlo la cerebral Cerebro. El chico la agarró entre sus brazos y la levantó en vilo. Pesaba tan poco...

—Quieta ahí, so guarra... ¿Adónde te crees que vas? ¿Tienes mucha prisa? Pues te vamos a ayudar, si tienes prisa...

Estoy perdida, pensó Cerebro. El frío del terror fue extendiéndose en oleadas por su cuerpo. Tenía miedo del dolor físico, pero sobre todo le espantaba la humillación, la brutalidad sin sentido. El desconsuelo de esa muerte de mierda. Intentó defenderse, pero no pudo. Ayudado por otro de sus compinches, el muchacho la pasó por encima de la barandilla y la dejó colgando boca abajo sobre la autopista, mientras sujetaban sus piernas por las pantorrillas.

—¡Vas a ver qué rápido llegas abajo, vieja chocha, vas a llegar volando! —se reía el muchacho.

Detrás de él, los otros chicos vitoreaban y repetían parecidas necedades. Cerebro sintió ganas de vomitar. Los tobillos le dolían y la sangre latía en su cabeza; la falda se le había apelotonado en las caderas, dejando al aire sus piernas flacas y blancas, la nudosa flacidez de la senectud. La autopista rugía debajo de ella como una máquina de picar carne. Me romperé el cuello y todo acabará rápidamente, se dijo. Me partiré el cráneo antes de que alguien me atropelle. Intentó reconciliarse con su muerte, incluso con esa asquerosa y degradante muerte, pero no pudo. No logró darse por vencida.

—Escucha —gritó desde abajo, sintiendo que la voz le salía ahogada y ronca y temiendo que no la oyeran por el ruido del tráfico—. Escucha, nada más fácil que soltarme y matarme. ¿Eso es lo que quieres hacer con tu vida?

—No nos des la teórica, vieja chocha —gruñó el que llevaba la voz cantante.

Cerebro intentó levantar la cabeza para ver la cara de su agresor. Ahí estaba, allá arriba, asomado sobre ella. Las luces de la autopista le pintaban un rostro amarillento, como el de las representaciones de la Parca en el Medievo. Dejó caer la cabeza hacia atrás. No tenía músculos para mantener la posición y el cuello le dolía demasiado.

—Escucha, no debes de tener más de diecisiete o dieciocho años, ¿esto es lo que quieres ser el resto de tu vida? ¿Quieres ser el tipo que mató a la vieja en la autopista? Todos venimos al mundo para algo. Todos tenemos algo para hacer. ¿Tú quieres de verdad que tu vida sea esto?

Hizo otro esfuerzo ímprobo y volvió a mirarle. Y entonces pudo ver cómo sucedía. Fue testigo de uno de esos momentos trascendentes en la vida de un ser humano, uno de esos pequeños pero esenciales trayectos íntimos. Vio cómo se extendían ante su agresor dos futuros completos y coherentes, y cómo el chico escogía, cómo se decantaba por uno de ellos. Todos llevamos dentro una sombra de atrocidad y un anhelo de belleza, y algunas personas caminan por el borde mismo del despeñadero sin saber a qué lado acabarán cayendo. El muchacho arrugó el ceño e hizo chasquear la lengua con desagrado:

—¡Cállate de una vez, vieja chocha! Me estás poniendo dolor de cabeza.

Luego se volvió hacia su compañero:

—Venga, vamos a subirla.

—¿Tú crees?

—Estoy harto de esto. Es un coñazo.

Hubo algunos murmullos de queja o de fastidio, pero el líder del grupo no les dio tiempo a reaccionar. Alzó a Cerebro por encima del pretil y la ayudó a ponerse de pie sobre la pasarela. Luego la soltó y se alejó un par de pasos.

—A ver si te creías que te íbamos a tirar de verdad, tía tonta. Sólo ha sido para reírnos.

—Eso, para reírnos —corearon los otros.

—Y ahora lárgate —remató el muchacho, que, años más tarde, terminará siendo un juez de menores conocido por su dureza y su falta de compasión, un magistrado tan inflexible como sólo puede serlo quien se teme a sí mismo.

Cerebro veía puntos blancos, sentía zumbar la sangre en los oídos y se encontraba al borde del desmayo. Pero no podía caerse, ahora no. Se sujetó con la mano derecha a la barandilla y con la izquierda intentó bajarse las faldas y adecentarse. Las vertiginosas espirales de puntos empezaron a fundirse en su retina y, aunque todavía mareada, pensó que podía caminar. Echó a andar por la pasarela con vaivenes de borracha, aunque ahora no era por el alcohol, sino por la embriaguez del miedo. ¿Dónde se había quedado? En el 287. Dio nueve agónicos pasos más y en el 296 le fallaron las piernas y cayó de rodillas. Se levantó con desesperado esfuerzo, ayudándose de los barrotes de hierro. No miró hacia atrás; aunque a sus espaldas había un completo y extraño silencio, sabía que los chicos la estaban contemplando. Volvió a caerse en el 328, y en el 356. Luego llegó a la bajada y, cuando descendió el primer tramo, oyó las pisadas, los gritos y las risas de los jóvenes en las escaleras del otro lado, mientras abandonaban la pasarela y se marchaban. Entonces Cerebro se sentó en un escalón. Necesitaba recuperar fuerzas. Necesitaba volver a sentir su cabeza sobre los hombros y reflexionar sobre lo ocurrido. Qué tenaz era la vida, pensó con fatigada admiración; ella siempre había creído que quería matarse. Pero luego hasta las ruinosas e innecesarias existencias como la suya se empeñaban tercamente en seguir viviendo.

Ahora llovía.

Después de las sequías interminables, del aliento inesperadamente sahariano de los vientos de invierno, del calor inadecuado para la época y de todas las demás alteraciones del cambio climático, ahora se había puesto a llover. Es decir, a diluviar. Las pantallas de los televisores estaban llenas de turbulentos ríos de lodo, de rugientes crecidas de color marrón que arrastraban árboles y coches. Eso sucedía en Zaragoza, en Valladolid, en Tarragona. Pero luego también ponían imágenes de la otra esquina del mundo, tal vez de Indonesia o Filipinas, y allí las aguas desbordadas no arrastraban vehículos, sino vacas muertas e hinchadas, y a veces cabezas de personas agarradas a esas vacas, o incluso cadáveres humanos tan inflados como odres. Y siempre el agua pasando por los televisores con su sucia furia, arrancando matorrales, arrasando cosechas, royendo y arrastrando la piel de la Tierra hasta dejar desnuda la osamenta de rocas. Siempre el agua cayendo desapaciblemente sobre sus cabezas. Llevaba sin parar de llover una semana.

Que era el tiempo que Daniel se había pasado sin ir a trabajar. Había estado de baja porque se sentía mal.

Estaba enfermo de pena. El psiquiatra del San Felipe lo llamaría depresión, pero Ortiz estaba seguro de que no se trataba de una dolencia mental, sino de la mera apreciación objetiva de la realidad. Porque su realidad era lamentable. Tenía cuarenta y cinco años, ya casi era un viejo y, si no le había gustado su existencia hasta ahora, lo que le quedaba por delante necesariamente tenía que ser mucho peor. Por las noches, cuando se acostaba y apagaba la luz, le caían encima todas las calamidades que le aguardaban, el progresivo deterioro de la edad, la enfermedad, la muerte, ese futuro negro que se cernía sobre él arropado por las tinieblas de su cuarto. Qué difícil era vivir una vida con sentido cuando no se le encontraba ningún sentido a la existencia. Sin duda la verdadera vida debía de seguir estando en alguna parte, y seguramente habría personas capaces de disfrutarla, pero él se había quedado fuera del latir de las cosas. Él estaba atrapado en un mundo mortecino en blanco y negro. Sí, en algún momento de su pasado se había metido por equivocación en una vía muerta. Y ahora se encontraba varado en una explanada remota, sin hijos, sin éxito profesional, sin verdaderos amigos, sin amor. El recuerdo de Fatma y de Marina cruzó por su cabeza y el cuerpo le dolió. Porque la pena dolía físicamente. Era un malestar difuso, hueco y sordo, que se sentía en las rodillas, en los codos, en la nuca, en el esternón. La pena era como un ataque de reúma, un lento tormento que llegaba a parecer insoportable. Estaba loco. Tan loco como para seguir viviendo con una mujer inclemente que le despreciaba. O como para creer que podía enamorarse de una puta a la que apenas había visto. O como para meterse en unas disparatadas aventuras sexuales. Había hecho el ridículo. Tenía la sensación de estar perdiendo el control a velocidad vertiginosa. De estar destrozando su vida cada día un poco más. Las articulaciones volvieron a dolerle. Era un sufrimiento fantasmal, intolerable. Deseaba embrutecerse, anestesiarse, perder la conciencia, olvidarlo todo. Dormir eternamente y escapar de sí mismo.

Por eso había decidido regresar al trabajo. Para poder saquear la farmacia del hospital. Porque el alcohol, el mejor ansiolítico del mundo, había dejado de serle suficiente. Así que volvió al San Felipe, y contestó con malhumorados monosílabos a los pocos compañeros que le preguntaron por su salud, porque en ocasiones la pena se asemeja bastante al malhumor. Trabajó todo su turno con el embotamiento habitual de los últimos años, con una mecánica desapegada y rutinaria; y, en un momento de despiste de la enfermera jefe, arrampló con todo lo que pudo, a saber, varios valium 10, un blíster de orfidales, un puñado de tranquimazines, otro de seroxat y una caja de tryptizol. Menudo cóctel. Se metió en el baño y tragó dos valium con agua del grifo. Para ir bajando la angustia. Después, cuando llegara a casa, ya entraría en internet para ver las especificaciones e interacciones de los antidepresivos, porque eran medicamentos que él no controlaba demasiado, y se pondría a sí mismo un plan de choque. Sintió cómo subía en oleadas por su espina dorsal el bendito atontamiento del valium, cómo su cerebro se iba anegando con la líquida, refrescante calma del tranquilizante. Su turno estaba a punto de terminar, y por un instante sopesó la posibilidad de meterse otro valium para redondear el estupor, pero al final también decidió esperar hasta llegar a casa.

De modo que, cuando salió del San Felipe de madrugada, sólo iba moderadamente drogado. Se detuvo en la puerta del hospital, contemplando el conocido, solitario y desapacible paisaje urbano que le rodeaba, las viejas casas baratas de la obra sindical del franquismo, el largo paredón de unas instalaciones deportivas y un pequeño parque raquítico con los setos pelados y los columpios rotos, vandalizados por los bárbaros o barbarizados por los vándalos. Una pesada lluvia negra que parecía aceite caía sobre toda esa fealdad. Pensó con desagrado en que tenía que coger el coche. No era que no estuviera en condiciones de conducir, aunque todo el mundo dijera que con el valium se perdían los reflejos. Quizá fuera así, pero de todas formas él se sentía perfectamente capaz de llevar el vehículo. El problema era que no le apetecía. No quería tener que sacudirse esa lasitud química, esa agradable somnolencia. Meterse ahora en el coche y llegar hasta casa le producía una pereza enorme. Tal vez fuera mejor coger un taxi, se dijo. Pero en la parada no había ninguno. Sin embargo, enfrente, en el chaflán, como a cuarenta metros, había un taxi con las luces apagadas. Daniel se preguntó si estaría vacío, o si el conductor se encontraría dentro. Desde luego no era un lugar para aparcar, en plena esquina, teniendo tantos sitios libres en la calle, un poco más atrás. Se esforzó en escudriñar el vehículo a través de la distancia y de las sombras. Incluso bajó de la acera y dio unos cuantos pasos hacia el coche, para poder ver mejor. Pues sí que parecía que el taxista estaba dentro. En efecto, ahora alguien había puesto a funcionar el limpiaparabrisas y las escobillas barrían el cristal mojado. Sonrió agriamente para sí mismo: si lo hubiera visto días atrás, cuando le dio aquella paranoia de sentirse perseguido, se habría mosqueado bastante. Pero ahora ya se le había pasado esa manía, que debía de ser un producto de su derrota interior y de su depresión. Ahora la única duda que tenía con respecto a ese taxi era si estaría libre y podría tomarlo. Daniel titubeó, parado en mitad de la calzada. Bueno, si estaba ahí a oscuras y en una esquina, sería porque no quería coger pasajeros. Estaría esperando a alguien, decidió. Y él se estaba empapando bajo la lluvia. Además, sería mejor que recogiera su coche; lo había dejado allí cuando fue al Cachito y luego ya no había vuelto a trabajar, de modo que llevaba una semana en el estacionamiento y la vieja batería podría descargarse. Decidido al fin, Daniel dio media vuelta y se dirigió a la explanada que, situada en uno de los laterales del San Felipe, servía de aparcamiento para el hospital. Era un sitio tan descuidado como el resto de las dependencias sanitarias, sin apenas puntos de luz y con el pavimento rajado por las malas hierbas y lleno de agujeros de desmigado asfalto, ahora anegados de agua. Durante el día, el lugar siempre estaba lleno de coches, pero a la sazón se encontraba desierto. Al fondo había una zona reservada para el personal del hospital, un espacio ridículamente insuficiente que se saturaba enseguida, por lo que a menudo Daniel se veía obligado a peregrinar en busca de aparcamiento por todo el barrio. La última vez, sin embargo, había tenido suerte. Sacó las llaves del bolsillo de la gabardina.

—Doctor Ortiz...

Normalmente Daniel hubiera dado un respingo, sobresaltado al escuchar de pronto esa ronca voz de hombre junto a él, en mitad de la noche y del sórdido estacionamiento. Pero el valium 10 lo algodonaba todo, así que se volvió con tranquilidad.

—¿Sí?

Era un tipo grande y fuerte. Mucho más grande y más fuerte que él, sin duda alguna. Y se le veía nervioso. La intranquilidad del hombretón empezó a inquietar a Daniel.

—Sí, ¿qué desea?

El hombre le miraba como quien contempla una aparición, le taladraba con unos ojos desencajados y febriles, unos ojos de loco. Daniel sintió el frío soplo de la angustia subir por su espalda, pese al diazepam que llevaba en las venas. Se volvió hacia su coche, metió la llave en la cerradura con dedos temblorosos y mojados por la lluvia y abrió la puerta. Pero no le dio tiempo a entrar, porque la manaza del hombre se apoyó sobre la portezuela y volvió a cerrarla.

—No va a ir a ningún lado, doctor Ortiz.

—¿Cómo sabe mi nombre? ¿Qué quiere, dinero? —balbució Daniel.

—Quiero justicia —rugió sordamente el tipo.

De modo que lo del perseguidor era real, comprendió el médico en un fogonazo, y a renglón seguido sucumbió a un ataque de pánico y de histeria. Creyó ver que el individuo se le venía encima, él estaba aplastado contra la portezuela sin posibilidades de huir y el energúmeno se alzaba junto a él, enorme y muy cerca.

—¡Socorrooooooooooo! —empezó a gritar desesperado—. ¡Auxiliooooooooooo!

Matías se sobresaltó. Nervioso, intentó tapar con su manaza la boca del médico.

—¡Calle, por favor! ¡Calle que le van a oír los de seguridad!

—¡Socorro!... ¡Auxilio! —farfullaba Daniel amortiguada y confusamente bajo la mordaza de la mano, retorciéndose entre los brazos del taxista.

—¡Cállese, maldita sea! ¡Sólo quiero hablar con usted!

Y era verdad. Cuando le había visto salir del hospital, después de tantos días de infructuosa espera, Matías se había sentido galvanizado. Sabía que no lograría quedarse tranquilo hasta que no ajustara cuentas con el médico, de modo que, aunque no había preparado ningún plan en concreto, decidió pasar a la acción. No podía perder esa oportunidad. Quería protestar, reclamar, afear la conducta del doctor. Quería hacerle pasar por un mal trago y amargarle un poco su maldita vida feliz. Le obligaría a enfrentarse con su responsabilidad y a reconocer lo que había hecho con Rita. Y le exigiría que pidiera perdón. Se imaginó a sí mismo increpando al avergonzado médico, y la escena le pareció consoladora y justa. Y el momento era idóneo, en una noche tan lluviosa y solitaria. De manera que cerró el taxi y le siguió al aparcamiento. Sin tener las ideas claras sobre lo que decir, pero lleno de palabras que le empujaban la lengua. Palabras que necesitaban salir a la luz.

De repente, el escurridizo Daniel mordió el dedo roto de Matías. Que dio un gruñido de dolor y le soltó.

—¡Aaaaaaaaaaaahhhhhhhhhhhhhhh! —gritó el médico con toda la fuerza de sus pulmones, taladrando la noche con la sirena de alarma de su chillido.

—¡Por el amor de Dios! —barbotó Matías, espantado.

Lo que pasó después es algo que el taxista no llegó nunca a entender del todo. Tal vez el mordisco en el dedo herido le había puesto furioso, o tal vez le había hecho recordar la cinta de embalar. O puede que, en el forcejeo, su mano rozara el rollo de cinta, que todavía llevaba, por pura dejadez, en el bolsillo del chaquetón. O quizá simplemente se horrorizó del diapasón del grito, quizá temió que atrajera a los guardias jurados y que despertara a todo el barrio. Sí, puede que Matías tan sólo pretendiera acallar ese alarido insoportable. El caso es que aferró a Daniel de un brazo con una mano tan dura que el médico temió que le partiera el húmero, y, empujándolo contra el coche, lo inmovilizó con su corpachón. Y en un abrir y cerrar de ojos, con pericia asombrosa y antes de que el aturullado Daniel atinara a reaccionar, Matías ya le había tapado la boca y atado las muñecas a la espalda con la cinta. Así, empaquetado como un bulto, se echó al médico al hombro y, mientras se lo llevaba hacia el taxi, le fue sujetando también las piernas con el rollo adhesivo, para que no pataleara. La suerte quiso que no los viera nadie en el corto trayecto hasta la esquina. Matías abrió el coche y tumbó a su víctima en el suelo, en la parte de atrás. Luego se sentó al volante y, antes de arrancar, esperó unos instantes a que la cabeza se le serenara y las manos le dejaran de temblar. Y ahora qué, se dijo, atónito y espantado ante el devenir de los acontecimientos. En el silencio del interior del auto, dos corazones galopaban aguijoneados por el mismo miedo. El taxista respiró hondo y puso en marcha el coche. El motor respondió a la primera con un ronroneo eficiente y leal. Secuestrar a una persona era algo increíblemente fácil, se asombró Matías. La lluvia arreció y su tamborileo sobre la chapa del vehículo sonó como un aplauso.

Sentados a una prudente distancia, Chucho y Perra escrutaban al intruso con intensa atención, tan tiesos como animales de escayola. Deben de oler nuestra adrenalina, pensó Matías, porque el miedo apesta. El miedo del doctor Ortiz, todavía embalado como una estera y depositado sobre el sucio suelo de la casa vacía. Y el miedo de Matías, que seguía sin acabar de entender cómo había conseguido meterse en semejante lío. Por las ventanas sin persianas entraba a empellones una desagradable luz temprana, grisácea y deprimente. Matías acercó una silla al cuerpo yacente del médico y se sentó. Contempló meditabundo la figura de su víctima. La gabardina arrugada y embarrada, con raros dobleces provocados por la cinta adhesiva. Un pie calzado y otro no, porque en algún momento del forcejeo había perdido un zapato, dejando al aire un calcetín raído que producía una rara impresión de desnudez y fragilidad. El cuerpo de medio lado, probablemente para no aplastar los brazos atados a la espalda. Y los ojos desencajados por encima de la mordaza. El médico le miraba con la misma expresión absorta y fija con que los perros miraban al médico. El taxista se inclinó sobre su prisionero y, tras algunas dificultades, consiguió levantar una punta de la cinta y le arrancó el bozal de un tirón.

—¡Socorrooooooo! ¡Ahhhhhhhhhhh! ¡Socorrooooooo! —aulló inmediatamente el hombre a todo pulmón.

Sobresaltado, Matías se tiró de rodillas sobre él y le tapó la boca con sus manazas.

—¡Calla! ¡Calla o te retuerzo el cuello ahora mismo!

El médico obedeció. En el súbito silencio resonaron los agitados jadeos de ambos. Permanecieron así unos instantes.

—¿Vas a portarte bien? —gruñó Matías.

Daniel movió dificultosamente la cabeza en lo que parecía un gesto afirmativo. Matías aflojó un poco las manos y Daniel volvió a cabecear. Sí, era una afirmación.

—Bueno... Te voy a soltar. Pero, si gritas, te mato. Además, te diré que aquí no puede escucharte nadie.

Abrió las zarpas poco a poco hasta liberar su boca. Daniel no dijo nada. Matías volvió a sentarse en la silla. Sintió que el canto de la mano le escocía, y advirtió que tenía marcados dos dientes en la carne. El médico le había vuelto a morder. Pero eso no era lo peor, lo peor eran las babas que le mojaban la palma. Se la secó contra el pantalón con gesto de asco.

Se miraron.

Y ahora qué, pensó Daniel aterrado.

Y ahora qué, se preguntó el ofuscado Matías.

Parece que esta mañana no nos sacan, se inquietaron los perros, siempre tan sensibles a cualquier cambio de rutina y apremiados por la presión de sus vejigas.

—Si buscas dinero, te has equivocado —susurró Daniel.

Matías no contestó. El médico recorrió con la mirada el cuarto vacío y a medio construir y confundió su desolación con la pobreza.

—Pero seguramente tengo más que tú. Si me dejas libre, te lo doy todo. Unos ocho mil euros.

—Métete tus euros por el culo —gruñó Matías—: No me interesa tu dinero.

—¿Entonces qué quieres de mí? —gimió el médico.

—Quiero justicia —repitió el taxista torvamente.

—Pero ¡qué justicia, por el amor de Dios!

Matías frunció el ceño, pensativo. En efecto, ¿qué justicia buscaba? Apoyó las manos sobre las rodillas, se inclinó hacia delante y acercó su pesada cabeza al médico.

—¿No me conoces?

Daniel le miró con angustia. ¿Debería conocerle? Sus carnosos rasgos no le decían nada.

—¿No te acuerdas de Rita?

—¿Rita? —repitió Daniel con un soplo de voz.

—Rita Morales. Una mujer como así de alta... Con el pelo castaño, con flequillo, una melena cortita... Tienes que acordarte porque era especial... Era una de esas personas que, sin ser las más guapas, ni tener en apariencia nada llamativo, entran en un cuarto lleno de gente y todos las miran. Era algo magnético, ¿me entiendes? Algo como un imán. Tenía unos ojos negros con muchas pestañas... Unos ojos increíbles que parecían estar riéndose todo el rato. Te ponía de buen humor sólo mirarla. Y su piel era la más suave que has tocado jamás.

Oh, Dios mío, se desesperó Daniel, ¿sería alguna de aquellas dos enfermeras con las que anduvo tonteando años atrás? ¿Será un marido celoso? ¡A esas alturas! Aquello había sucedido hacía siglos y no fue nada.

—Yo no he tocado a nadie —balbució.

—¡Claro que no, cabrón! No tocaste lo suficiente. No miraste lo suficiente. Por eso pasó todo. ¿De verdad no te acuerdas de Rita Morales?

El médico tragó saliva y negó con la cabeza. Matías se levantó de la silla, aturdido, y comenzó a dar furiosos paseos por la habitación. Ni siquiera la llevaba en la memoria. La había matado y ni siquiera se acordaba de ella. Sintió un helado desconsuelo en su interior, la aguda certidumbre de que todo era absurdo e irremediable. Y haber secuestrado al médico tampoco serviría de nada. Porque le había secuestrado. La palabra estalló en su cerebro con sus resonantes implicaciones. Con sus consecuencias y sus peligros. De pronto temió que ya hubieran dado a Ortiz por desaparecido, que la prensa supiera algo, y, por primera vez desde aquella noche en que lo usó como fuente de iluminación, se abalanzó sobre el pequeño televisor y lo enchufó. Dio a los botones hasta que encontró un canal con noticias y regresó a la silla para ver el informativo. Formaban un pintoresco grupo familiar, el hombrón machacando con su peso la pequeña silla, los perruchos que parecían de mayólica, el tipo embalado con cinta adhesiva y tirado al desgaire como un trasto sobrante. En la televisión no dijeron nada sobre el médico, pero sí informaron del último golpe del *asesino de la felicidad*. Seguían sin cogerle y su aparente impunidad le había vuelto asombrosamente audaz. La tarde anterior se había introducido de modo subrepticio en una residencia de ancianos y había matado a una nonagenaria. El Paraíso, se llamaba la residencia, y a Matías le pareció que era un nombre más apropiado para un club nocturno que para la antesala del cementerio. Era un lugar modesto, lleno de viejecitos pobres y tristes, o ese aspecto tenían en el reportaje, pese a la excitación del reciente asesinato, que eso siempre anima mucho porque sobrevivir alegra. El criminal, con insolente sangre fría, había entrado a la hora de las visitas y liquidó a la anciana en su habitación. Nadie notó nada anormal, ni siquiera habían visto entrar en la residencia a ningún extraño, de modo que cabía la posibilidad de que el asesino fuera alguno de los visitantes habituales, o incluso alguno de los residentes. «Pero ambas hipótesis son poco probables», decía un inspector de policía cincuentón que pocos segundos antes, mientras la locutora hablaba a cámara y él esperaba a su lado, creyendo no estar en imagen, se había recolocado los genitales en directo y a manos llenas. La nonagenaria llevaba muchísimo tiempo internada y, que se recordara, nunca había venido nadie a verla. El asesino le trajo la primera tarta festiva en muchos años. Y la última, por supuesto. Pobre vieja, pensó Matías. Y por su mente cruzó un pensamiento veloz y oscuro, el desagradable barrunto de que su propia madre podría estar internada o más bien abandonada en algún sitio así. Agitó la cabeza para ahuyentar el pensamiento-murciélago y dijo en voz alta lo primero que se le ocurrió.

—A mí no me parece tan malo el *asesino de la felicidad*.

Daniel le contempló desde el suelo con ojos desorbitados.

—Incluso se podría decir que no es un asesino, porque de alguna manera todas sus víctimas ya estaban muertas. Quiero decir que estás muerto cuando nadie se preocupa de ti, cuando nadie te ve, cuando nadie te lleva en la memoria... Ahí sí que te mueres de verdad.

Y ahora que Rita había desaparecido, su Rita compañera, su Rita testigo, ¿no era natural que él se sintiera morir? Desde niño había tenido esa mirada de Rita sobre él, esos ojos cariñosos y atentos que le habían dado la vida. Todo lo que él era, todo lo que había hecho, había sido para ser mirado, reconocido, acariciado por esos ojos. Pero ahora estaba solo, irremediablemente solo, indescriptiblemente solo para siempre. Y esa densa, absoluta soledad era algo peor que la muerte. Dos gruesos lagrimones rodaron por sus mejillas.

—Todas las víctimas del *asesino de la felicidad* han sido viejos abandonados y olvidados... Pobres diablos que ya eran como cadáveres. Y el criminal les dio unas gotas de vida antes de matarlos. Se interesó por ellos. ¿No te parece que es un buen regalo?

Oh, Dios mío, se espantó Daniel, es un psicópata. Me ha secuestrado un loco de película. Se sintió flotar en una ola de terror delirante y vio que el rostro de su secuestrador se estiraba y encogía como si fuera de chicle. Estoy teniendo un ataque de angustia, se diagnosticó desde un rinconcito de su cerebro que pugnaba por mantener el control de la realidad. Permanecer atado y tirado en el suelo no le ayudaba nada, desde luego; percibir el mundo desde la altura de los tobillos deformaba las cosas demasiado, y las ligaduras le colocaban en una pavorosa situación de indefensión. ¡Y además su secuestrador estaba llorando! Ese hombretón enorme y taciturno tenía las mejillas embadurnadas de lágrimas. Eso era un síntoma malísimo, una prueba indudable de su chifladura.

Los secuestradores profesionales no se sentaban al lado de sus víctimas a mirar un televisor y sollozar, eso sólo podía hacerlo alguien muy tarado. Oh, Dios mío, volvió a espeluznarse Daniel mientras un nuevo espasmo de irrealidad le zarandeaba, incluso era posible que ese perturbado fuera el mismísimo *asesino de la felicidad;* porque, si no, ¿a qué venía ponerse a ver el informativo? Ya lo decían en las películas policiacas, a los psicópatas les encantaba que los medios de comunicación hablaran de ellos.

—Contesta, ¿no te parece que es el mejor de los regalos? —repitió el ceñudo Matías.

Daniel intentó pensar deprisa, aunque sentía como si su cerebro estuviese ardiendo y las neuronas se le hubieran derretido. ¿Qué respuesta sería la más apropiada para un lunático?

—Sí, sí, claro, es el mejor regalo... —farfulló.

El taxista apelotonó un poco más el sombrío entrecejo:

—¿De qué regalo estamos hablando?

—¿Có... cómo?

—Sí. Dices que es el mejor regalo. Explícamelo. Dime cuál es ese regalo.

Daniel se aterró. No tenía ni idea de lo que su secuestrador estaba diciendo. Simplemente no se acordaba. Se encontraba demasiado angustiado como para enterarse. Los segundos pasaban y él no abría la boca.

—No sabes de lo que hablaba, ¿verdad? Pero me contestas para llevarme la corriente. ¿Me estás llevando la corriente, como si fuera un loco? ¿Es eso? ¿Te crees que soy un loco?

—No, no, de verdad, no, perdona...

Balbucía y se le veía a punto de llorar. Matías sintió un pellizco de compasión y horror. Compasión por el hombre momia amedrentado a sus pies, horror por sí mismo y por lo que estaba haciendo. Se puso en pie y empezó a pasear por el cuarto con desasosiego. A lo mejor estaba loco, sí. Esto era un disparate, desde luego. Los perros seguían su deambular con la mirada, temblorosos e inquietos, torciendo las feas cabezas ora hacia la derecha, ora hacia la izquierda, los dos a la vez, como si estuvieran contemplando un partido de tenis. Matías miró a los animales; miró el televisor, todavía encendido; miró la mecedora vacía, y recordó a su mujer sentada en ella en los últimos meses, en las lentas semanas de la espera del fin, cuando ninguno de los dos quería hablar del tema ni mostrar la propia angustia para no preocupar al otro. Cuando las tardes eran grises y silenciosas y el miedo zumbaba alrededor de ellos como un enjambre de abejas. De acuerdo, se dijo el taxista, tal vez fuera una locura, pero ya no podía detenerse. Por lo menos sentía que estaba haciendo algo, algo contra el tenaz tormento de la muerte de Rita, contra ese dolor tan grande que no le cabía en la cabeza y le aniquilaba. Su infancia había sido un oscuro desorden, un infierno pequeño del tamaño de un niño, hasta que llegó Rita y supo mantener a raya los demonios. Pero luego ella se fue, y el caos regresó como un mal bicho para tragarse todo.

Dos lágrimas más cayeron por sus mejillas de granito.

Bien, ahora Matías ya creía saber lo que quería hacer. Se le había ocurrido de repente, mientras aplastaba las lágrimas contra su cara con sus dedos callosos. Lo que quería, lo que necesitaba, era que el médico se acordara de Rita. Le hablaría de ella, le contaría lo hermosa que era, la luz que tenía. Y cuando el doctor consiguiera recordarla, cuando la conociera bien, se quedaría horrorizado por haber hecho lo que había hecho. Por haber sido tan mal profesional. Eso quería Matías: que el doctor Ortiz reconociera su culpa, que admitiera que la había matado con su negligencia; que no pudiera olvidarse de Rita nunca jamás y la llevara siempre presente en su conciencia, porque así, cada vez que pensara en ella, estaría dándole un hálito de vida. Tras haber conseguido todo esto, dejaría que se marchase sano y salvo. Y a Matías le daba igual lo que pasara después. Regresó a donde estaba Daniel y se inclinó sobre él:

—Estate tranquilo. No voy a hacerte daño, te lo prometo. Sólo vamos a hablar. Serán unos días y luego podrás irte.

—¿Unos días? ¿Podré irme? —repitió Daniel con voz estrangulada.

Es un chiflado. Conozco su cara, conozco su casa, no me soltará, pensó. Lo dice sólo para tranquilizarme porque me va a matar. Advirtió que el desmayo le rondaba, pero no podía permitirse perder el sentido y siguió con los ojos bien abiertos, mientras una terrible jaqueca le partía las sienes.

—No podrás tenerme días... Van a saber enseguida que he desaparecido... Y darán la alarma. Me van a buscar por todas partes.

Matías reflexionó. Luego, de repente, se agachó y empezó a palpar el cuerpo de su víctima. Daniel chilló, sintiéndose perdido.

—¡Calla! ¿Por qué gritas? Solamente quiero tu móvil. Seguro que tú tienes un móvil. Sí, aquí está.

El taxista levantó triunfante el pequeño teléfono que acababa de sacar del bolsillo interior de la chaqueta de Daniel.

—Voy a llamar al hospital y diré que se ha muerto tu padre y que te has tenido que ir corriendo al entierro. O mejor, a traer el cuerpo desde algún sitio lejano. Así tendremos más tiempo.

—No tengo padres. Y en el hospital todo el mundo lo sabe.

El taxista le ignoró. Estaba marcando el número de Urgencias del San Felipe, que todavía se sabía de memoria. Mientras el teléfono sonaba, se arrodilló junto a Daniel y le agarró el cuello con su ancha mano. Era un gesto más enmudecedor que la mordaza.

—¿Es el San Felipe? Sí... Mire, soy un vecino del doctor Daniel Ortiz... ¿Con quién hablo?... Sí. Verá, me ha encargado que les diga que se ha muerto su padre... Sí. Ha tenido que irse urgentemente... A Marruecos. ¡Sí, el pobre hombre estaba por allí! De vacaciones, en un viaje de estos de jubilados. Sí. No sé, algo del corazón. Tendrá que traerse el cuerpo... Varios días, creo. Sí, se lo diré. Gracias.

Colgó, soltó a Daniel y le miró satisfecho:

—Un chico de la empresa de mudanzas tuvo que ir a buscar a su padre a Casablanca. Era pescador y se había muerto allí mientras faenaba. Tardó lo menos dos semanas en poder traerse al viejo.

—¡Es una excusa increíble! ¡No funcionará! Mis compañeros del hospital saben que mi padre falleció hace años. Y además está mi mujer, y está mi hermana... Enseguida se darán cuenta de mi ausencia. Yo creo que deberías dejarme marchar. Déjame ir y no diré nada a nadie, te lo prometo.

—Sí, supongo que te echarán de menos...

—¡Sí!

Matías pensó en la mujer del médico, recordó el cariñoso abrazo que dio a Ortiz y cómo regresaron los dos en íntima compañía hacia la casa. Sintió una punzada de amargo dolor y envidia biliosa. Debería obligarle a llamar a su mujer y decirle una excusa. Pero para obligarlo habría que amenazarle, o incluso pegarle. Una posibilidad desagradable. Y además era un riesgo, porque el tipo siempre podría deslizar alguna pista en el mensaje. Matías suspiró. Sería mejor dejar las cosas como estaban.

—Bueno. Pues en ese caso tendremos que darnos más prisa.

—¿Más prisa? Pero, por Dios, ¿más prisa para qué?

—Voy a sacar a los perros y ahora vuelvo. Y luego dormiremos un rato. Yo duermo de día y para mí es muy tarde. Estoy reventado, y necesito tener la cabeza clara para hablarte.

El taxista cortó con los dientes un nuevo pedazo de la cinta de embalar y volvió a sellar la boca de su víctima. Luego hizo una seña a los chuchos, que se pusieron a trotar histéricamente a su alrededor, y salió con ellos a la calle. El silencio y la soledad cayeron sobre Daniel como un balde de agua fría, despejando un poco su estupor alucinado. Sintió por vez primera su cuerpo dolorido por la forzada posición, sus huesos aplastados contra el duro suelo, las manos entumecidas tras la espalda. No aguantaba más las ataduras, tenía que decírselo al psicópata en cuanto volviera. Dos clavos ardientes latían en sus sienes.

Por todos los santos, ¿qué iba a ser de él? A pesar de todo lo que había dicho, Daniel sabía que su ausencia no iba a inquietar a nadie. Al menos durante varios días. Marina estaba en uno de sus cada vez más frecuentes viajes de trabajo. En Lugo, o en Vigo, o por ahí. Y ya ni le llamaba cuando se iba. No tenía ninguna hermana, y en cuanto al hospital, llevaba veinte años trabajando allí y no contaba con un solo amigo. De hecho, no creía que hubiera nadie que supiera que su padre ya había fallecido. Nadie que le echara de menos. Nadie que le recordara. Sí, eso era lo que había dicho su secuestrador: si no te recuerdan, es como si ya te hubieras muerto. Ahora él estaba en manos de un psicópata y su desaparición no le importaba a nadie. Que era lo mismo que decir que su aparición tampoco importaba, que su presencia no tenía sentido, que su existencia no había dejado más huella que una voluta de humo. ¿Estaría llegando al fin de sus días? ¿Esto era todo lo que había hecho con su vida? ¿Ya no quedaba más? Qué desperdicio.

—Te repito que ese sarcoma es uno de los tipos histológicos más indiferenciados de tumor maligno. Está derivado de la cresta neural y tiene un carácter neuroectodérmico, semejante a los neuroepiteliomas periféricos, aunque con variable capacidad madurativa, lo que condiciona un cierto grado de heterogeneidad fenotípica. Eso hace que tenga una clínica muy variada, aunque siempre muy maligna.

—Tienes miedo.

—¿Cómo?

—Tienes miedo, por eso dices lo que dices.

—Claro que tengo miedo, he sido secuestrado violentamente, estoy atado de pies y manos, se me acusa de algo absurdo...

—No, no, tienes miedo porque sabes que eres culpable y te asusta quedar en evidencia. Por eso te ocultas detrás de toda esa palabrería médica incomprensible y ridícula.

—No me oculto detrás de nada. Te estoy diciendo las razones por las que ese tumor de tu mujer era mortal de necesidad. Y si no entiendes lo que digo es justamente porque yo soy el profesional de esto, no tú. Deberías hacerme caso, porque yo sé de las enfermedades, y tú no.

—Claro. Por eso dijiste que Rita tenía un cólico nefrítico y la mandaste a casa.

—¡Por todos los santos, ya te he explicado que lo suyo no era una dolencia habitual en una mujer de su edad! Si una neoplasia mesenquimal de estadio 4...

—Alto.

—¿Qué?

—Ni un mesenquimal más. Ni una palabra más de tu galimatías de medicucho.

—Pero cuando...

—Lo digo muy en serio. No tientes la suerte.

—... Vale, vale, yo sólo... Vale.

—...

—...

—Nunca quería molestar. Por eso se aguantó, la pobrecita. Por eso no volvió corriendo al hospital. Con lo que le dolía.

—De verdad, era muy difícil de diagnosticar.

—Era una mujer estoica.

—Era imposible de diagnosticar, y además hubiera dado lo mismo.

—Ni siquiera la exploraste.

—Sí que la exploré y parecía un cólico nefrítico.

—Pero ¡si no te acuerdas de ella, maldita sea! ¿Cómo vas a saber si la has explorado? Ni la miraste a la cara. Ni la miraste. ¡No mientas! Cuando mientes me dan ganas de matarte.

—...

—Es una manera de hablar. No te voy a matar. No te voy a hacer nada.

—...

—Pero me dan ganas de matarte. No sabes lo que hiciste. No sabes la tortura que fue. No sabes qué mujer era Rita. Era la persona más... Y todo fue por tu culpa. Por no hacer bien tu trabajo.

—Lo siento mucho, de verdad, siento lo de tu mujer, seguro que era estupenda, pero no fue culpa mía. A lo mejor no la atendí con demasiada amabilidad, no sé, no me acuerdo, a veces en las guardias estás hecho polvo, y sin dormir, y de mal humor, pero por los datos que me has dado te juro que aunque hubiéramos descubierto el tumor habría dado lo mismo. Y no me equivoqué, es que era un cáncer atípico, inesperado. Le hubiera pasado a cualquier médico.

—Y ni siquiera te acuerdas de ella. Es lo más triste. Y yo ahora no sé cómo explicarte lo que Rita era. No me salen las palabras. No sé cómo hacerlo. Quiero que te avergüences, quiero que lo lamentes.

—Míralo de otro modo: así tuvisteis dos meses más de gracia..., dos meses sin el miedo de la enfermedad.

—Quiero que no la puedas olvidar jamás. Quiero que su recuerdo te remuerda la conciencia el resto de tu vida.

—Sí, eso sí, me parece que me voy a acordar de ella, desde luego...

—Y que te remuerda la conciencia.

—¡Yo no tuve la culpa! ¿Cómo quieres que te lo diga? Esto es demencial, estás loco, terminarás en la cárcel por lo que estás haciendo.

—Me da lo mismo lo que pase. Absolutamente lo mismo. Así que seguiremos hablando de mi Rita, doctor Mesenquimioloquesea... Hasta que la eches de menos. Como yo.

Matías había decidido acercarse al Oasis porque necesitaba conseguir comida y también porque mantener las rutinas de siempre le serviría para disimular. Tenía pensado permanecer en el local tan sólo un momento y regresar enseguida a la parcela; aunque creía haber dejado a Ortiz sólidamente empaquetado y neutralizado, no se sentía tranquilo sabiendo que estaba solo. Pero en el bar encontró a Cerebro en un estado de rara agitación. Nada más verlo, la mujer se abalanzó sobre él, como si lo hubiera estado esperando con ansiedad durante largo tiempo, aunque no eran más que las diez de la noche. Incluso lo agarró del antebrazo, cosa extraordinaria, porque Cerebro era de gestos sobrios y eludía el contacto físico.

—Necesito hablar contigo —susurró, mientras sus flacos dedos se clavaban en la carne de Matías—. Tengo que contarte algo. Si no lo cuento, sé que me hará daño.

El taxista asintió, algo inquieto, y se dejó arrastrar hasta los taburetes habituales, en el extremo más corto de la barra. Y allí, en voz baja y en un tono objetivo y frío exento de todo dramatismo, Cerebro narró el asalto sufrido en la madrugada anterior al cruzar la pasarela e ir a su casa.

—Porque vivo al otro lado de la carretera, ¿sabes, Matías?

Matías no sabía y estaba impresionado por la dureza del relato. Y también conmovido ante la confianza que la vieja le mostraba. Pese a su manera de expresarse, serena y razonable, Cerebro había debido de quedar muy afectada por la agresión, pues de otro modo resultaba improbable que hubiera confesado dónde vivía. Claro que el suceso había sido brutal: todo ese desamparo, toda esa humillación. Un horror del que la mujer no ahorró ningún detalle. Pobre Cerebro, pensó Matías consternado. Y luego se preguntó: ¿qué será de mi madre, estará viva? ¿Tendrá alguien que la cuide o ella también será una vieja sola, una mujer ebria, la presa perfecta para las cacerías nocturnas de los bárbaros?

—Mire, esto no puede ser. Vendré todas las madrugadas y la llevaré con el taxi a su casa —decidió, nervioso.

Cerebro sonrió. Una bella sonrisa, pese a lo cavernoso de su boca. Le faltaban dos piezas en la parte visible de la dentadura y tal vez unas cuantas muelas más, pero el gesto era puro y alegre. Era la primera sonrisa feliz que Matías le había visto, aunque la mujer se la tapó enseguida con la mano.

—Gracias, amigo. Pero no hace falta. No me volverá a pasar nada. Estadísticamente, ya no me toca. Y además, para ir en coche hay que dar mucha vuelta. Pero te lo agradezco, porque los buenos actos mejoran el mundo. Es la teoría de los vasos Fieldman. ¿La conoces?

—No.

—Pero sí habrás oído hablar de Aaron Fieldman, ¿no? Ahora se ha puesto muy de moda entre los autores de libros de autoayuda y demás gurúes del pensamiento positivo... Pobre Fieldman, si levantara la cabeza y se viera en manos de esa pandilla de cantamañanas, seguro que se moría de nuevo.

—Pues a mí no me suena. Creo que no sé nada de él.

Cerebro se arrellanó en la dura banqueta como si se tratara del más mullido sofá. Estaba claro que iba a contarle quién era Fieldman, y seguramente no sería un relato breve. Por lo general Matías disfrutaba escuchando las historias de Cerebro, pero esa noche le angustiaba el recuerdo del médico retenido en su casa. ¿Qué iba a hacer con él? Era evidente que al secuestrar a Ortiz se había metido en un callejón sin salida y que ya no había manera de escapar indemne. Por lo tanto, y ya que lo iba a pagar, ya que iba a terminar en la cárcel, que al menos sirviera para algo. Que por lo menos el tipo se convenciera de su culpabilidad y comprendiera todo el daño que había hecho.

—... Y la decisión del chico en la pasarela, que escogió no dejarme caer, formaría también parte de ese sistema de vasos comunicantes...

Matías emergió de sus pensamientos y conectó de nuevo con lo que la mujer estaba diciendo. Quería marcharse, pero no sabía cómo dejar a Cerebro con la palabra en la boca. No después del horror que le acababa de contar. Reprimió un gesto de nervioso fastidio.

—Fieldman nació en Leipzig a principios del siglo XX y en realidad se llamaba Feldman, pero cuando en 1938 o 1939 consiguió salir de la Alemania del Tercer Reich y llegar a Estados Unidos, el funcionario de inmigración escribió mal su apellido, efe-i-e-ele-de-eme-a-ene, y él conservó la errata. Por lo visto consideraba que era como el símbolo de su nueva vida. La verdad es que siempre estuvo bastante chiflado, pero era un científico extraordinario. Fue sobre todo un físico teórico buenísimo, pero también era un matemático excelente. Tenía más o menos la misma edad que el gran Werner Heisenberg, el inventor de la mecánica cuántica matricial, y se hicieron muy amigos. De hecho, los trabajos en los que se basó Heisenberg para enunciar su famoso principio de indeterminación fueron hechos por Fieldman, cosa que Heisenberg reconoció en los primeros momentos pero luego *olvidó* cuando Fieldman huyó a Estados Unidos y se convirtió en un sucio judío para la Alemania nazi. La verdad es que nunca tuvo mucha suerte el pobre Aaron. En Estados Unidos tuvo que cargar con su culpa de superviviente, mientras toda su familia desaparecía en los campos de concentración. Por eso, probablemente, cuando conectaron con él en 1942 y le pidieron que participara en el Proyecto Manhattan para intentar construir una bomba atómica...

—Ah, sí. Leí algo de eso. La bomba de Los Álamos, ¿no?

—Sí, Los Álamos era el laboratorio secreto que había en Nuevo México. Pero el plan se denominaba Proyecto Manhattan. Se sabía que Heisenberg también estaba intentando fabricar la bomba para los nazis, y entonces un montón de científicos norteamericanos y exiliados, varios de ellos judíos, fueron convocados por la inteligencia militar para obtener la bomba antes que el enemigo. Y Fieldman dijo que sí y se pasó dos años en Los Álamos junto con muchos otros. ¿Sabes que algunos de los físicos que participaban en el proyecto pensaban que la bomba atómica podía desencadenar una reacción fatal de fusión del nitrógeno?

—¿Y eso qué quiere decir?

—Pensaban que existía el riesgo de que, al hacer estallar una bomba atómica, se incendiara la atmósfera de todo el planeta. Bum. El fin del mundo.

—Y aun así la hicieron estallar... —se admiró Matías, atrapado ya por el relato. Siempre había tenido debilidad por las mujeres con instinto pedagógico.

—Oh, sí. Somos raros, los científicos. Sentimos una necesidad tan urgente y tan absoluta de probar nuestras teorías, de saber si son ciertas o no, que podemos pasar por encima de cualquier consideración y cualquier lógica. Te lo aseguro. Somos como niños jugando con bombas.

El rostro de Cerebro se ensombreció, sus ojos se vaciaron de expresión y por un instante la mujer pareció replegarse dentro de sí, como una vieja y arrugada tortuga que se guarece en su caparazón. Pero enseguida dio un suspiro y volvió a mirar al taxista.

—Niños jugando con bombas, exactamente. Eso era lo que hacían en Los Álamos aquellos científicos. Jugar con la mayor arma de destrucción jamás creada. Pero entonces, cuando ya la tenían casi a punto, el 8 de mayo de 1945 se acabó la guerra. Esto es, los alemanes se rindieron. Japón todavía seguía combatiendo, pero ¿qué era Japón tras el desplome de Hitler? Hubieran tenido que rendirse antes o después. Para entonces el pobre Fieldman ya debía de haber sentido bastantes dudas respecto a lo que estaban haciendo, y supongo que todavía se inquietaría más al enterarse de que el proyecto seguía adelante.

El 16 de julio hicieron la primera prueba nuclear en Alamogordo, en Nuevo México. Y tuvimos suerte, porque el nitrógeno del planeta no se incendió. Entonces construyeron *Little Boy* y *Fat Man. Chico Pequeño* y *Hombre Gordo.* Los responsables del proyecto se pusieron chistosos con los nombres de las bombas. Al parecer, Fieldman estaba muy alterado esos últimos días. Tal vez supiera lo que iba a suceder. El caso es que, a finales de julio, el 29 o el 30, no me acuerdo, ocurrió algo en Los Álamos. La versión oficial es que Aaron sufrió un ataque de paranoia, ya digo que se le consideraba bastante excéntrico incluso entre los científicos, que no somos precisamente los seres más estables de la Tierra. O sea que sufrió una crisis paranoica, se puso violento, se peleó con los soldados encargados de la seguridad del laboratorio, se cayó por las escaleras en el forcejeo y se partió el cuello. Tenía cuarenta y cuatro años. También hay quien dice que lo liquidaron porque estaba decidido a denunciar el uso de las bombas. O porque se disponía a boicotearlas. A saber. Por lo menos se libró de ver el horror al que había contribuido. El 6 de agosto, ya sabes, arrojaron *Little Boy* sobre Hiroshima, y tres días más tarde *Fat Man* pulverizó Nagasaki. Lo más abominable es lo de Nagasaki. Con la primera bomba, los japoneses ya estaban aniquilados, aplastados, aterrorizados. Totalmente vencidos. ¿Para qué necesitaban destruir otra ciudad?

—¿Y por qué lo hicieron?

—El espíritu de venganza, la embriaguez de violencia de la guerra, quién sabe. Aunque yo tengo una teoría más siniestra. Una teoría basada en mi mente científica. En ese ciego deseo de probar y saber por el que nos perdemos. Las dos bombas eran distintas, sabes. Estaban fabricadas con isótopos diferentes, la de Hiroshima con el isótopo de uranio U-235, y la de Nagasaki con el isótopo de plutonio Pt-239, y sus sistemas de detonación también eran distintos. Yo creo que simplemente querían ensayar sus bonitas bombas, a ver cuál de las dos funcionaba mejor. Creo que para ellos fue como la prueba de Alamogordo, sólo que con 220.000 muertos y decenas de miles de heridos gravísimos.

¡220.000 muertos! Matías intentó imaginar esa carnicería monumental y la cabeza se le quedó en blanco. Casi como la población de Valladolid en la época en que él nació. La ciudad de su infancia volatilizada, derretida, calcinada, los cuerpos fundidos con los hierros en una misma amalgama. Pensó en el caos y en el sangriento horror generado por los últimos atentados terroristas, pensó en Madrid, y en las Torres Gemelas estallando y derrumbándose, y en Londres paralizada por las explosiones mortíferas, e intentó extrapolar ese inmenso dolor a las dimensiones de lo ocurrido en Japón.

—¿Cómo hemos podido olvidar eso? —balbució.

—Yo no lo he olvidado. Tenía ocho años cuando sucedió. Y ya me gustaba la ciencia. Pero no era de eso de lo que quería hablarte, no sé por qué me he alargado tanto. La cuestión es que en esos dos últimos años, mientras estaba en Los Álamos construyendo la bomba, Fieldman formuló su teoría de los vasos comunicantes, que también se conoce como el efecto Lot. Es una de esas teorías hermosas y conmovedoras, como la de las coincidencias de Paul Kammerer. Y, como la de Kammerer, carece de suficiente rigor científico. Aunque, en este caso, tras la muerte de Fieldman se encontró el borrador de un modelo matemático con el que pretendía poder demostrar su teoría. Pero el modelo estaba sin terminar y además nadie supo descifrar las notas de Aaron. En fin, lo que venía a decir Fieldman es que los actos humanos tienen una repercusión en el mundo físico, en la realidad del planeta y del resto de los seres vivos; según él, todos nuestros actos, absolutamente todos, tienen consecuencias. Decía que los seres vivos conformaban una unidad energética; que, de algún modo, todas las criaturas estábamos intercomunicadas, desde la mosca del vinagre al Papa de Roma, y que, dependiendo de lo que hiciéramos, contribuíamos a ordenar la materia y crear armonía, o bien a desordenarla y a desatar atronadores procesos de inestabilidad y furias caóticas. Y precisamente los actos que ordenaban la materia eran aquellos que tendemos a considerar «buenos» desde el principio de los tiempos, mientras que los que la desorganizaban eran los que generalmente calificamos como «malos».

Matías pensó en los vecinos de su adolescencia y revivió sus acerbas críticas, su escándalo y su desprecio. Porque sus vecinos consideraban que el amor entre Rita y él era algo perverso.

—Mire, no sé si eso es verdad. No sé si la gente ha estado siempre de acuerdo desde el principio de los tiempos sobre lo que es bueno y lo que es malo. Más bien al contrario, creo que la gente tiene ideas muy distintas sobre eso.

—Sí, claro, tienes razón, el criterio moral puede cambiar mucho, pero hay una serie de valores básicos que parecen haberse dado de manera habitual en los seres humanos. A los filósofos siempre les ha llamado la atención que la inmensa mayoría de las personas sientan una repugnancia instintiva a matar a otras personas, o que los fuertes no abusen de su fuerza frente a los débiles, por ejemplo. Es lo que Kant llamó el imperativo moral categórico. Son una serie de principios éticos que parecen estar en todo el mundo, como si formaran parte de la dotación genética, y probablemente sea así, probablemente poseer estos valores básicos de empatía y cooperación favorezca la perpetuación de la especie... Pero dejemos eso y volvamos a la teoría de Aaron. Simplificando mucho las cosas, lo que Fieldman venía a decir es que todo lo que hacemos repercute en los demás. Si cometemos actos malignos, malignizamos el mundo. Y si hacemos algo bueno, contribuimos a mejorarlo y a redimirlo, aunque el acto bueno que hayamos realizado sea anónimo, aunque nadie lo conozca ni llegue jamás a conocerlo, aunque lo hayamos ejecutado en completa soledad y aparentemente carezca de consecuencias. Los hechos pesan y dejan huella por sí mismos, y cada individuo influye en la totalidad como si nos relacionáramos a través de un sistema de vasos comunicantes. Fieldman sostenía que los humanos sabíamos en algún lugar profundo de nuestra conciencia que las cosas eran así, y que por eso este mensaje está presente en la mayoría de las religiones del planeta. En el budismo, por ejemplo, o en el Antiguo Testamento. Eso es lo que le decía Dios a Abraham cuando decidió calcinar Sodoma. «Encuéntrame diez hombres justos y no destruiré la ciudad.» Pero Abraham no fue capaz de encontrar sus diez hombres justos. Sus diez hombres buenos. Sólo había uno, Lot, y no fue suficiente para Dios.

No fue suficiente para compensar la maldad del mundo. Pero si hubiera habido diez hombres justos, diez actos buenos, la ciudad se hubiera salvado. En fin, hay que reconocer que Fieldman se puso un tanto visionario. Los últimos meses que pasó en Los Álamos debió de sentirse muy mal, debió de plantearse tremendos problemas morales sobre lo que estaba haciendo.

A Matías le parecía que Fieldman tenía razón, y le extrañó que Cerebro le calificara de visionario. En lo más hondo de su conciencia, el taxista intuía que la teoría de los vasos comunicantes tenía que ser verdad. De hecho, Rita siempre había actuado como si conociera lo del *efecto Lot*. Por lo menos ellos que no sufran, decía su mujer cuando rescataba a un perro sarnoso de la calle. Con lo dura y difícil que es la vida, ¿por qué no hacer un favor, si puedes hacerlo?, decía cuando ayudaba a alguien. Pequeños actos benévolos contra la oscuridad, como velas encendidas en una noche de viento.

—Pues a mí me parece una teoría muy sensata... —murmuró.

—Lo más raro es que haya sido enunciada por un físico. Porque en el campo de la biología se llevan manejando ideas parecidas desde hace lo menos sesenta o setenta años. Hay toda una serie de investigadores que sostienen que los seres vivos se influyen entre sí por medio de unos campos de fuerzas que reciben diversos nombres: campos biológicos, o posicionales, o morfogenéticos... Por ejemplo, según un polémico e interesante biólogo llamado Rupert Sheldrake, los seres vivos están interrelacionados por un campo mórfico que hace que los actos individuales de las criaturas repercutan, o *resuenen*, como él dice, en las demás criaturas de la misma especie. Y así, si un determinado tipo de rata aprende un truco nuevo en un laboratorio de Harvard, por ejemplo, las demás ratas de ese tipo serán capaces de aprender más deprisa el mismo truco incluso en laboratorios situados en la otra punta del mundo. Esto, lo de la *resonancia* en la lejanía, es lo que resulta más raro, pero algunos aseguran que hay experimentos que lo demuestran. Como dice Sheldrake, ¿cómo es posible que, hace veinte años, a todos los humanos les fuera tan costoso entender el funcionamiento de un aparato electrónico, mientras que hoy le das un juego de ordenador a un niño de la India o de Sudán que jamás ha tenido ningún contacto con las nuevas tecnologías e inmediatamente lo domina? A Fieldman le hubiera gustado la teoría de Sheldrake, porque su campo mórfico se parece bastante, aunque más restringido, al campo de energía que Aaron imaginó, a ese sistema de vasos comunicantes por el que los «buenos» y los «malos» actos individuales acababan teniendo consecuencias en los demás seres vivos. En fin, es una pena que Fieldman muriera antes de poder proporcionar una base más rigurosa a su idea, que tal vez sea un poco delirante. Pero en cualquier caso fue el delirio de un genio.

Secuestrar a Ortiz, reflexionó Matías, ¿había sido un acto maligno o uno benigno? ¿Contribuía al orden o al desorden? Pero él no había planeado secuestrarle, las cosas habían salido así. Y, además, forzar al médico a reconocer su descuido y su culpa, ¿no le haría más consciente de su responsabilidad? ¿No impediría que volviera a hacer daño a otro paciente? ¿No era justamente un buen ejemplo de la interacción de nuestras acciones y de los vasos Fieldman o como se llamara la teoría? Pensar en su víctima le hizo recordar sus obligaciones.

—Muy interesante todo, pero tengo que irme, lo siento.

Luzbella ya le había preparado los bocadillos y las sobras para los perros, todo bien envuelto en papel de aluminio. Matías se despidió de Cerebro y salió del Oasis apretando los paquetes contra el costado y sintiendo el calor de las tortillas recién hechas. Entró en el taxi, depositó los bultos sobre el asiento del copiloto y se dispuso a arrancar. Pero entonces los vio, y sus dedos se paralizaron sobre la llave. Estaban como a unos veinte metros de él, en el terreno de nadie entre el Oasis y el Cachito, en una zona alejada de los puntos de luz y por consiguiente bastante oscura, pero aun así Matías pudo reconocerlos perfectamente. Eran Fatma y Draco. Al taxista le alertó la vehemente urgencia en los movimientos de la muchacha, la ansiedad que parecían desprender sus gestos. Estaba de perfil y hablaba con Draco con pasión evidente. Como era más alta, se inclinaba un poco sobre él. Sus manos largas y finas azotaban el aire. Draco escuchaba con gesto displicente y ni siquiera le dirigía la mirada, tal vez porque resulta difícil mostrarse lo suficientemente desdeñoso hacia alguien cuando tienes que contemplarle desde abajo. Aunque Matías no podía entender lo que decían, era obvio que ella pedía algo y él se lo negaba. Ese hijo de puta, masticó entre dientes. Entonces vio que Draco sacudía la cabeza y, sorteando a la chica, hacía ademán de marcharse. Fatma le agarró de un brazo con gesto suplicante. Y el hombre se volvió y le propinó tan brutal bofetón que la mujer perdió el equilibrio. Cayó al suelo entre los coches aparcados y desapareció de la vista. Un segundo después, antes de darse cuenta de lo que estaba haciendo, Matías se encontraba frente a Draco y su ancho puño de descargador de mudanzas atravesaba el aire en dirección a la cabeza del matón. En el último instante, sin embargo, el taxista recordó que tenía un dedo roto e intentó frenar el impulso; aun así, el puño machacó como un mazo la sien del hombre. Draco se derrumbó sin un solo quejido, mientras Matías sentía que un insoportable latigazo de fuego subía por su mano, le abrasaba el brazo y se clavaba en su cerebro, haciéndole gritar. Cuando consiguió recuperar la respiración, el taxista contempló el desmadejado cuerpo del hombre a sus pies. Mostraba una rara, excesiva lasitud. Me lo he cargado, pensó Matías con horrorizado estupor, mientras su meñique fracturado latía y dolía como una tortura medieval. Alguien tironeó de su manga y le sacó del pasmo. Se volvió. Fatma le susurraba y le empujaba:

—¡Vete, vete, corre, márchate!

—Me parece que lo he matado —balbució.

—No, no creo, vete antes de que vengan sus gorilas.

Algo brillaba en la oscuridad sobre la tostada piel de Fatma. Un hilo de cristal negro en su barbilla. Un camino de sangre desde su labio roto.

—No puedo dejarte aquí...

—¡Sí puedes! No pasará nada. No te preocupes, luego iré a tu casa, necesito que tú me ayudes.

—¡No! A mi casa no... A mi casa no —se apresuró a decir Matías.

—Entonces aquí mismo más tarde, por favor vuelve aquí al amanecer, a las seis, no, mejor a las siete de la mañana, intentaré escaparme un ratito. Si quieres ayudarme vete ahora, por favor, por favor, es lo mejor.

Pero Matías no se podía ir sin saber qué pasaba con Draco. Se agachó cautelosamente sobre el cuerpo inerte. No se veía nada. Fatma seguía empujándole para que se fuera y la tuvo que sujetar con el brazo izquierdo. Estiró el derecho y palpó con temerosa torpeza el cuello del proxeneta, buscándole los pulsos. No conseguía encontrar ningún latido. Entonces, cuando ya se iba a rendir, una mano se aferró repentinamente a su muñeca. El taxista dio un respingo y miró al hombre a la cara. El blanco de los ojos de Draco brillaba entre las sombras.

—Estás muerto —susurró el macarra ásperamente.

Sus crispados dedos se aflojaron y soltaron la muñeca de Matías. Sin duda estaba aún medio desmayado y muy aturdido.

—¡Vete, por favor, por favor, vete! —repitió la muchacha, casi llorando.

Y esa vez el taxista obedeció.

No sé si alguna vez has intentado librarte de unas ataduras confeccionadas con cinta adhesiva, pero te aseguro que desembarazarse de ellas es muy difícil. Y, si a mí no me crees, puedes preguntárselo a Daniel. El médico llevaba media hora intentando soltarse. Justo desde el momento en que el psicópata se había marchado a buscar comida. O a eso había dicho que iba. Seguía empeñado en hablarle de Rita, pero Daniel no conseguía acordarse de la mujer. ¡Por todos los santos, en Urgencias entraba mucha gente en muy malas condiciones, enfermos muy graves que después morían! Además, el hecho de que ese tipo tuviera una supuesta reclamación profesional que hacerle no le convertía en alguien menos peligroso o menos chiflado. Daniel todavía guardaba en la memoria aquel horrible suceso de cuatro años atrás, cuando un viejo entró en el servicio de traumatología del San Felipe y le pegó un tiro al doctor Villegas. El médico no murió, pero el proyectil le voló media cara. Se trataba de otro viudo airado, de un viejo pirado que estaba empeñado en vengar el fallecimiento de su mujer. Y ahora el psicópata le había tocado a él. ¿Qué podía hacer uno para calmar a un loco? Por un momento, Daniel había pensado en llevarle la corriente, en decirle que sí, que se acordaba de la dichosa Rita y que lamentaba muchísimo haber cometido un error con ella, pero entonces le vino a la mente el pobre Villegas y su cara sin mejilla y sin narices, y comprendió que eso era lo último que podía hacer; que, como se confesara culpable, el otro seguramente le mataría. Sintió un vaivén de angustia, pero lo reprimió. No podía perder tiempo ni malgastar sus fuerzas.

Daniel tenía las muñecas atadas detrás de su espalda. Era una posición muy incómoda y había protestado ruidosamente, pero el chiflado había dicho que no podía permitirse el riesgo de dejarle con las manos por delante. Además tenía los pies unidos por los tobillos con una enorme cantidad de cinta adhesiva. Y, por supuesto, otra tira le cubría la boca. Había intentado levantarse una punta de la mordaza restregándose la cara contra una esquina de la pared, como un ternero que se rasca contra el muro, pero sólo había conseguido hacerse daño. Luego probó con las manos, puesto de espaldas y moviéndolas arriba y abajo contra la misma esquina y luego contra el marco de la puerta de la cocina, pero terminó con los brazos acalambrados y sin conseguir alterar ni una pizca el pegajoso bolo de papel plástico que anudaba sus muñecas. A continuación, dando saltitos con los pies juntos como un canguro, y temiendo siempre perder el equilibrio, caer hacia delante y partirse la cara, Daniel regresó a la silla en donde le había dejado el psicópata instalado, se volvió a sentar en ella y se echó a llorar. Tres minutos de lágrimas más tarde, algo aliviado, el médico se puso en pie de nuevo, cosa no demasiado fácil, y volvió a cangurear hasta la ventana más próxima. Por ahí no había manera de salir ni aunque rompiera el cristal, porque estaba la reja; pero era de noche, la luz de la habitación estaba encendida y, aunque sólo era una mísera bombilla poco potente, si alguien pasara por la calle, podría verle. Daniel apoyó la frente en el vidrio fresco y liso, un alivio para su piel febril. En el exterior, un muro medio roto lleno de pintadas, una calle sin asfaltar, una triste farola. Aparte de esa farola macilenta, no se veía ni una sola luz. Era un lugar desolador, el fin del mundo. Un andurrial perdido por el que no debía de haber pasado nadie durante los últimos mil años. Daniel gimió de desesperación bajo la mordaza. Si por lo menos tuviera un cigarrillo. Si por lo menos pudiera fumar.

Tenía que hacer algo. El chiflado volvería enseguida y él no podía desperdiciar lo que tal vez fuera su única oportunidad de escapar. Y de salvar la vida. Piensa, Daniel, maldita sea, ¡piensa!, se urgió con angustia. Entonces vio a los perros a sus pies. A ese par de engendros repulsivos a los que el psicópata parecía tener tanto cariño. Los chuchos estaban sentados sobre sus cuartos traseros y le contemplaban con profundo interés. A su vez, el médico los miró y advirtió que eran pequeños. Muy pequeños. Lo que tengo que hacer, pensó Daniel de pronto, es agarrar a los perros, o por lo menos a uno. Si secuestro a uno de los malditos chuchos del secuestrador, y lo agarro del cuello, cosa que con un poco de maña podré hacer aunque tenga las manos atadas a la espalda; si lo cojo bien apretado del gaznate, en fin, cuando vuelva el psicópata le puedo obligar a que me desate las piernas, me abra la puerta y me deje marchar, porque si no le mato al perro, o le saco los ojos, o le rompo las patitas de una en una. Quién sabe,

235

a lo mejor el plan puede funcionar, pensó con excitación. Y en cualquier caso no se le ocurría nada más.

De manera que se inclinó sobre los animales y empezó a arrullarles, tras la mordaza, con un murmullo indistinguible proferido en el tono más meloso. Pero los chuchos seguían quietos y circunspectos, con cara de no fiarse. Ahora vais a ver, pensó Daniel. Se acercó a saltitos a la inestable mesa de camping que había en un rincón y, haciendo algunas contorsiones, logró coger una pizca de pan que había sobrado de un bocadillo. Luego se apoyó contra la pared y se dejó caer hasta sentarse en el suelo. A continuación reptó hacia los perros, que inmediatamente se levantaron y se retiraron a una prudente distancia. Entonces el médico giró el cuerpo para que los malditos bichos pudieran ver el pan en sus manos, y volvió a canturrearles y zurearles almibaradamente. Durante unos minutos no sucedió nada, pero al cabo Perra, que era de una glotonería irrefrenable, comenzó a avanzar hacia Daniel con pequeños y titubeantes pasos. Tardó muchísimo en llegar hasta el cuerpo tendido del hombre, o eso le pareció al médico, pero por fin, tras muchas dudas y olisqueos al aire, el mamarracho perruno estiró el cuello todo lo que pudo, avanzó el hocico, sacó la lengüecilla y lamió el pan, y después dio un pasito más hacia delante y clavó los dientes en el anzuelo. Momento en el que Daniel dio un manotón a ciegas en el vacío y, para su alivio y su felicidad, consiguió agarrar el cuello del animal. Que a su vez le pegó un mordisco en la palma de la mano y logró soltarse. Allí quedó Daniel, bramando de furia y de dolor, mientras Perra corría a refugiarse con Chucho bajo la mesa de camping, de donde ya no volvieron a salir.

De modo que ese plan tampoco servía, se dijo el médico con los ojos llenos de lágrimas, a medias por la desesperación y a medias por el escozor de la mordedura. ¿Cómo pudo pensar que la alimaña no iba a defenderse? De todas formas era probable que lo del perro no hubiera funcionado de ningún modo, porque ahora se daba cuenta de que tenía la mordaza puesta y que le hubiera sido difícil explicar al psicópata lo que pensaba hacerle al chucho. Resultaba extraño comprobar que, para amenazar, la palabra era un arma esencial. Sobre todo cuando no se disponía de ninguna otra.

Ahora lo más importante era volver a ponerse de pie. Daniel reptó hasta la pared y, con cierto trabajo, consiguió sentarse en el suelo y apoyar la espalda contra el muro. Mucho más esfuerzo le costó ir empujándose con los pies y deslizando la espalda hacia arriba: qué pena no haber hecho un poco de gimnasia en sus ratos libres, en vez de perder todo su tiempo en la sedentaria estupidez de Second Life. Por fin, sudado, acalambrado, con los muslos rígidos como perniles congelados y un dolor en los riñones que le baldaba, Daniel recuperó la verticalidad. Casualmente estaba junto a la ventana, y casualmente miró hacia el exterior.

Frente a él, a medio centenar de metros de distancia, pegado al muro, andando con pasos ligeros y la cabeza gacha, había un hombre.

En la calle había alguien.

El corazón de Daniel se lanzó a una loca carrera dentro de su pecho. Era un redoble desesperado, un palpitar estruendoso que parecía querer avisar al viandante.

Pero el hombre proseguía su camino sin mirar hacia la casa. Pronto se marcharía, si Daniel no conseguía atraer su atención.

El médico comenzó a bramar y a gemir todo lo alto que la cinta de la boca le permitía. Luego, al ver que no lograba resultados, se dio de cabezazos con el cristal y volvió a gritar en el sofocado silencio de la mordaza hasta sentir que sus cuerdas vocales eran dos tendones retorcidos a punto de desgarrarse. Entonces el peatón se detuvo, justo cuando iba a salir del sucio halo de luz de la farola. Y además de detenerse miró hacia el médico de refilón, sin girar el cuerpo, sólo lanzando una ojeada por encima del hombro con cuidado, como si temiera algún peligro. Daniel brincó, gritó en sordina, golpeó la ventana con la frente, se volteó para mostrar sus manos atadas al viandante. Que seguía observándole de lejos y sin moverse. Por todos los santos, pero ¿es que ese tipo no le iba a ayudar?

Un momento: ahora parecía que el hombre había empezado a comprender. Ahora estaba volviéndose del todo hacia Daniel. Y parecía dudar. Pero no, ¡venía en su ayuda! Lo había conseguido. El peatón se acercaba muy despacio, paso a paso. Hasta detenerse como a metro y medio de la ventana. Era un chico joven. Un chico muy joven de pelo rizado y piel bruñida, posiblemente un árabe. Con pantalones vaqueros y una mochila a la espalda. Y el gesto impenetrable.

Durante unos instantes se contemplaron el uno al otro en la más absoluta y callada quietud, y a continuación, como si le hubieran dado una señal, Daniel se entregó a un paroxismo de peticiones de socorro: saltó sobre sus pies atados, chilló, golpeó el cristal, mostró otra vez las manos amarradas, volvió a saltar y a aullar. Al cabo se detuvo, sin aliento. El chico le miraba con una expresión neutra y vacía de todo reconocimiento, exactamente igual que el aburrido visitante de un zoo miraría a un gorila de espalda plateada. Y, en efecto, Daniel se sintió gorila, se sintió chimpancé, se sintió simio, encerrado tras las rejas de la ventana e incapaz de llamar la atención de los humanos. E, impotente como un gran primate, vio cómo el muchacho magrebí daba media vuelta y se marchaba con su extraño paso ligero y encogido, como de perro apaleado y vagabundo. Así, a saltitos, el chico regresó hasta la línea del muro lleno de pintadas, salió del círculo de luz de la farola y desapareció en la noche negra. Se ha ido, se dijo el médico sin poder creérselo. Se ha ido sin hacer ni decir nada. Claro que a lo mejor va a avisar a la policía, quiso pensar. Pero algo le decía que no era probable. La desesperación pareció chupar la energía de su cuerpo. Las piernas le temblaron y tuvo miedo de caer. Entonces vio que la puerta de entrada tenía un picaporte de metal y, temiendo ceder al pánico si se quedaba quieto, brincó hasta allí para intentar arrancarse la cinta de las manos con la falleba. Lograrésoltarmelograrésoltarmelograrésoltarme, se repetía, como si fuera un mantra, para mantener a raya los terrores, mientras se volvía de espaldas a la puerta, se aupaba sobre las puntas de los pies e intentaba encajar las ligaduras de sus manos en el picaporte. Al tercer intento lo consiguió y entonces tiró hacia abajo con todas sus fuerzas. La falleba se movió, el resbalón hizo clic y la puerta se abrió. No estaba cerrada con llave. Durante todo ese tiempo, Daniel se había creído atrapado en una casa que en realidad se abría por dentro con sólo girar el picaporte.

Se puso tan nervioso que, de pura y agitada torpeza, empujó la puerta con su cuerpo y la cerró. Tuvo que volver a auparse, agarrar el picaporte, abrir la hoja. Salió de la casa dando saltitos e intentando no caerse en las irregularidades del terreno. Era difícil caminar así y estaba cansado, muy cansado. Entonces escuchó el motor del coche y se le detuvo el corazón: sólo podía ser el chiflado, ¿qué otro vehículo iba a venir a este rincón perdido? Y, en efecto, ahí estaba el taxi, dando la vuelta por el extremo del muro y avanzando con lento bamboleo hacia la casa por el camino pedregoso y desigual. Todavía no me ha visto, pensó Daniel; todavía tengo posibilidades de escapar. Intentó redoblar su velocidad de avance, saltar más largo y más deprisa, pero no se veía nada, las piedras se clavaban en su pie descalzo y además los agarrotados músculos no le respondían. Al tercer brinco metió los trabados pies en un agujero y se cayó de bruces, parando todo el impacto con la barbilla. Sin embargo en ese momento no sintió dolor: toda su atención estaba concentrada en el ruido del coche a sus espaldas, en el siseo de las ruedas sobre la arena y en el resplandor de los faros, que acabó cayendo sobre él como una oleada de agua reluciente. Ahí estaba Daniel, boca abajo en el suelo, en mitad de un charco de luz. Oyó cómo se abría y se cerraba la portezuela del taxi y luego los pasos que se acercaban.

—Pero, hombre, ¿qué haces aquí? Te has dado un buen golpe —dijo Matías, contemplando su machacado mentón.

A decir verdad, el taxista sintió remordimientos al ver a su víctima. Y pensó: mejor le dejo ir ahora mismo y acabo con esto de una vez. Pero luego recordó la negativa del médico a asumir ninguna responsabilidad y volvió a inundarle la rabia. Que se fastidie, decidió. Le retendré un poco más, para que por lo menos se lleve un buen susto. De manera que levantó a Ortiz del suelo como quien levanta a un niño, y se lo llevó de nuevo a casa medio en volandas. Tendría que haberle dejado mejor atado.

Las horas que le separaban de la cita con Fatma se le habían hecho a Matías interminables. Estaba tan inquieto que ni siquiera había podido hablar con el médico, ni de Rita ni de nada. ¿Qué extraña alquimia del cerebro hacía que las noches pudieran resultar tan desasosegantes? La oscuridad era un nido de obsesiones. Esa noche, por ejemplo, sólo podía pensar en Fatma y en la angustiosa posibilidad de que Draco se hubiera vengado con ella del puñetazo. No debía haberla dejado allí sola, pero la chica había insistido con tanta desesperación y tanto miedo que el taxista se sintió impelido a obedecer. Sin embargo, ahora la ansiedad lo torturaba. Si Fatma sufría algún daño, Matías no podría perdonárselo. Sería insoportable no haberla podido salvar tampoco a ella.

Pero todo pasa, aunque en ocasiones resulte difícil creerlo; y así, pese a que las manecillas del reloj se habían estado moviendo con la misma parsimonia geológica con que la gota conforma la estalactita, lo cierto es que habían llegado por fin las seis de la mañana. Hora de marcharse hacia el Oasis si quería llegar allí a eso de las siete, como Fatma había dicho. Matías miró a Ortiz, que estaba sentado o más bien derrengado en una de las sillas y se había quedado amodorrado. Durante las largas horas de esa noche, el taxista se sintió varias veces tentado de dejarlo ir; pero al final no lo hizo porque temió ser detenido antes de poder acudir a la cita con Fatma. Era evidente que el médico acudiría a la policía en cuanto le soltara, y sin duda él tendría que pagar por sus actos. Tampoco le importaba demasiado: la vida le parecía un juego insensato que ya no sabía jugar. Sin embargo, no quería fallarle a la indefensa Fatma; ya habría tiempo de liberar a su prisionero cuando supiera para qué le necesitaba la muchacha, pero ahora había que dejarlo bien atado para que no pudiera escaparse, como antes.

Matías sacudió el hombro de Daniel para despertarlo, y el médico pegó tal brinco sobre la silla que a punto estuvo de caer al suelo.

—Tranquilo. Es que voy a ir a un recado y tengo que atarte.

—¿Más? —se quejó Daniel con un gemido.

Porque seguía teniendo los pies trabados y las manos unidas por las muñecas, aunque ahora las mantenía delante del cuerpo.

—Aprovecha para ir al retrete, si quieres. Será tu última oportunidad en algunas horas.

Daniel brincó humillantemente hasta el cuarto de baño y, mientras orinaba, volvió a repasar con ojos desesperados todos los rincones del pequeño habitáculo, como había hecho cada una de las veces que había entrado allí. No, no había nada a mano que pudiera servirle, ni tijeras ni cuchillas de afeitar, y el ventanuco también estaba enrejado. El psicópata se había encargado de poner fuera de su alcance todo aquello que pudiera serle útil para escapar, tanto en el cuarto de baño como en el resto de la casa. Suspiró, se sacudió, subió la cremallera y regresó a saltitos.

—¿Algo de beber? ¿Algo de comer? —preguntó Matías.

Daniel no se dignó a contestar.

—Vale. Pues entonces perdona, pero te vas a tener que poner en el suelo.

Matías ayudó al médico a sentarse sobre el cemento, junto al radiador. Al lado, retorcida como una culebra metálica, había una cadena reluciente de más o menos un metro de longitud.

—Eso es. Dame las manos.

El taxista reforzó las ligaduras con más cinta adhesiva. Luego cogió la cadena, la pasó entre los brazos de Daniel y enroscó uno de sus extremos en torno a su muñeca derecha, más arriba de la cinta. Se sacó del bolsillo un candado y lo cerró uniendo las argollas y confeccionando una especie de grillete. El otro extremo de la cadena lo sujetó con un segundo candado al anclaje que unía el radiador al suelo.

—Ya está. Perfecto. Así te puedes recostar cómodamente en la pared y hasta moverte un poco.

Maldito psicópata, se desesperó el médico: encima querrá que se lo agradezca. En ese momento, el chiflado cortó otro pedazo de cinta y le tapó la boca. Daniel bramó de congoja. Lo que llevaba peor era la mordaza, y además el pegamento escocía sobre su piel inflamada.

—No te molestes en tirar. Aunque la cadena no es muy gruesa, es de acero al carbono, lo mismo que los candados. Antes de romperse te cortaría el brazo. Y el radiador es de forja y yo mismo lo he instalado en el cemento. No podrás arrancarlo. De manera que quédate tranquilo. Volveré pronto. Creo. Y cuando regrese te dejaré marchar.

Las seis y diez. Tenía que apresurarse. Matías dejó la bombilla encendida para Ortiz, salió de la casa y cerró la puerta con llave: había sido una estupidez olvidarse de hacerlo la noche anterior y confiar en que desde fuera no se abría. El cielo estaba todavía completamente negro, un opresivo cielo sin estrellas. Caminó hacia el taxi en la oscuridad y apretó el mando a distancia de la apertura de puertas. Pero el coche no emitió su habitual parpadeo de bienvenida.

—Qué raro.

Sólo faltaba que ahora le hubiera fallado la batería: los artefactos mecánicos tenían una extraña tendencia a estropearse en los instantes más inadecuados. Llegó en dos zancadas junto al vehículo, volvió a pulsar el mando sin que pasara nada y a continuación tiró de la manija. La portezuela se abrió y la luz interior se encendió dócilmente. Vaya, menos mal, no era la batería. Quizá se había olvidado de cerrar el taxi cuando llegó a casa, distraído por el intento de fuga del doctor. Claro que, aun así, el coche hubiera debido bloquearse de manera automática al cabo de un rato, reflexionó Matías. En fin, daba igual, ya lo miraría luego, se dijo entrando en el vehículo. Cerró la puerta e insertó la llave en el bombín. Y en ese momento sintió en el cuello el helado beso del metal.

—Está bien, tío grande. Ahora vas a hacer exactamente lo que yo te diga —susurró una voz caliente junto a su oreja.

Le estaban esperando. Alguien había estado tumbado en la parte trasera del taxi, aguardando su llegada. Alguien con pistola.

La puerta del acompañante se abrió y otro hombre entró en el coche y se sentó a su lado. A Matías le pareció reconocerlo: era el matón de Draco que había venido a buscar a Fatma días atrás.

—Arranca y vámonos —ordenó el recién llegado, mientras el tipo de atrás le daba un pequeño empujón en el cuello con el cañón del arma.

Matías obedeció. Sacó el taxi de su parcela y, al enfilar el camino sin asfaltar, vio cómo se encendían unos faros y cómo salía un coche que había estado escondido junto a la casa de su vecino. Era un todoterreno con los cristales oscuros y se colocó detrás de ellos; el taxista podía ver sus luces en el retrovisor, bamboleándose con los desniveles del camino. Estoy perdido, pensó Matías, sintiéndose sin embargo extrañamente impasible, extrañamente ingrávido, casi incorpóreo, como si ya estuviera muerto y nada pudiera afectarle. Los compañeros del taxi, imaginó, comentarían el caso con solidario horror. Ha aparecido muerto Matías, no sé si le recuerdas, le han pegado un tiro en la cabeza, eso dirían. Ha aparecido muerto y reventado de una paliza. Ha aparecido metido en el maletero y quemado vivo. Las manos empezaron a sudarle y las notó resbalar sobre el volante; Matías aferró la rueda con fuerza y el meñique fracturado se resintió. De golpe, notó que le inundaba una ola física de terror, un pánico que nacía de su carne, de su piel y de sus huesos. El miedo animal del cuerpo ante el dolor. Volvió a apretar las manos en el volante, haciéndose daño a propósito en el dedo roto. Para aprender a aguantar, para castigar la debilidad de su carne. Siempre será menos de lo que ella sufrió en los últimos meses, se dijo. E intentó prepararse para soportarlo.

Cerebro a veces soñaba que había matado a alguien. En realidad en sus pesadillas no conseguía ver a la víctima, pero tenía la completa certidumbre del horror que había cometido. Y era tan vívida y tan tenaz esa percepción que, cuando se despertaba, el sentimiento de culpa seguía pegado a sus párpados, a su memoria y a su corazón durante mucho tiempo. Ni siquiera despierta conseguía convencerse de que era inocente. Y, en efecto, no lo era.

Desde que sucedió aquello que sucedió y que estaba tratando de olvidar, a la vieja científica le asustaban las noches. Le daba miedo acostarse porque se sentía tan sola en su cama como un muerto en su tumba; atrapada en el lecho y rodeada por el negro silencio del mundo, la cabeza se le disparaba y empezaba a obsesionarse con pensamientos atroces. Por las noches recordaba, cosa que le resultaba insoportable. Por eso tomó la costumbre de acudir al Oasis, para protegerse con el alcohol, el barullo y la vigilia del peligro de las horas de oscuridad. Luego, al amanecer, regresaba a casa y se tumbaba no en la cama, sino en un desvencijado sofá comido por una lepra de lamparones. Así, de día, sin quitarse la ropa y medio sentada, se atrevía a cerrar los ojos, porque le parecía que en realidad eso no era dormir, sino dar una insignificante cabezada, y que con ello lograría engañar a la acechante angustia y evitar que se precipitara sobre ella.

Aun así, y a pesar de todas las precauciones, seguía soñando que había matado.

Ese día se había puesto el despertador a las dos de la tarde porque era martes, y todos los primeros y los terceros martes de mes Cerebro iba a visitar a los ancianos. De manera que el timbre del reloj atravesó limpiamente su pesadilla, igual que la lanza de un guerrero atravesaría un furioso dragón. Abrió los ojos, sintiendo todavía dentro de sí el sobrecogimiento de la culpa. La manta que solía echarse por encima había caído al suelo, pero no tenía frío porque el tiempo seguía bastante caluroso. La cabeza le dolía, como siempre. La resaca era su modo de vida. Se levantó del sofá con agarrotado esfuerzo, se dirigió a la cocina y echó un sobre de ibuprofeno en un vaso de agua. Le temblaban tanto las manos que la mitad de los polvos se le cayeron fuera, sobre la sucia y rajada encimera de mármol blanco. Inclinó con dificultad el tieso espinazo y lamió los polvos con la lengua. Se preguntó cuánto tiempo más podría seguir viviendo así, en esas condiciones. Durante muchos años, Cerebro había creído que quería morirse. Pero el otro día, en la pasarela, descubrió que eso no era cierto. Que quería seguir adelante a toda costa.

—La vida es tenaz —murmuró en voz alta—: La vida se empeña ciegamente en seguir viviendo.

Cerebro llevaba bastante tiempo acudiendo dos martes al mes a visitar ancianos. Antes había frecuentado otros centros, pero últimamente iba a El Paraíso, que era una residencia dependiente del Estado, el típico asilo desolador y masificado. Cerebro pasaba allí un par de horas por la tarde y visitaba a los viejos que no tenían a nadie que les fuera a ver. Pobres ruinas babeantes y lacrimosas. Había empezado con esta rutina muchos años atrás, cuando ella era todavía una mujer relativamente joven. Pero ahora ya había cumplido los setenta y se encaminaba a toda velocidad hacia sus propias babas y sus propias lágrimas. Si no se le reventaba antes el hígado. Siempre había pensado que esos viejos solos y desahuciados estarían mejor muertos. Que preferirían descansar. Pero ahora, después del incidente de la pasarela, temía haberse equivocado.

Un error más para añadir a los otros errores cometidos.

Cuando salió de la cárcel en el verano de 1975, se juró no volver a cometer la equivocación que fue la causa de su condena. Y lo había conseguido. Pero ahora se preguntaba si ése no habría sido en realidad su mayor error. Nunca más volvió a acercarse a una muchacha hermosa. Nunca más volvió a confiar sentimentalmente en una mujer. Desde luego logró evitar que la hirieran de nuevo, pero para ello había tenido que mutilarse.

Ya no se acordaba del rostro de aquella chica, ni del sonido de su voz, ni del tacto o las formas de su cuerpo. Por fortuna, ya no recordaba casi nada. El incidente no era más que un brumoso residuo de algo vagamente desagradable. Algo antiguo que guardaba aún el eco de un viejo dolor, pero que podía haberle sucedido a otra persona. La denuncia, el escándalo, la alumna de doctorado de veintiún años, la profesora de treinta y seis que la escogió para que fuera su ayudante. La muchacha que decidió mentir para salvarse y se puso de parte de los acusadores. La expulsión de la universidad de la catedrática más joven de la historia española. La Ley franquista de Peligrosidad y Rehabilitación Social, la condena y la cárcel. Un verdadero culebrón. Todo sucedió en los años finales de la dictadura, en un país todavía pueblerino, ignorante y pacato, en los duros tiempos de la pena y el plomo. No hay nada tan feroz como una sociedad reprimida que reprime, y el padre de la catedrática, un puntilloso militar, no fue capaz de soportar el ostracismo social, el linchamiento moral. Seguramente era por eso por lo que Cerebro iba a visitar ancianos. Por no haber podido cuidar a su propio padre. A modo de restitución, o de penitencia. Y por eso le gustaban tanto las historias de los científicos marginales, aquellos que triunfaron y luego cayeron en el abismo, como Kammerer o Fieldman, o aquellos que habían sido criticados y maltratados por sus pares, como los polémicos Lovelock o Sheldrake.

—Estar sola es un orgullo —masculló con fiereza.

Había permanecido en la cárcel nueve meses. Igual que un embarazo. Cerebro nunca deseó tener hijos, nunca sintió la llamada maternal. Y no creía que ser mujer consistiera en parir. Pero su entrenamiento científico también la hacía consciente del fracaso biológico de sus genes. Todos los humanos, hombres y mujeres, eran el producto de un larguísimo, múltiple y clamoroso éxito. Del triunfo de cada uno de sus antepasados. Sus padres, sus abuelos, sus tatarabuelos, los recontrabisabuelos de sus tatarabuelos, toda esa línea genitora que ascendía hasta perderse en el pasado más remoto, estaba compuesta por individuos que habían conseguido nacer, no morir de niños, madurar, aparearse con una pareja adecuada y fértil, tener al menos una cría y mantenerla viva el tiempo suficiente como para que el proceso continuara. Sí, Cerebro era la consecuencia de un logro colectivo monumental, pero ahora ese testigo genético se perdería. Su pequeño y trivial fracaso biológico ponía punto final a una línea de supervivencia milenaria.

Aunque tal vez fuera mejor así. Tal vez fuera mejor poder regresar a la pureza de los átomos sin ninguna rémora, sin ningún equipaje, sin dejar ningún rastro individual. Cerebro había hecho todo lo posible por olvidar, y en muy buena medida lo había logrado. Por eso, cuando ahora echaba la vista atrás y rememoraba su pasado, no recordaba sus peripecias concretas, no se detenía en los pormenores, sino que visualizaba los mejores años de su vida, su época de felicidad antes de la caída, como un crepitar de protones y neutrones, una maravillosa danza de energía, un alegre barquito de cegadora luz que cabeceaba en un mar de oscuridad sin conocer aún el furor de las tormentas que lo esperaban. Qué alivio poder volver a ser sólo y nada más que un puñado de átomos, infinitamente pequeños, infinitamente longevos, infinitamente prodigiosos.

Siguiendo la ley no escrita de todos los prisioneros, en cuanto Matías se marchó Daniel pasó un buen rato intentando soltarse. Tironeó de la cadena; se agarró al radiador y, empujando con los pies contra la pared, procuró desencajarlo del suelo; golpeó el candado de su mano contra el calefactor, machacándose el hueso de la muñeca. Todo esfuerzo resultó inútil. Agotado, se recostó contra la pared, suponiendo que el psicópata estaría a punto de regresar. Cómo echaba de menos el tabaco. Los minutos pasaban con lentitud torturante y el chiflado no volvía. Casi dos horas más tarde, Daniel descubrió de pronto, como en un fogonazo, que había una manera de escapar. Se desesperó, indignado consigo mismo, por haber perdido un tiempo precioso sin hacer nada; tenía que estar muy confuso y muy agotado para no haberlo visto antes. Lo primero era quitarse la mordaza, cosa perfectamente posible dado que tenía las manos atadas por delante. Se inclinó un poco, despegó con sus dedos el borde de la cinta y la arrancó de un tirón.

—¡Ahhhhhhhhhhhh! —gritó a pleno pulmón, por el escozor de su carne irritada, por la sensación de libertad, por la angustia y la rabia. Incluso por la vaga esperanza de que alguien le oyera, aunque ya sabía que por allí no pasaba nadie.

Bien, ahora venía la parte más tediosa. Ahora tenía que roer el gran bolo de cinta adhesiva que ataba sus manos. Se puso a ello con frenesí rumiante de castor, pero pronto advirtió que no era tarea fácil. Las pegajosas capas parecían haber hecho cuerpo unas con otras, fundiéndose en un único material resistente y elástico que resultaba muy costoso de partir. Mordió y babeó con el colmillo izquierdo durante un rato y, cuando ya tenía acalambrada la articulación de la mandíbula, cambió de lado y comenzó a roer con el colmillo derecho. Por favor, por favor, que no venga el chiflado, por favor, por favor, que me dé tiempo, pensaba Daniel agónicamente mientras masticaba. Tenía los labios, los dientes, la nariz, la lengua, el mentón pringosos, y la brecha del corte apenas avanzaba. Siguió royendo y royendo, desgarrando y mordiendo, babeando y aguantando las arcadas, siguió cortando la cinta aunque la boca le doliera y las articulaciones le latieran con penosos latigazos y la mandíbula pareciera estar a punto de caérsele. Al fin, tras un tiempo infinito, consiguió partir el bolo de arriba abajo. A tirones, viendo las estrellas, sacó sus maltratadas manos del amasijo de cinta como quien las saca de un viscoso nido. ¡Libre! O casi libre, porque ahora sólo tenía que extraer la mano de la cadena.

Dio un tirón. Y otro. Y otro más. Un sudor helado le cubrió las sienes. Daniel había creído que, desembarazándose de las ligaduras, la cadena sería lo suficientemente holgada como para permitirle sacar la mano. Pero no parecía serlo. Por más que intentaba plegar el pulgar hacia dentro y ahusar la palma, no conseguía hacer pasar la cadena. Se ensalivó la mano para lubricarla y, ayudándose con la izquierda, tiró y tiró hasta hacerse tanto daño que se le saltaron las lágrimas. Tenía los eslabones clavados en la carne y la sensación de haberse dislocado el brazo. Esa mano no saldría jamás. Estaba igual de preso que antes.

Se quedó recostado contra la pared, agotado, confuso. Tan aturdido, de hecho, que le llevó un buen rato darse cuenta de que ya había pasado mucho tiempo desde que el taxista se había ido. Miró el reloj: las doce y media. Hacía más de seis horas que se había marchado. Incluso los malditos perros parecían advertir algo raro y estaban sentados enfrente de la puerta, muy juntos, muy tiesos, esperando la llegada de su dueño.

Un nuevo terror asomó su cabeza de serpiente en la imaginación de Daniel.

¿Y si el psicópata no regresaba?

Se puso a temblar violentamente y, en un ataque de angustia, volvió a tirar con desesperación de su mano, sólo para conseguir magullársela un poco más. Entonces empezó a gritar. Socorro, auxilio, ayuda. Gritaba como un poseso intentando traspasar el aire quieto, los muros y los cristales de las ventanas, el cinturón de soledad que rodeaba la casa. Auxilio, ayuda, socorro. Gritó hasta perder el aliento, hasta quedarse ronco. Calma, se exhortó al cabo con esfuerzo. Calma, así no conseguiré nada. Volvió a recostarse en la pared e intentó pensar. A fin de cuentas, seis horas de ausencia no era tanto.

Tenía hambre y, sobre todo, sed, después de los alaridos y de todo lo que había babeado al morder las ligaduras. Le dolía el culo de estar sentado en el suelo, y también la espalda, la mandíbula, la cabeza. Y la falta de nicotina era peor que la sed. Una necesidad desquiciante. Para darse ánimos, se entretuvo en ir despegando la cinta adhesiva que le sujetaba las piernas. Tardó bastante pese a tener las manos sin atar, pero al final consiguió liberarse. Había transcurrido una hora más. Y el chiflado seguía sin aparecer.

Minuto tras minuto, el tiempo siguió cayendo sobre los hombros de Daniel como paladas de tierra que le fueran sepultando lentamente en vida. De cuando en cuando acometía una nueva sesión de gritos de socorro, pero cada vez aguantaba menos y chillaba más bajo, porque tenía la garganta seca y dolorida. El sol avanzó hacia el ocaso y las esperanzas se marchitaron poco a poco, mientras Daniel se sentía caer dentro de una pesadilla distorsionada. Pensó en Marina, que no le echaba de menos y que no le lloraría, más allá de ese estremecimiento especular que siempre produce una muerte próxima. Y, más aún, una muerte atroz como la suya. Pensó en las viejas historias de jabalíes que, para escapar, se muerden la pata atrapada en un cepo hasta amputársela. Pensó que daría cualquier cosa por poder fumar un cigarrillo. Pensó en la completa inutilidad de su vida y en lo absurdo de su fin, si su fin era éste. En un momento determinado no pudo aguantar más las ganas de orinar y, poniéndose de rodillas, se bajó la bragueta y meó lo más lejos posible, apuntando hacia un rincón de la habitación.

Por favor, por favor, que regrese el chiflado. Por favor, por favor, que vuelva a tiempo.

Pero no venía. Al otro lado de las ventanas, el mundo se apagaba y la noche llegaba con sus pies de fieltro.

Ahora los chuchos estaban arrimados a la puerta, con la tripa en el suelo y los morros pegados al filo del umbral, sin duda también ellos ansiosos de olfatear al amo. Pero, si el amo no regresaba, ¿se comerían entre ellos? ¿O le intentarían devorar a él? ¿O él se los zamparía a bocados, si conseguía agarrarlos? En realidad, se dijo, los animales domésticos eran siempre criaturas secuestradas, bichos aterrorizados por el temor de que algún día sus amos no regresaran y tuvieran que masticar sus propias patas para no morir de hambre. Pobres escuerzos, pensó, mirándolos por primera vez con algo parecido a la empatía. Compañeros de cárcel y condena. Daniel sentía una sed acuciante que dejaba intuir la dimensión futura del tormento. Si tirara con ciega decisión y con suficiente desesperación, tal vez consiguiera arrancarse la mano, o al menos descoyuntarla y liberarse. Si se golpeara la mano con todas sus fuerzas contra el radiador, si se la pisara y la doblara, quizá pudiera partirse los huesos y sacar la cadena. Si el psicópata no volvía, y antes de debilitarse demasiado, Daniel tendría que ser como los jabalíes. Tendría que desear de verdad vivir, y reunir el coraje necesario para lograrlo.

No sabía cuánto tiempo llevaba tirado de bruces en el suelo: se encontraba demasiado aturdido y además había estado inconsciente varias veces. Entre desmayo y desmayo, sin embargo, el sol había subido a lo alto del cielo y lo había sentido caminar por encima de la espalda con sus pies de fuego, demasiado calientes para estar a comienzos del mes de marzo. Tenía sed. Una sed torturante. Ahora que Matías pensaba en ello, se daba cuenta de que todo su cuerpo era una llaga de sed, una agonía. Estaba apoyado sobre la mejilla derecha. Piedrecitas o pajas se clavaban en su pómulo. Molestas. Con el ojo izquierdo, el único que tenía campo de visión, contempló un fragmento de tierra seca y agrietada. Un poco más allá, a unos centímetros de su cara, algo blando y blanquecino se enroscaba sobre sí mismo. Un condón usado. El condón, cosa rara, le hizo recordar dónde estaba. En un mugriento desmonte junto a la M-40. Los gorilas de Draco le habían hecho conducir por la vía de circunvalación hasta las proximidades de la carretera de Andalucía. Entonces salieron de la autopista y tomaron un camino de tierra. Pararon en un erial junto a un vertedero y se bajaron todos. Eran cuatro, en total, sin contarle a él.

Cuando llegaron estaba empezando a amanecer. Una luz plomiza que parecía agua sucia inundaba el paisaje y dejaba ver un sórdido pedregal, las ruinas de una caseta de ladrillo, la sima del vertedero con su catarata de basuras, el perfil negro y chato de la ciudad asomando al fondo, en el horizonte. Qué lugar tan feo para morir, pensó Matías. Y en ese momento recibió el primer golpe. Con algo duro y corto, una porra, un palo. Algo que se estrelló contra el lado derecho de su cara y reventó la piel e hizo saltar la sangre.

No era sed. Es decir, sí, estaba muy sediento, pero Matías ahora comprendía que la agonía que sentía en todo el cuerpo no estaba provocada por la sed, sino por los golpes. La sed no duele en los riñones, en la mandíbula, en el estómago. Gimió y volvió a abrir el ojo izquierdo. Contemplado tan de cerca, el pedacito de tierra agrietada que veía parecía un desierto calcinado. Y el condón, el espejismo de un lago opalino. La boca. La boca le estaba volviendo loco. Ardía y palpitaba. Trallazos de dolor en cada latido. El taxista cerró el ojo y se acurrucó mentalmente. No movió ni un músculo de su machacado cuerpo, pero dentro de la oscuridad de su cabeza se imaginó curvado como un feto y preparado para el final. ¿Cuánto tardaría aún? Todo ese sufrimiento, ¿se prolongaría mucho todavía? Matías se había rendido. Quería acabar, pero morir costaba demasiado.

Sí, ¡morir costaba demasiado! Magullado y confuso como estaba, el taxista no pudo evitar que los malos pensamientos entraran en su memoria como un cuchillo. Recordó a Rita, ingresada por última vez en el San Felipe, ya terminal. Recordó su completa lucidez y su agonía.

Sus dolores atroces. Por el amor de Dios, ¿por qué no le pusieron morfina, por qué no la sedaron? Matías rogó, imploró, persiguió a las enfermeras y a los médicos. No le podían poner nada más fuerte porque la mataría, le dijo al fin con pedante altivez una doctora. Por todos los santos, de eso se trataba. De morir en paz y no rabiando. Tan desesperado estaba Matías que zarandeó a la doctora por un brazo y la mujer creyó que iba a pegarle. Vinieron los guardias de seguridad y el taxista tuvo que pedir perdón y prometer comportarse para que le dejaran seguir en el hospital. Ni siquiera fue una cuestión de prejuicios religiosos, de cerrazón fanática; los médicos no la sedaron para no buscarse complicaciones, por si hacerlo les causaba algún problema. De modo que Matías se quedó junto a Rita y la vio gemir y retorcerse de dolor durante tres días y tres noches. Sin poder hacer otra cosa que humedecerle los labios despellejados con una gasa mojada. Y una madrugada, ella, o lo que quedaba de ella en ese cuerpo roto, se volvió hacia él y susurró: Ayúdame, Ratón, por favor, por favor, no puedo más. Porque, en la intimidad, Rita le llamaba Ratón, mi Ratón Listo. Matías cogió la almohada, ya lo habían hablado antes, él sabía lo que hacer. ¿De verdad lo quieres?, preguntó. Por favor, Ratón. Entonces el taxista le tapó la cara con la almohada y apretó. Y al principio Rita no se movió, pero luego empezó a agitarse, y a debatirse, y a pesar de lo muy débil que estaba le agarró las manos con sus frágiles puños transparentes, como queriendo soltarse. Matías levantó la almohada con horror. Desde el hoyo sudoroso de su cama, Rita le miró desencajada, medio muerta pero aún no muerta de verdad, y, con visible esfuerzo, farfulló unas palabras entrecortadas que parecían toses o quizá estertores terminales: Perdona, no lo pude evitar, es un reflejo... Pero sigue, por favor, esta vez sigue. De modo que él bajó la almohada de nuevo y apretó y siguió hasta que los puños de cristal se relajaron y se abrieron sobre la sábana como delicadas y flotantes flores marinas.

De bruces sobre el suelo, de pronto el taxista sintió que una lanza se le clavaba en el pecho. La hoja se le hundía más y más y el dolor aumentaba, ahora parecía que la lanza que lo ensartaba estaba al rojo vivo, el dolor irradiaba a su brazo izquierdo y aumentaba de intensidad, era un sufrimiento imposible, insoportable, algo se le estaba partiendo por dentro, tuvo náuseas y un par de débiles arcadas, una baba biliosa salió de su boca, sudaba, jadeaba y la cuchillada le atravesaba el esternón impidiéndole pensar en nada más.

Pero, contra todo pronóstico, no murió.

Matías estaba preparado, estaba deseoso, pero el agudo dolor fue remitiendo y él aún seguía consciente, aún seguía vivo y tirado en el desmonte, junto al vertedero, como un pedazo de chatarra más. Abrió el ojo izquierdo. Una fila de hormigas cruzaba con marcial parsimonia el fragmento de tierra junto a su nariz. Ahora que el cuchillo parecía haber dejado de hurgarle el corazón, Matías volvía a recuperar los anteriores dolores de su cuerpo. Los riñones, la mejilla, el estómago. Y la boca, sobre todo la boca. Un recuerdo se fue reconstruyendo en su cabeza entre brumas sangrientas: él apaleado y ya medio desvanecido, mantenido en pie por dos de los matones; y otro de los gorilas levantándole el labio con extraño cuidado y saltándole después los dientes con una llave inglesa.

Se estremeció al revivir la escena. Sí, ahora se acordaba: mientras tanto, el cuarto matón lo grababa todo con un móvil. Para que Draco lo viera, suponía. Sin cambiar de postura, con infinita cautela, Matías intentó inspeccionar el destrozo con la punta de la lengua. Sólo con acercarse al lugar veía las estrellas, pero parecía que únicamente le faltaban piezas en el lado izquierdo. Todavía tenía dientes a la derecha.

Inspiró un poco más hondo con cuidado, porque el pecho le dolía, y percibió el peso de su cuerpo sobre la tierra. Notó sus piernas, sus caderas, advirtió la posición de sus brazos. No sólo no se moría, como en verdad deseaba, sino que parecía que, a cada momento que pasaba, recuperaba una brizna más de energía y de lucidez. Su mano izquierda estaba cerrada en un puño y apoyada en el suelo cerca de su cara. Proyectaba delante de sí una sombra bastante larga. Debía de estar atardeciendo. Se sintió casi estafado por el hecho de estar vivo. ¿Cómo era posible que los gorilas de Draco hubieran hecho tan mal su trabajo? Matías ignoraba que Manolo el Zurdo, el matón que había ido a buscar a Fatma a su casa, estaba medio enamorado de la hermosa negra, y que la muchacha le había pedido llorando que no le hiciera demasiado daño. Por eso el matón procuró no emplearse a fondo: nada de patadas en el tronco, que luego las vísceras se reventaban fácilmente, sobre todo el bazo, que era un saquito de sangre de lo más blandengue y siempre se rompía, el Zurdo lo sabía bien porque a fuerza de dar palizas había aprendido mucha anatomía; y por eso también se le ocurrió la genialidad de saltarle los dientes al taxista con la llave inglesa, para que Draco, al ver la grabación, quedara satisfecho con el castigo. Al fin y al cabo se podía vivir sin dientes perfectamente, pensaba Manolo, que había perdido algunos a los nueve años de una pedrada, cosa que no le había impedido llegar a ser el lugarteniente de Draco, una carrera que le llenaba de orgullo. De modo que así de contradictoria y paradójica es la vida humana: a Matías le rompieron la boca para salvarle, y torturarle fue una rara manera de hacer el bien, de poner en marcha la benéfica marejada de los vasos Fieldman.

El taxista contempló su parcela de hormigas y de pajitas secas. Y el exangüe condón con su carga de espermatozoides muertos. Olía a polvo, a vómito, a sangre. Sin embargo, cosa extraordinaria, el dolorido Matías experimentaba ahora una especie de alivio. Una sensación de agotado descanso, como si llevara meses corriendo sin parar y por fin se hubiera detenido. Tras la muerte de Rita, Matías había sido incapaz de enfrentarse mentalmente a lo sucedido en los momentos finales. Había estado huyendo de ese recuerdo durante meses, con toda su desesperación y todo su miedo. Huir y no dormir. Huir y no pensar. Huir y no vivir. Nunca había logrado reunir el valor suficiente para rememorar su mirada agónica, sus palabras últimas, el temblor de su pobre cuerpo quebradizo bajo la presión de la almohada y de sus manos. Ahora, de pronto, revivía aquella sensación y se le mezclaba en la memoria con las muchas otras veces que el fino y delicado cuerpo de Rita tembló debajo de él, en el éxtasis de la pasión, entre sus brazos; y la superposición de ambas imágenes en su cabeza le permitió aceptar ese acto final como otra manera de amar a su mujer y de entregarse a ella. Como el gesto más hondo y más pleno de su intimidad. El ojo izquierdo del taxista empezó a manar lágrimas, un agua tranquila que le resbalaba por el puente de la nariz y caía sobre el polvo. Una lluvia fértil capaz de hacer crecer la hierba en el desierto de hormigas. Verdaderamente éste no sería un mal momento para morir, se dijo Matías con placidez. Pero entonces el recuerdo de Fatma cruzó por su cabeza y un espasmo de angustia le agarrotó la espalda. ¿Le habrían hecho algo también a ella? ¿Estaría en peligro? ¿Necesitaría ayuda? Ésa era una razón suficiente por la que levantarse del suelo, una razón por la que vivir, se dijo, aunque no tuviera ninguna otra. Pero en realidad había otra más: los pobres Chucho y Perra, que estaban solos y encerrados en casa.

De pronto la mente se le puso en blanco. Un estallido de luz. Un recuerdo aniquilador explotando dentro de su cráneo. El doctor Ortiz. El médico también estaba solo y encerrado en casa. Solo y atado a un radiador.

Un impulso de vida recorrió su cuerpo desde la cabeza hasta la punta de los pies, una onda electrizante que galvanizó sus músculos y le dio fuerzas para moverse. Apoyó ambas manos en el suelo y levantó el tórax con un gruñido de dolor. Dobló las rodillas, se quedó un momento a cuatro patas hasta dominar la sensación de mareo y luego, gimiendo, consiguió ponerse en pie. Ahora que estaba erguido, descubría que seguía viendo la realidad sólo con el ojo izquierdo. Se tanteó la cara amedrentado y comprobó que tenía hinchado todo el lado derecho; pero si entreabría con los dedos los abultados párpados conseguía ver algo, así que el ojo debía de seguir estando ahí abajo, en su lugar. Suspiró, aliviado, y el suspiro le arrancó un nuevo gemido. Aventuró unos cuantos pasos.

Estaba cubierto de polvo y la sangre, negra y coagulada, atiesaba sus ropas. Movió las manos y los brazos, giró el torso. Todo le dolía, pero parecía funcionar. Miró el reloj: eran las siete y media de la tarde. El médico llevaba más de trece horas atado al radiador. ¿Cómo había podido hacerle algo así? Cuando lo más probable era que el tipo no tuviera nada que ver con la muerte de Rita. Ahora, de repente, Matías lo veía claro: Ortiz debía de estar en lo cierto cuando le decía que ese tipo de cáncer no tenía solución y que podía ser completamente indetectable en un primer momento. A decir verdad, incluso era posible que el taxista conociera todo esto desde siempre. Pero no había podido soportar la violencia, la ira, la rabiosa desesperación ante ese doble castigo que no creía merecer: ¿por qué había tenido que enfermar Rita? ¿Y por qué, aunque otros pacientes de cáncer se curaban, ella no pudo hacerlo? Matías no había sabido qué hacer con su dolor y necesitaba culpables. Hubiera sido mejor secuestrar a los que se negaron a sedar a su mujer. Con ellos, por lo menos, se habría podido vengar realmente de algo.

Unos quince metros más allá se encontraba su taxi con las puertas abiertas. Caminó a trompicones hacia él y casi se le saltaron las lágrimas de agradecimiento al ver la llave puesta en el bombín. Se instaló con dificultad en el asiento y apoyó en el volante sus manos festoneadas de sangre seca mientras se recuperaba del esfuerzo. Una vaga sensación de náusea y de mareo impregnaba la escena de irrealidad. Frente a él, los últimos rayos de sol iluminaban el vertedero, arrancando destellos de las chatarras y los cristales rotos y convirtiendo el torrente de detritus, por unos segundos, en una hermosa alfombra fulgurante.

Primero escuchó el coche; luego vio que los perros empezaban a dar cabriolas frente a la puerta y se perseguían vertiginosamente las propias colas como derviches giróvagos; por último, con el corazón brincándole de alegría como un enamorado adolescente, Daniel oyó girar la llave en la cerradura y comprendió que el taxista regresaba. Nunca se había sentido tan feliz de ver a alguien.

Entonces Matías entró con paso incierto, los hombros humillados, la cabeza gacha. Daniel contempló boquiabierto la carne tumefacta, la cara deformada por la hinchazón, las ropas desgarradas y sucias. El taxista avanzó dando tumbos hacia él y se dejó caer lento y cauteloso en el suelo, a su lado, mientras exhalaba un sordo gemido que sonó a chirrido de maquinaria rota. Su cuerpo desprendía un tufo metálico y caliente, el olor vagamente nauseabundo de la sangre. Matías, o esa cabeza abultada e irreconocible que era Matías, fijó su único ojo ciclópeo en el doctor y dijo:

—Lo siento. Perdona. He hecho una locura. Estaba loco. Lo siento muchísimo. Te soltaré ahora mismo.

Hablaba de una manera blanda e imprecisa, como si tuviera trapos en la boca, sacando burbujas rosadas de

saliva por las comisuras y salpicando perdigones sangui-
nolentos.

—Pero ¿qué ha pasado? —balbució Daniel.

—Lo siento. Ya te suelto. Puedes irte cuando quieras.
Y denunciarme.

Mientras hablaba, el hombretón rebuscaba en sus
bolsillos torpemente.

—Dios... No encuentro las llaves.

Las llaves de los candados, por supuesto. Daniel
sintió que dentro de él volvía a hervir la indignación. Ese
chiflado le había atado a un radiador. Le había abandonado a su suerte.

—Hijoputa. Creí que me ibas a dejar morir aquí.
Hijoputa.

—Lo siento. Lo siento muchísimo. Aquí están.
Menos mal.

De los abismos del bolsillo del polvoriento pantalón, el taxista sacó una anilla con dos llavecitas. Abrió el
candado de la muñeca, dejando libre al médico. Pero luego sucedió algo extraño: de pronto el hombre se dobló
sobre sí mismo, como si hubiera sido golpeado en mitad
del cuerpo. Su rostro machacado se retorció en un espasmo
de dolor. Gruñendo y jadeando, tendió el llavero del
coche a Ortiz:

—Toma... Coge el taxi... Vete —farfulló de manera
apenas audible.

Daniel agarró el llavero y se puso en pie.

—Desde luego que me voy —declaró.

Pero no se marchaba. Miraba al chiflado, que, encogido a sus pies, parecía estar muy mal: se aferraba el
pecho con las manos crispadas y respiraba con estertores.

Sin duda era evidente que había sido muy golpeado: quizá le habían atropellado, o le habían dado una paliza brutal. Pero cuando entró no se encontraba así de mal, esta crisis repentina parecía otra cosa. Bueno, se dijo Daniel, y a mí qué me importa lo que le suceda a este psicópata.

—Me voy —volvió a decir.

Sin embargo lo que hizo fue inclinarse sobre el taxista y escrutarle de cerca. El hombre estaba lívido por debajo de la suciedad y los moretones y había roto a sudar copiosamente. El médico le tocó el cuello. Su piel estaba fría y viscosa.

—¿Qué sientes? —preguntó.

—El pecho... Como un puñal... Se clava... —jadeó Matías.

Y luego dio una arcada seca.

—¿Sufres del corazón? —preguntó Daniel.

El taxista negó con la cabeza.

—¿Has tenido antes este dolor?

—Sí... hace un rato... Creí que moría... y se pasó... El brazo... El brazo también duele —farfulló.

Un angor, dictaminó Daniel. Una angina de pecho. Claro que también podía ser un neumotórax... O una rotura de vísceras.

—¿Y las heridas? ¿La cara?

—Me... han... pegado —masculló Matías.

—¿Te duele al respirar? Es decir, ¿al inspirar te duele más?

—Me... duele... todo... el... tiempo... igual.

—¿Y dices que hace un rato tuviste una crisis y se te pasó? ¿Se te pasó del todo?... ¿Y cuando has entrado en casa no te dolía?

—Eso es...

Incluso los médicos desencantados de su profesión van adquiriendo experiencia, y los veinte años que Daniel había pasado en Urgencias le hicieron intuir, casi con certeza, que el taxista estaba sufriendo una angina de pecho. Pero, en cualquier caso, ¿a él qué le importaba? Menuda vida, la del psicópata. Y menudas amistades debía de tener para que le machacaran de ese modo. Daniel experimentó un repentino ahogo. Tenía que irse de ahí.

—No te tumbes, quédate sentado. Si es cosa del corazón, te ayudará —dijo.

Y salió corriendo de la casa. Entró en el taxi, metió la llave en el bombín tras un par de intentos infructuosos porque las manos le temblaban demasiado, arrancó y salió por el camino de tierra sin saber adónde iba, porque al venir, tumbado en la trasera del vehículo, no pudo ver nada. Circuló unos minutos dando tumbos a lo largo del muro pintarrajeado y luego desembocó en una calle asfaltada. Pequeños chalés de factura barata se extendían a ambos lados del camino, con las luces encendidas y la gente preparándose para cenar, como en un plácido pueblecito de cuento infantil. Qué delirante, qué incomprensible era la vida, él acababa de salir de una pesadilla, le habían secuestrado, había creído morir encadenado a un radiador, había dejado atrás a su agresor agonizando de una paliza y una crisis cardiaca y mientras tanto, a unos centenares de metros de todo ese espanto, en estas casitas de guirlache la gente aparentaba vivir una vida dulce, una existencia normal que a Daniel le parecía ahora inalcanzable y mucho más extraña, mucho más irreal que los mundos paralelos de Second Life. Miró la tarjeta identificadora del taxista. Matías Balboa. Y su foto. Su cara de hombre grandullón, de buena persona. Le recordó tal y como le había dejado, doblado en el suelo, gimiendo sordamente y con los perruchos gañendo lastimeros junto a él. Dios, pero ¿qué le estaba pasando?, se inquietó Daniel; debía de sufrir el síndrome de Estocolmo, porque ahora el chiflado le estaba dando pena. Frenó de golpe: acababa de pasar un bar abierto y de pronto sintió la perentoria, inaplazable necesidad de fumarse un cigarrillo. Salió del taxi y entró en el local. Por fortuna había una máquina de tabaco. Se palpó los bolsillos: seguía llevando la cartera, pero ahora se daba cuenta de que se había dejado el móvil en casa del taxista. Mientras echaba las monedas por la ranura, pensó que tendría que llamar a la policía desde el bar. Alzó la cabeza y miró alrededor para ver si había un teléfono público, y advirtió que los dos o tres parroquianos del local le estaban contemplando con una expresión rara. Se echó una ojeada en un espejo publicitario que había en la pared: la cinta adhesiva le había dejado un rectángulo de piel alrededor de la boca al rojo vivo, y la barbilla mostraba una magulladura a consecuencia de la caída al suelo la noche anterior; además llevaba la barba crecida, el pelo alborotado, las ropas tan arrugadas y sucias como si hubiera dormido dos días con ellas puestas, que era exactamente lo que había sucedido, y para postre le faltaba un zapato, cosa por sí sola más que llamativa. Tenía los ojos desencajados y aspecto de loco. Y se sentía loco. De hecho, se sentía como si él fuera el único ser humano en el bar y los demás fueran alienígenas dispuestos a señalarle con el dedo y devorarlo. Agarró el paquete de tabaco y se apresuró a salir del local. Fuera, en la calle, al amparo de la oscuridad, apretó la espalda contra la pared e intentó recuperar el aliento. Dios, pero ¿qué le estaba pasando? Había salido huyendo de la casa del taxista, le había abandonado allí medio moribundo, en vez de llevárselo al hospital o llamar a una UVI móvil. Porque lo más probable era que fuese un angor e incluso un infarto, esa irradiación del dolor hacia el brazo no anunciaba nada bueno. Él era médico, por todos los santos, ¿en qué estaba pensando? ¿Cómo iba a justificarse ante la policía si el chiflado moría? ¿Y cómo iba a justificarse ante sí mismo? ¿Cómo iba a perdonarse? Estaba seguro de que él no había tenido nada que ver con la muerte de la famosa Rita: a juzgar por lo que el taxista le había dicho, su tumor no tenía solución y no creía que hubiera sido posible de detectar cuando la vio. Pero, al margen de eso, Daniel sabía bien que él era un mal médico. Que no ponía atención suficiente en lo que hacía. Que, en realidad, sus pacientes le importaban un pimiento. Peor que eso: por lo general los veía como piezas integrantes de la conjuración general del mundo contra él. Como ciegos ejecutores del tedio y del fastidio de la vida. Una oscura tropa de enemigos. Aquel otro viudo, aquel viejo loco que le voló la cara a Villegas de un tiro, podía haberla tomado contra él, en vez de contra el traumatólogo, porque Daniel también le conocía. El viejo y su esposa estuvieron apareciendo por Urgencias durante más de un año, con horribles dolores de espalda, decía ella. Pero, según la historia clínica hecha por Villegas, la mujer no tenía nada, apenas un poco de artrosis y mucho cuento. Así que Daniel prefirió fiarse del doctor y no de la enferma, pues, a fin de cuentas, ¿quiénes sabían de las enfermedades, sino los médicos?

Por consiguiente, la trató como una histérica, e incluso le recomendó, con desdeñosa impaciencia, que se fuera al psiquiatra y que dejara de molestar y de malgastar el valioso tiempo de los facultativos. Hasta que, en una de esas noches de tortura y desesperación, la vieja atinó a dar en Urgencias con una mediquita joven que le mandó hacer todo tipo de pruebas y que le descubrió el cáncer de huesos del que moriría un mes después, porque a esas alturas ya se había convertido en algo inoperable, intratable e incurable. Sí, él también podría haber sido el objetivo de la ira del viudo, él podría mostrar ahora dos agujeros negros en el lugar de la nariz y un cráter de carne recosida en vez de la boca y el maxilar. Y comería con una paja a través de un agujero en la mejilla. En comparación con eso, la venganza del taxista había sido una versallesca nimiedad. Y aunque él no fuera el responsable del destino de Rita, Dios sabía, si es que existía Dios y si es que le importaban algo los humanos, cosa que Daniel dudaba muchísimo, dado el estado calamitoso de este mundo; Dios sabía, en fin, que él había hecho los méritos suficientes para merecer ser castigado, porque su desidia carecía de excusas. Sí, desde luego, era verdad que la profesión médica estaba fatal, que la salud pública pagaba una miseria, que tenías que ver en un minuto a tres enfermos, que los pacientes y sus familiares te insultaban y pegaban sin ninguna razón y con inquietante frecuencia, que el entorno era desalentador y disuasorio. Pero muchos otros médicos seguían luchando contra las circunstancias toda la vida, seguían esforzándose por ser buenos profesionales. ¡Maldita sea, si era una de esas carreras supuestamente vocacionales! A lo peor hasta era posible que la mayoría de los médicos fueran mejores que él. Y este pensamiento era lo que le resultaba más insoportable, porque ser un desgraciado minoritario, un desgraciado poco acompañado en la desgracia, era algo que le hacía sentir mucho peor. Le sucedía lo mismo con el amor: ya era bastante malo no haber sido capaz de tener una buena historia amorosa en toda su vida, pero si, además de arrastrar una sórdida relación sentimental, llegaba a la amarga certidumbre de que no todos los amores eran así, sino que había personas capaces de quererse de otro modo; si comprobaba, en fin, que había gente que se amaba hasta el último aliento, hasta la médula, hasta dejarse morir y hasta volverse loco, como el taxista amaba a su difunta, entonces su propio destino le parecía aún más pobre y más intolerable.

Todo esto lo pensó Daniel en la oscuridad de la calle, apretando la espalda contra el áspero muro para no caer al suelo derribado por el desalentador torbellino de sus ideas. Entonces advirtió, como quien sale de un trance, que frente a él había una farmacia: llevaba un buen rato contemplando los latidos luminosos de la cruz de neón como si fuera el péndulo de un hipnotizador. Voy a entrar en esa farmacia, compraré cafinitrina y volveré a casa del taxista, pensó el médico. Y la decisión le colmó de una extraña serenidad y pareció iluminarle la cabeza por dentro. Al empujar la puerta de la botica advirtió que llevaba en la mano el cigarrillo, aún sin prender. Enardecido por la súbita luz que se había encendido en su interior, por la epifanía intuida, por la revelación de todo lo bueno que aún podría esperarle, el doctor Ortiz arrojó el pitillo al suelo, displicente. Voy a cambiar de vida, se dijo, y empezaré por el tabaco. Que estos dos días sin fumar sirvan para algo.

Debería estar trabajando, pero había fingido sentirse enferma y, gracias a esa añagaza, ahora podía estar en el dormitorio recogiendo sus cosas. Aunque en realidad tampoco falseó demasiado su malestar, porque había sentido náuseas desde el primer momento. De hecho, ésa fue una de las claves que le hizo saber que estaba embarazada. La otra señal fue la muerte de la lagartija.

Fatma dejó caer la bolsa al suelo, se sentó en una esquina de la cama y rompió a llorar una vez más. Las lágrimas resbalaban por su cara como una lluvia mansa y caían sobre su regazo, humedeciéndole la falda.

No les permitiría que le hicieran daño.

Basta ya, se dijo. Basta de llorar y de perder tiempo. Se apretó los ojos con los dedos: tenía los párpados hinchados y escocidos. Suspiró, recordando a su lagartija protectora. Qué bien había cuidado Bigga de ella durante todos esos años. La había mantenido viva, entera hasta la más menuda uña de sus veinte dedos y, por añadidura, sana y sin sida. Había sido un Nga-fá muy poderoso, su pequeño hermano Bigga. Cuando llegó la guerrilla, su hermano sólo tenía cinco años; como sus padres habían muerto meses atrás, Fatma se había encargado de cuidarlo.

Los guerrilleros se lo arrancaron de los brazos y pelaron al niño a machetazos como quien pela una caña de azúcar. Le cortaron la nariz, las orejas, las manos, luego los antebrazos y después los hombros, los pies, las rodillas. Lo dejaron tirado sobre el barrillo rojo que la sangre había formado con el polvo, apenas un destrozado bloque de carne con cabeza. Pero todavía estaba vivo cuando a ella se la llevaron a rastras. Al principio, los guerrilleros creyeron que Fatma era sorda, porque durante todo el día no fue capaz de escuchar ni entender nada. Sólo podía oír una y otra vez dentro de su cabeza los agónicos alaridos del niño.

La lagartija apareció esa misma noche, en el lugar en donde la partida se detuvo para dormir. Fatma estaba tumbada en el suelo, boca arriba, contemplando el cielo más negro de la noche más negra de su vida. Los hombres se habían saciado de ella y ahora roncaban alrededor. Una apretada y resistente cuerda hecha con tripa de vaca unía la muñeca izquierda de la chica con el tobillo de uno de los soldados, para impedir su fuga. Fatma miraba el firmamento con ojos secos y lo sentía pesar encima de su carne magullada, el cielo la aplastaba como el corpachón del más voluminoso de los guerrilleros. Torció la cara hacia la derecha y vio una piedra al alcance de su brazo. Era un poco más grande que su puño y de forma vagamente triangular. Si la cojo y me doy muy fuerte con el pico en la cabeza, pensó esperanzada, a lo mejor me mato. Extendió la mano hacia el pedrusco, pero en ese momento apareció la lagartija en lo alto del canto. Su delicado cuerpo resplandecía con el reflejo de la cercana hoguera y parecía un animal hecho de fuego. La lagartija clavó en

Fatma sus ojillos intensos y sonrió. Sí, ella estaba segura de haberla visto sonreír. Luego la criatura bajó de la piedra y se le subió a la mano con confianza: era una hermosa llama fría, un pequeño relámpago azul y verde. Entonces algo se abrió dentro de la mente de Fatma, algo se ordenó y se explicó. Y supo, con total seguridad, que la lagartija era el espíritu de su hermano, que Bigga había renunciado a irse con los muertos para ser su Nga-fá y protegerla.

Desde entonces el reptil y ella habían estado siempre juntos. Si alguna vez Fatma hubiera albergado alguna duda sobre la verdadera naturaleza del reptil, se habría convencido del prodigio al ver la increíble longevidad del animal: había permanecido con ella durante una decena de años, cuando de todos era sabido que las lagartijas apenas vivían dos. Y además se las había apañado para no ser descubierto. Era un espíritu muy fuerte. Gracias a la protección de Bigga había huido Fatma de los guerrilleros, y escapado después de los Kamajor. Se las habían arreglado para llegar juntos y vivos hasta Mauritania, y para conseguir plaza en una patera y no ser tragados por el mar hambriento. Y habían caído en manos de Draco, que tampoco era lo peor que les podía ocurrir. Por lo menos era un proxeneta importante y con buenos contactos, de modo que había conseguido regularizar a Fatma, sacándole los papeles en el mercado negro. Oficialmente, ella se dedicaba a cuidar ancianos. «Y además en realidad eso es lo que haces, ¿no, princesa? Cuidas viejos y los dejas la mar de a gustito», solía decir Draco.

Pero ahora ella estaba embarazada.

Si Fatma hubiera dudado en algún momento de la presencia de su hermano en el lagarto, hubiera resuelto todas sus incertidumbres al quedar encinta. Los guerrilleros la habían hecho abortar varias veces, pero, desde que ella había recobrado cierto control sobre su vida, había procurado protegerse bien. Tomaba la píldora, pero además, cuando practicaba sexo sin condón (con Draco, por ejemplo, o con Manolo el Zurdo, a quien debía algunos favores), se embadurnaba de cremas anticonceptivas, porque, según le habían dicho las chicas, protegían del sida. ¡Y aun así, pese a tantas barreras, se había quedado preñada! Por eso tenía que huir, porque Draco quería obligarla a abortar. Pero huir no era fácil. ¿Lograría encontrar un lugar lo suficientemente lejano como para que no le alcanzara la venganza del proxeneta? ¿Y cómo escapar, si Draco guardaba su pasaporte, su dinero, su tarjeta española de residencia?

Fatma sacudió la cabeza, intentando disipar la neblina del miedo. Ya se le ocurriría algo; había sobrevivido a situaciones peores. Se puso en pie y terminó de llenar la bolsa de viaje con sus pocas pertenencias; entre ellas se encontraba la cajita de bambú en donde había guardado a su Nga-fá. Un día, un par de semanas atrás, se había despertado con el ruido de un afanoso rascuñar dentro de la caja. En el cuarto sólo estaba Vanessa aún medio dormida, de manera que Fatma puso el pequeño cofre sobre la cama y lo destapó. La lagartija intentó salir del receptáculo, pero no pudo: parecía tener dificultades para moverse. Preocupada, la muchacha la alzó con cuidado y se la puso sobre la palma de la mano. El animal levantó la diminuta cabeza y la miró. Luego se tambaleó y cayó de lado, tan exangüe como un pedazo de cordel; en pocos segundos, sus brillantes colores se extinguieron y su cuerpecillo se cubrió de una especie de polvorienta pátina, como esos vistosos y relucientes guijarros de río que, al secarse, se transmutan en apagadas piedras. Está muerto, pensó Fatma, estupefacta. Pero el dolor de la pérdida no llegó a alcanzar su conciencia, porque antes sintió una náusea seca y, al doblarse hacia delante, notó sus pechos tirantes y advirtió esa molesta sensibilidad en los pezones que siempre había experimentado al quedarse preñada. Estoy encinta, se dijo, maravillada. Y supo que ese niño era Bigga.

No iba a permitir que lo mataran de nuevo.

Cuando Daniel volvió a casa del taxista se lo encontró tal y como lo había dejado, en el suelo, doblado sobre sí mismo y hecho una pena. De manera que el médico sacó el comprimido de nitroglicerina de su blíster y se lo metió al chiflado bajo la lengua, admirando de paso la cavernosa boca llena de hilachas de sangre coagulada, las encías tumefactas, los dientes partidos. Era un destrozo que dolía con sólo contemplarlo, así que, después de examinar el cuerpo machacado con detenimiento y llegar a la asombrosa conclusión de que, pese a lo aparatoso de la paliza, probablemente no tuviera nada peor que alguna costilla rota y alguna fisura en el hueso orbital, le dio a beber a Matías una de las ampollas de nolotil que también había comprado, previendo el estado calamitoso del sujeto. Para entonces el corazón del taxista ya parecía haberse normalizado con la cafinitrina, lo que corroboraba el diagnóstico del angor. Daniel se sentía exultante, se sentía buen médico, se sentía feliz dentro de su síndrome de Estocolmo y de su nueva vida. Entregó el blíster de nitroglicerina al taxista y le recomendó que llevara los comprimidos siempre encima por si se le repetía el dolor, aunque de todas maneras tendría que ir al hospital a que le vieran bien. Mejor, podían ir juntos y él le haría unas pruebas y unas radiografías, añadió, magnánimo. Y lo más inusitado era que toda esa generosidad y esa clemencia no parecían extrañarle a Matías, que, si bien volvió a pedir perdón al médico unas cuantas veces, lo hacía con la naturalidad con que un amigo pide perdón a otro tras algún espinoso malentendido. Quizá fuera porque también el taxista se encontraba en un estado de ánimo especial, agotado pero aliviado del sufrimiento oscuro que le había estado comiendo las entrañas durante meses. Ahora, con el dolor físico amansado gracias a las drogas, Matías era como un náufrago recién arrojado a la playa por las olas. Un náufrago que boquea y escupe y tose y respira, aprendiendo a estar vivo nuevamente después de haberse sentido ahogar durante muchas horas. También vas a tener que ir a que te arreglen la boca, dijo Daniel, y entonces el taxista comentó que a Rita siempre le habían gustado sus dientes sólidos y fuertes, que siempre le había envidiado esa dentadura algo caballuna que, a diferencia de la de ella, era sana y completa; y por primera vez Matías pudo hablar de su mujer sin dolor, esto es, sin más padecimiento que el que le provocó el intentar sonreír con el morro partido. La sonrisa afloró a sus labios porque había empezado a recordar a Rita, a Rita antes del cáncer, menuda, rápida y ligera como una ardilla, con sus vivos y alegres ojos negros brillando como fuegos en la cara. A esa Rita siempre más joven que él, pese a su edad, y también más fuerte, aunque al principio, cuando la tomaba entre sus brazos, Matías tenía miedo de apretar demasiado y hacerle daño. Pero ¡qué soso eres!, se quejaba ella muerta de risa, ¡agárrame bien! ¿Es que te crees que puedes romperme? Y, en efecto, al principio él temía quebrarle algún huesecillo y la tocaba con cuidado infinito, como si toda ella fuera una evanescente pompa de jabón. Gracias a ese esfuerzo de amor, Matías adiestró sus grandes manazas y dotó a sus dedos de una sensibilidad extraordinaria que luego le sirvió para empaquetar platos de Limoges, copas de Murano o jarrones de Sèvres. En sus muchos años trasladando casas, a Matías no se le rompió ni un solo objeto delicado. Mi artista de las mudanzas, mi malabarista de los embalajes, le decía Rita con amorosa y admirativa chanza. Riendo con él, y no contra él. Durante los casi veintiocho años que vivieron juntos, jamás se dijeron una sola palabra imperdonable. Claro que discutieron y se enojaron en numerosas ocasiones. Tuvieron temporadas mejores y peores, y Rita podía ser desesperante: era una mujer discutidora, mandona y cabezota. Pero no conseguían estar enfadados durante mucho tiempo, porque a los pocos minutos alguno de los dos se echaba a reír, contagiando y amansando al otro con la carcajada. Y, en cualquier caso, jamás se dispararon frases venenosas, jamás recurrieron a ese plomo verbal que algunas parejas utilizan para alcanzar las partes blandas del contrario y hacer daño, a esos vocablos que son tan explosivos como balas de abatir elefantes y que no se emplean para polemizar sobre ninguna cuestión, sino para herir. Y a veces para matar. Por cierto que el tejido de la memoria era algo en verdad extraordinario, porque, si Matías se ponía a rememorar a Rita, los recuerdos que más le calentaban el corazón, los que se le encendían dentro de la cabeza como fuegos fatuos, no eran aquellos que, contemplados desde una perspectiva más racional, hubieran podido ser definidos como los más importantes de su vida en común, como, por ejemplo, la primera vez que hicieron el amor o el día de la boda. No, las imágenes más brillantes, más nutritivas, las que de verdad hacían revivir a Rita dentro de él como en una holografía del sentimiento, eran asuntos muy menudos, incluso risibles y algo ridículos. Como aquella noche de verano quieta y cálida en la que, después de un acto sexual de afectuosa domesticidad, fueron a apagar la luz para dormir. Y, justo antes de pulsar el interruptor, a él se le ocurrió gritar ¡agua!, con tono imperativo de niño sediento, provocando en Rita tal ataque de risa que se cayó de la cama. O como el hecho de que su mujer le llamara Ratón cuando estaban solos y felices, porque, a menudo, la intimidad sentimental es inconfesablemente aniñada y cursi. Estas cosas y otras pequeñas naderías le estuvo contando el taxista a Daniel con su blanda farfulla desdentada, y al médico casi se le saltaban las lágrimas de envidia y de congoja. Por lo menos el psicópata tenía una razón para estar deprimido, se decía Daniel, por lo menos la muerte de su mujer era una desgracia suficiente a la que poder achacar el deterioro, mientras que él arrastraba una existencia lamentable sin disponer siquiera de una excusa. Y, por otra parte, ¿qué era peor? ¿La pena por la felicidad perdida, o la helada amargura de lo no vivido, de la felicidad jamás conseguida?

—Eres un privilegiado y no lo sabes —musitó el médico—. Eres un privilegiado incluso por poder hacer este duelo tan doloroso.

Entonces sucedió algo que rompió ese momento de rara camaradería: escucharon que un coche se acercaba, cosa de por sí poco habitual. Luego el vehículo se detuvo ante la casa y alguien descendió y aporreó la puerta. Matías dio un respingo:

—A lo mejor han vuelto... —farfulló.

Daniel entendió atinadamente que el taxista se refería a los matones que le habían agredido, y por primera vez su entusiasmo regenerador de hombre que ha visto La Luz Del Gran Cambio sufrió una pequeña merma y temió haberse equivocado regresando a casa del chiflado. Pero ese golpe de debilidad duró menos de lo que dura un parpadeo, y al instante se puso en pie y, con considerable presencia de ánimo, se dirigió a la ventana y miró hacia fuera. Vio un taxi que se alejaba y una figura irreconocible entre las sombras de la noche, en el umbral. Una figura de mujer. Abrió la puerta. Ante él, acarreando una bolsa de viaje que parecía liviana, con los ojos enrojecidos y su bello rostro lavado por el llanto, estaba Fatma, la puta principesca. Ni siquiera sollozando convulsivamente perdía su aire majestuoso, advirtió admirado Ortiz, pese a su pasmo.

Tardaron un buen rato en explicarse las cosas unos a otros, aunque, en la vida real, cuando uno dice «se lo expliqué todo», en verdad nunca ha dicho nada, porque la existencia es esencialmente inexplicable y la vida es lo contrario al arte, a las novelas y las películas, a los Hitchcock y las Agatha Christie con sus minuciosos y tranquilizadores entramados de causas y efectos, que son meras redes de seguridad para paliar la angustia. De modo que Matías habló de la paliza que le habían dado, pero no de sus posteriores reflexiones sobre los momentos finales de Rita; y Fatma desveló que el Zurdo le había prometido no matar a palos al taxista, pero no especificó el precio que ella había tenido que pagar por la promesa. Daniel le dijo a Matías que conocía a la hermosa muchacha, pero no narró los absurdos pormenores de su encuentro con ella; y Matías no supo expresar qué tipo de relación le unía a Fatma, porque ni él mismo lo sabía. Por otra parte, ni el médico ni el taxista entraron en detalles sobre el secuestro, y desde luego cuando Fatma les contó la historia de Bigga y describió cómo le recortaron el cuerpo a machetazos, Daniel y Matías se quedaron espantados, pero no llegaron a atisbar ni la sombra de la sombra de la experiencia vivida por la mujer.

Aun así, decidieron ir a hablar con Draco para intentar arreglar las cosas.

Era una noche extraña, una noche vibrante y enardecida. De ahí que se les ocurriera un plan tan improbable. El autor de la idea fue el taxista, pese a sus magulladuras y su boca rota; y a Daniel le impresionaron tanto el coraje y la generosidad que mostraba Matías al osar enfrentarse de nuevo al proxeneta que, en contra de su naturaleza individualista, decidió arriesgarse y acompañarlo. Aunque tal vez no sea exacto hablar de decisión; más bien el médico se sintió impelido a ello, como si una fuerza poderosa le empujara, como quien corre con excesivo impulso cuesta abajo y no puede parar. Daniel llevaba dos días prácticamente sin comer, sin dormir y sin fumar, drogado por la adrenalina de su miedo y temiendo verse obligado a devorar su propio brazo como un jabalí. No era extraño que anduviera exaltado, un tanto alucinado y proclive a cometer cualquier exceso. Además, la historia de Bigga le había dejado anonadado y con cierta sensación de culpabilidad. Daniel pensó que de alguna manera se lo debía a Fatma, o tal vez a sí mismo, esto es, a sus antiguas pretensiones de salvador de la muchacha. No se había sentido tan vivo desde la adolescencia.

De modo que Matías cambió sus ropas destrozadas por otras limpias, el médico tomó prestados unos zapatos de su secuestrador que le quedaban enormes y luego se metieron en el taxi y se dirigieron al Cachito. Iban los tres, porque, por mucho que los hombres insistieron, no consiguieron disuadir a Fatma; la muchacha pensaba que su deber era acompañarlos y, además, aún le daba más miedo estar sola. Antes de irse, Matías decidió dejar la puerta de la calle abierta y trabada con una silla, porque temía no regresar y que Chucho y Perra quedaran encerrados en casa hasta morir de una muerte horrible. Era un pensamiento precavido y muy poco optimista, pero, por otra parte, la noche tenía algo embriagador y promisorio, como si alguien hubiera puesto en marcha el mecanismo secreto de la felicidad. O como si se hubieran abierto las compuertas de los vasos comunicantes de Fieldman y el mundo hubiera empezado a llenarse de luz. Y así, ninguno de los tres dijo nada a los otros, pero cada uno por su lado estaba pensando lo mismo: de repente, todos intuyeron que las cosas podrían salir bien. Se sentían empujados por el viento de la buena suerte, que es esa percepción que algunos jugadores de ruleta experimentan justo momentos antes de arruinarse.

Entre unas cosas y otras, cuando llegaron al Cachito eran casi las tres de la mañana. Matías detuvo el taxi delante de la puerta, sin apagar el motor. Sabía que tenía que aparcar, sabía que tenía que abandonar el refugio del coche y entrar en el prostíbulo, pero de pronto sus heridas habían empezado a dolerle todas a la vez, como sirenas antiaéreas que anunciaran un inminente peligro, y eso ralentizó sus movimientos.

—¡Que vienen! —susurró Daniel a su lado con nerviosismo.

Y era verdad. Los gorilas de la puerta se habían arremolinado al verlos y ahora se acercaban al coche. Matías reconoció al primero: era el matón que le había saltado los dientes. El tipo apoyó el brazo en el techo del taxi y se inclinó a mirarlos por las ventanillas. Echó un vistazo competente y rápido a Daniel y Fatma y luego se concentró en el único ojo abierto del taxista.

—¿Has venido a quejarte de algo? —dijo Manolo el Zurdo tranquilamente.

—No —contestó Matías con su boca de trapo—. De nada. Venimos a hablar con Draco. Quiero proponerle algo que le puede interesar.

El Zurdo escrutó al taxista de arriba abajo y luego sonrió amablemente.

—Estás hecho un cristo.

—Lo sé.

—No fue nada personal. Además, estás vivito y coleando. Eso es tener suerte.

—También lo sé —resopló Matías.

El gorila se inclinó un poco más, miró a Fatma y frunció el entrecejo. Con irritación y un poco de pena.

—Esta vez la has armado buena. Cuando llamó el cliente para decir que no habías aparecido por el hotel y él se enteró de que te habías escapado, se puso furioso. Furioso de verdad. Ya no puedo ayudarte.

Un sutil estremecimiento recorrió el rostro de la mujer como una rápida línea temblorosa. Cerró un instante los párpados y cuando volvió a abrirlos era nuevamente dueña de sí misma.

—Venimos para eso, Zurdo. Para hablar con él de eso. Ya ves, he vuelto, estoy aquí. Llévanos con él, Zurdo, por favor. No será malo para ti. Draco no se enfadará porque me lleves.

El hombre se la quedó mirando, pensativo. Tenía unos ojos pequeños pero inesperadamente perspicaces en mitad de su carnoso rostro de gran bruto. Irguió su corpachón y se alejó unos pasos. Matías le vio sacar un móvil del bolsillo y hablar con alguien. La conversación no duró mucho; el Zurdo asintió dos o tres veces con la cabeza, como si su interlocutor pudiera verle, y luego colgó y regresó hacia el taxi. Se agachó de nuevo para hablar con Matías:

—Sígueme. No está en el Cachito. Se marchó a su casa.

Golpeó con la mano abierta en el techo del vehículo y luego echó a caminar hacia el todoterreno de cristales tintados, acompañado por otros tres cachalotes que se embutieron dentro del coche con torpes contorsiones. En ese instante, Daniel decidió encender un cigarrillo. Había escogido un momento muy malo para dejar el tabaco; fumar en una situación de angustia semejante no contaba como falta, se dijo mientras inhalaba con ansioso deleite la primera calada. No obstante, en cuanto salieran del peligro lo dejaría de nuevo. El Zurdo arrancó y el taxista fue detrás de él. Para su sorpresa, en vez de ir hacia la autopista dieron la vuelta por un camino de grava y desembocaron en la pequeña carretera que atravesaba los sucios desmontes y que, varios kilómetros más adelante, pasaba por la zona salvaje suburbial, por los feroces asentamientos de chabolas y hogueras.

—Nunca estuve yo en su casa. Tiene un apartamento en el Cachito, pero las chicas más antiguas dicen que vive en el Poblado. No me lo creía, pero ahora parece que es verdad... —dijo Fatma—: ¡Tiene mucho dinero! ¿Para qué vive aquí?

El Poblado había nacido cuarenta años atrás como una UVA, una Unidad Vecinal de Absorción, esas viviendas sociales provisionales que se les daba a la gente sin hogar mientras se les conseguía un piso decente y que terminaron por convertir la provisionalidad en algo eterno, porque décadas después seguían estando habitadas. Junto a la UVA habían levantado algunos bloques de realojo de dos y tres plantas, tan baratos y tan mal construidos que parecían chabolas verticales de ladrillo y cemento; y entre los módulos prefabricados de la UVA y los bloques misérrimos habían vuelto a aparecer nuevos chamizos de lata y cartón que crecían en una sola noche, como hongos ponzoñosos. De cuando en cuando llegaba al Poblado un escuadrón policial con un bulldozer y una orden judicial y tiraban abajo una de las chabolas, o una de las *uvas*, o incluso uno de los bloques de realojo, por haber sido identificados como un *supermercado de la droga*. Fuera de estas arrasadoras irrupciones periódicas, planificadas como incursiones militares, nadie se atrevía a entrar jamás en el Poblado, ni los médicos ni los carteros ni los taxistas ni los empleados de la compañía eléctrica para verificar los contadores o arreglar el tendido. Sólo llegaban hasta aquí dos tipos de personas: o bien aquellas que eran invitadas o forzadas a venir por los jefes del barrio, o bien los heroinómanos más decrépitos, traslúcidos muertos vivientes que deambulaban alucinados por el lugar en busca de su pellizco de veneno.

Aunque había pasado muchas veces cerca, Matías nunca había estado en el Poblado, y tampoco Fatma, y mucho menos Daniel; y ahora entraban en el barrio tras el todoterreno con los ojos bien abiertos y la boca seca, porque el aire de la noche estaba saturado de malignidad y de peligro. Las hogueras callejeras agitaban las sombras con su luz fantasmal e iluminaban la mellada línea de destrucción dejada por el bulldozer, decenas de solares llenos de mugre y de cascotes que daban al Poblado una apariencia de ciudad bombardeada. Había casas quemadas, portales cegados por la basura, sucios colchones que asomaban exangües por las ventanas rotas, lavadoras destripadas en mitad de la calzada que había que evitar al conducir, figuras equívocas escurriéndose veloces por las esquinas. Un niño de unos tres años, desnudo de la cintura para abajo, jugaba con la carcasa despanzurrada y negra de un coche achicharrado. Fatma lo miró y se llevó la mano al pecho, como si le costara respirar. Ella, que conocía bien el infierno, comprendió enseguida que estaba nuevamente dentro de él.

El todoterreno se detuvo delante de uno de los bloques de realojo y Manolo el Zurdo hizo señas a Matías para que estacionara junto a él. En el solar contiguo, que alguien se había tomado el trabajo de limpiar de cascotes, estaba aparcado el coche de Draco, un deportivo muy rojo, muy limpio y muy nuevo. El edificio al que iban era igual de feo y de miserable que los demás, pero, a diferencia de la mayoría, no estaba quemado ni tenía los cristales rotos. De hecho, la carpintería de todas las ventanas parecía haber sido cambiada recientemente por unos vulgares pero modernos marcos de PVC. Delante de la puerta había un par de chavales adolescentes con escopetas recortadas. El Zurdo pasó por delante sin decirles nada, lo que demostraba su poder dentro de la organización. No había ascensor, de manera que subieron a pie por las deprimentes escaleras de terrazo.

—Es en el último piso. En el tercero. En los de más abajo viven la madre y las hermanas.

Manolo llamó a la puerta. Abrió un tipo delgado de unos cuarenta años. Tenía una buena figura y llevaba un traje caro y unos zapatos elegantes, pero su torcida cara de presidiario estropeaba el efecto.

—Hola, Ángel. Draco me dijo que los trajera.

Ángel asintió con un breve movimiento de cabeza y se hizo a un lado para dejarlos pasar. Los tres cachalotes se quedaron junto a la puerta, mientras el Zurdo entraba con los visitantes. De pronto se encontraron en un espacio inesperadamente moderno y sofisticado, sin duda diseñado por un decorador profesional. Suelos de pizarra, mesas de acero corten bellamente oxidado, sofás minimalistas y un equipo audiovisual que parecía sacado de *La guerra de las galaxias*. Sin embargo, había algo que no funcionaba bien en el entorno, algo desagradable e inadecuado: los techos eran bajos, las ventanas pequeñas y la sala tenía escasas dimensiones, aunque sin duda había sido hecha uniendo varios cuartos. Las lajas de pizarra y el magnífico mobiliario resultaban demasiado grandes para el lugar y producían la impresión de algo falso, de un decorado teatral o un muestrario en una tienda de muebles. Draco estaba echando una partida en una antigua máquina de flipper que se encontraba en medio de la habitación, como si fuera el objeto más importante de la casa. A Daniel, que no le conocía, le sorprendió la pequeñez del mafioso, su aspecto de adolescente malnutrido, los ojos chinos de pesados párpados, el cuerpecillo raquítico y nudoso. También él parecía demasiado menudo para la imponente decoración. El proxeneta ni siquiera los miró: estaba abstraído en su pelea con la tintineante máquina y danzaba sobre la punta de sus pequeños pies en su esfuerzo por pulsar los botones velozmente. Al cabo, Draco propinó dos secos y enérgicos golpes de cadera al artefacto, y la máquina gorjeó y se encendió como un carrusel de feria. El mafioso lanzó un resoplido triunfante.

—Ja. Otra vez. He vuelto a sacar el premio.

Entonces les echó una ojeada rápida y displicente, y a continuación se dirigió a un sillón de cuero y acero tan enorme que Daniel pensó por un momento que, cuando se sentara, los pies no le iban a llegar al suelo.

Pero sí que le llegaban. Draco se arrellanó en el asiento sin darse cuenta de que parecía un niño aupado a la butaca del abuelo. Al contrario, él se sentía imponente y poderoso, porque sabía que debajo de su culo tenía el sillón más caro que había en el mercado, catorce mil euros de exclusivo diseño noruego. Draco era en efecto rico, y desde luego podría vivir en un chalé de lujo en la zona más elegante de Madrid; pero había nacido y crecido en el Poblado, y, pese a su despiadada dureza y a su malevolencia, escondía dentro de sí un complejo de inferioridad social que le hacía preferir ser cabeza de ratón que cola de león. Disfrutaba siendo el rey del Poblado, y además aquí, en su territorio, se sentía mucho más seguro, y eso era importante. Draco nunca soñaba que asesinaba a alguien; curiosamente jamás había tenido semejante pesadilla, tal vez porque en la vida real había liquidado de verdad a media docena de personas, algunas con sus propias manos y otras por medio de sus sicarios. En cambio, las pesadillas persecutorias de Draco consistían en soñar que le mataban a él, lo cual era una posibilidad sin duda real. De ahí que su seguridad fuera una necesidad de primer orden. Aparte de la casi absoluta certidumbre que Draco tenía de que no iba a morir en la cama ni de viejo, cosa que en definitiva formaba parte de los gajes del oficio, el proxeneta era un hombre razonablemente feliz. Se sentía orgulloso de su imperio, de sus logros, de todas y cada una de sus posesiones, del miedo que provocaba, del respeto. Muy satisfecho de sí mismo, en fin, se encaró a la postre con los recién llegados. Primero miró a Fatma con un odio tan puro que la muchacha bajó la cabeza. Luego contempló a Matías.

—Parece que no se murió, Zurdo —dijo en tono neutro.

—No —contestó el gorila con tranquilidad—. Pero está hecho un asco.

Draco rió, y luego se sorprendió de haberse reído. Los humanos llevamos todas las posibilidades del ser en nuestro interior; el individuo más santo puede cometer repentinamente cualquier atrocidad, y el malvado más cruel e irredento puede actuar en un instante determinado con total generosidad e incluso con heroísmo. Draco no lo sabía, pero en esos momentos el pequeño grano de bondad que conservaba aún, sepultado en el fondo de su alma negra, estaba palpitando y dando brincos, como una simiente ansiosa de brotar. Y toda esa agitación interior hacía que el proxeneta se sintiera de buen humor, alegre y ligero.

—¿Y ése quién es? —preguntó, señalando a Ortiz.

—Soy Daniel, un amigo de Matías —respondió el tembloroso médico.

—¿Quién coño es Matías?

—Yo soy Matías —farfulló éste con su boca blanda y rota.

—Ah, tú... El taxista viudo y desdentado —dijo Draco.

Y soltó otra pequeña carcajada divertida. Vaya, se asombró el proxeneta, esta noche estoy con la risa floja, ni que me hubiera fumado un canuto. Se contuvo e intentó componer un gesto fiero y torvo:

—¿Y a qué venís aquí con esa perra? —gruñó, señalando a Fatma.

El taxista carraspeó e hizo bascular un par de veces el peso de su cuerpo de una pierna a otra.

—Vengo a proponerte un buen negocio. Te quiero comprar la libertad de Fatma. No digas nada todavía, escúchame. Tú tienes muchas chicas. Muchas chicas. No la necesitas a ella. Ya sabes que está embarazada. Tendrías que hacerla abortar. Con el aborto y todo eso estará un tiempo fuera de juego. Y además ella quiere tener el niño, así que seguro que se quedaría amargada. Seguro que no sería tan buena como antes en su trabajo. Además ha intentado huir y tendrías que castigarla. Un castigo ejemplar. Lo mismo le dejabas marcas en la cara, o en el cuerpo. La estropearías. Ya no sería tan valiosa. En cambio yo ahora mismo te ofrezco por ella cuarenta mil euros. Casi siete millones de las pesetas de antes. Es todo lo que tengo. Traigo un cheque. Te lo relleno, lo firmo, esperamos a que abra el banco y lo mandas a cobrar. A cambio nos das el pasaporte y los papeles de Fatma, nos dejas marchar y prometes olvidarte de ella. Es un buen trato, creo yo.

Matías se calló. Durante unos segundos no se oyó ni el paso de un hilo de saliva por un gaznate. Draco contemplaba al taxista estupefacto, pasmado de su audacia y su descaro. El proxeneta se sintió tentado de romperle la boca un poco más, de bajarle esos humos. De demostrarle que el principio de autoridad no tenía precio, y que era mejor abrasarle la cara a una puta desobediente que venderla por un puñado de euros. Notó en su interior el remusguillo de sus costumbres crueles. La tentación del mal y la violencia. Pero, súbitamente, le entró la galbana. Su ira se desinfló como un globo pinchado. Ignoraba que su último grano de generosidad estaba germinando dentro de él y, como no estaba acostumbrado a ese tipo de sentimientos, confundió el impulso de bondad con un ataque de gases. Con una imprecisa molestia dispépsica. A fin de cuentas, pensó mientras se masajeaba la tripa con discreción, se trataba de una bonita suma: cuarenta mil euros también podían dejar a salvo el principio de autoridad. Entonces le salió el depredador que llevaba dentro y se le ocurrió un plan alternativo: ¿y si digo que sí y finjo estar de acuerdo hasta sacar el dinero del banco y luego les doy un escarmiento? Pero el empuje bondadoso seguía apretándole el estómago. Bah, qué más da, se dijo Draco reprimiendo un eructo, que paguen y se marchen, que se lleven a esta insufrible zorra negra de mi vista. Hacer cualquier otra cosa le pareció de repente demasiado cansado, un aburrimiento; y además, cuando decidió aceptar el trato y ser clemente, incluso sintió una pizca de satisfacción. Fue una experiencia anómala en la vida de Draco, un estremecimiento compasivo que desapareció sin dejar huella, porque tan sólo dos noches más tarde el proxeneta apagará medio paquete de cigarrillos en los pechos de una pobre puta ucraniana. Pero en esa extraña madrugada algo le impulsó hacia una insólita e irrepetible condescendencia.

De modo que Draco ordenó a Manolo el Zurdo que los mantuviera vigilados hasta que pudiera cobrar el cheque. El gorila los sacó del piso y les hizo sentar en el estrecho portal, sobre los escalones de terrazo, bajo la muda y estólida vigilancia de los cachalotes. Pasaron las horas, la noche se diluyó en un alba neblinosa y el sucio amanecer se convirtió en un día soleado, y el tiempo transcurría tan lentamente que parecía que la espera no acabaría jamás. Pero al fin, cuando tenían ya las nalgas heladas y dormidas y Daniel estaba encendiendo su decimoquinto cigarrillo, el Zurdo regresó y le dio a Fatma el pasaporte y la tarjeta de residencia.

—Ya os estáis largando. Y acordaros de que Draco no quiere volver a veros nunca más —gruñó el chico. Y luego bajó la voz y añadió—: Que tengas suerte, princesa.

No se lo podían creer. Llegaron hasta el taxi sin que nadie les pusiera ningún impedimento. No se lo podían creer. Arrancaron y atravesaron el pavoroso Poblado sin problemas. No se lo podían creer, pero estaban fuera, estaban vivos, estaban libres y lo habían logrado. Fatma se echó a llorar, Daniel encendió un pitillo y Matías se bebió otra ampolla de nolotil para celebrarlo.

Parecía evidente, en cualquier caso, que Fatma debía marcharse cuanto antes de Madrid, por si Draco se arrepentía del acuerdo. De manera que Matías condujo de regreso a la parcela para recoger la bolsa de viaje de la muchacha. Paró delante del chalé y, dejando el motor en marcha y a sus compañeros dentro del vehículo, se acercó a la casa con el secreto temor de que, tras tantas horas de espera, los perros se hubieran lanzado a la calle a buscarle y se hubieran perdido. Pero, para su alivio, encontró a los chuchos sentados, tiesos y avizores, justo en el umbral de la puerta abierta, como si delante de ellos hubiera un muro de cristal que les cerrara el paso. Una perfecta escenificación del miedo a la libertad. Al verle, los pobres bichos enloquecieron de tal modo de alegría que Matías no tuvo cuajo suficiente para volver a dejarlos solos y, cuando regresó con la bolsa de Fatma, los subió al coche. Recoger el equipaje no le había llevado al taxista ni un minuto, pero en los escasos segundos que Matías pasó dentro de la casa tuvo tiempo para sentirse incómodo, para percibir por vez primera la especie de cochiquera en la que había estado viviendo durante los últimos meses, la ausencia de muebles y de cama, el arrugado revoltijo de mantas tirado en un rincón, el suelo de cemento sin embaldosar, las paredes sin pintar, la sórdida bombilla polvorienta colgando del cable como un ahorcado. Un lugar miserable, no demasiado distinto de la turbia miseria del Poblado.

Matías se volvió a meter en el taxi con un gruñido, porque su cuerpo era un inacabable catálogo de diversos dolores. Condujo con extremo cuidado por el camino de tierra, evitando los baches que repercutían en sus magulladuras y, al pasar junto a la parcela vecina, tuvo que dar un frenazo para no atropellar al chico marroquí, que salía en esos momentos de su casucha. Matías le hizo un saludo con la mano, pero el otro no contestó.

—¡Ése! ¡Ese tipo! —dijo Daniel, volviéndose a contemplar al vecino cuando lo dejaron atrás—. ¡Ese tío vino a la casa cuando yo estaba atado, se asomó a la ventana y me vio y le pedí socorro, pero no hizo nada, el hijo de puta!

—¿De veras? —dijo Matías, más sorprendido por el hecho de que el médico le hubiera visto y hubiera pedido socorro que porque el magrebí no hubiera respondido.

El comentario le desazonó porque le hizo recordar su responsabilidad en el secuestro. Miró al muchacho por el retrovisor: caminaba deprisa, con la cabeza baja y su eterna mochila a la espalda, como una hormiga ensimismada y afanosa.

—Es mi vecino. Es un poco raro, pero no es mal chico. A lo mejor le asustaste —comentó, intentando dar a su voz un tono de normalidad.

—¿Estabas atado? ¿Pediste socorro? ¿Qué pasó? —preguntó Fatma desde el asiento de atrás.

Matías y Daniel intercambiaron una mirada rápida e incómoda.

—Nada. Una tontería demasiado larga de contar. No tiene importancia —dijo Ortiz en tono ligero.

Sin embargo, el médico sintió que se crispaba por dentro. Encendió un cigarrillo para diluir la tensión. Ya dejaría de fumar cuando toda esta locura terminara. Mejor, dejaría de fumar al empezar el próximo mes, justo el día uno. Pero ahora tendría que comprar otro paquete, pensó mientras arrugaba la cajetilla vacía.

—¿Quieres que te lleve a tu casa? —preguntó el taxista.

—¿Me dices a mí? —se sobresaltó Daniel.

—Sí, claro.

—No. Os acompañaré hasta la estación. Me iré después de que Fatma se vaya.

Circularon unos cuantos minutos sin hablar. El entusiasmo, la emoción, incluso la extraña complicidad que había reinado entre ellos horas antes parecía estarse deshaciendo, como un dibujo sobre la arena que el viento va borrando. La siguiente parada fue delante del banco. Matías bajó de nuevo y al poco rato regresó con quince mil euros en efectivo.

—La verdad es que no le di a Draco todo mi dinero. Todavía me queda esto. Tómalo —dijo, ofreciéndoselo a Fatma.

—¡No, amigo, no! —casi chilló la muchacha, echándose para atrás en el asiento y escondiendo las manos detrás de su espalda—. Ya has hecho demasiado. Demasiado.

—Escucha, no seas tonta. Necesitarás algo de dinero para empezar una nueva vida. Así no tendrás que prostituirte nunca más. A mí no me hace falta, de verdad.

—¡No!

—Hazlo por tu hijo. Hazlo por Bigga. ¡No querrás caer en manos de otro Draco! Mira, te voy a escribir aquí en el sobre el número de mi cuenta. Cuando puedas, me lo vas devolviendo.

Cuánta gente buena, pensó la muchacha. Como el sacerdote Nanamoudou, comiéndose sus propias tripas antes de delatarles. Fatma advirtió que un tumulto de lágrimas le subía a los ojos y se concentró con un esfuerzo sobrehumano en cerrar las compuertas y apretar los párpados, porque sentía que no era un llanto normal, sentía que era el llanto de una vida, un torrente salado, un río tan caudaloso como el Rokel, que partía en dos Sierra Leona. Fatma sabía que si empezaba a llorar no pararía jamás y que sus ojos se convertirían en manantiales. Así que respiró profundamente unas cuantas veces y pensó en Bigga, en el minúsculo Bigga que llevaba en la barriga, un sutil pececillo nadando en el lago subterráneo de sus lágrimas. Y luego suspiró y dijo:

—Vale.

Y cogió el dinero con los ojos secos y el corazón conmovido.

Superado ese momento de máxima flaqueza, ninguno de los tres se permitió debilidades sentimentales en la despedida. Fueron a la estación de Chamartín y lograron meter a la chica en un tren que estaba a punto de salir para Zaragoza; Fatma no conocía la ciudad, pero Vanessa, su compañera de cuarto en el Cachito, era de allí, y le había hablado con nostalgia y cariño de su tierra. Y, en todo caso, era un sitio tan bueno como cualquier otro. Lo precipitado de la partida facilitó las cosas; cuando se quisieron dar cuenta, el tren arrancaba y la muchacha decía adiós asomada a la ventanilla. En el último momento, Fatma dijo algo. Probablemente estaba dando otra vez las gracias, pero no la entendieron. Matías gritó que le escribiera, que le contara de cuando en cuando cómo le iba. Pero lo dijo demasiado tarde y ella tampoco le oyó.

Así desapareció Fatma para siempre jamás de las vidas de Daniel y Matías, lanzada hacia el futuro por el poderoso empuje del tren Altaria Madrid-Zaragoza. Ni el médico ni el taxista volverán a saber nada de ella, aparte de las periódicas cantidades de dinero que la chica irá ingresando en el banco hasta saldar su deuda. Pero yo sé que Fatma no va a dejar la prostitución, aunque se independizará y sabrá cuidarse, de modo que, durante los once años que seguirá siendo puta, se irá haciendo un pequeño capital y nunca volverá a ser explotada por un chulo. Antes al contrario, se integrará en el colectivo Hetaira, una asociación de defensa de las rameras, y, tras retirarse del oficio y casarse con un abogado cercano a la asociación, se convertirá en una de las líderes sociales del movimiento. En cuanto a su hijo, Bigga Matías, un muchacho de extraordinaria inteligencia, recibirá una esmerada educación gracias al dinero de su madre, lo que le permitirá ser uno de los primeros egresados de la nueva carrera de Geoingeniería y desarrollar un sistema para añadir hierro al océano, estimulando así el crecimiento del fitoplancton, unas plantas microscópicas que absorben dióxido de carbono y, al morir, lo arrastran al fondo del mar y lo dejan allí atrapado durante siglos. Un ingenioso hallazgo que contribuirá eficazmente a la lucha contra el calentamiento global y que hará de Bigga Matías un científico famoso.

Ignorantes para siempre de todo esto, el médico y el taxista se quedaron en el andén contemplando el tren hasta que desapareció el último vagón. Entonces cayó sobre ellos una incomodidad insoportable. Un desasosiego que les dificultaba incluso mirarse.

—Bueno... —carraspeó Matías.

—Bueno... —murmuró Daniel.

El taxista hizo un esfuerzo y logró levantar los ojos hasta el rostro del médico.

—Si quieres te llevo a tu casa.

—No. No te preocupes. Cogeré un taxi en la puerta. Es decir, otro taxi.

Matías se estrujó las manos con nerviosismo, haciendo restallar los pesados nudillos.

—Lo siento. Lamento lo que te he hecho. No tengo justificación. Perdí la cabeza —murmuró humildemente.

Daniel sintió un enorme vacío en su interior. Pero no era algo del todo desagradable. Era una sensación vertiginosa y atractiva, como el deseo de arrojarse al aire que a veces se experimenta al borde de un abismo. Saltar y morir y renacer. Saltar y volar libre e ingrávido. De pronto, Ortiz volvió a tener la convicción, ahora más fuerte que nunca, de que, en adelante, su vida iba a ser completamente distinta. El vacío de su interior se colmó de lucidez y su cabeza se llenó de decididos proyectos. Hablaría con Marina y acabaría con esa relación patética y caníbal que estaba destrozándoles la vida a los dos. Se esforzaría por reciclarse como médico, por volver a estudiar, por estar al tanto de los últimos avances, por recuperar el amor por su trabajo. Abandonaría los excesos y las rutinas embrutecedoras, el mucho alcohol, el tabaco, las interminables horas malgastadas en juegos de ordenador y en la vida sucedánea de Second Life. Y, si conseguía sacar adelante todo esto, tal vez lograra convertirse en una persona lo suficientemente amable, esto es, lo suficientemente digna de ser amada, como para poder tener una relación sentimental profunda y verdadera. Una relación como la del chiflado con su Rita. Daniel le envidiaba a Matías esa historia de amor, y eso que el taxista era sin duda un loco.

—Bueno, está bien, no hablemos más de eso —dijo Daniel—. Olvidémoslo. Por mí, está olvidado. Además, todo esto me ha servido para cambiar de vida.

Se escuchó a sí mismo, satisfecho. Le encantó su propia magnanimidad. Ser bueno le hizo bien. Y, de hecho, perdonar a Matías fue un hermoso gesto. Puede que el mejor de toda su vida. Algo tal vez capaz de justificar una existencia. Daniel escrutó al taxista, grandullón y roto, con el ojo todavía medio cerrado y el tumefacto rostro adornado con los colores más increíbles, y su nuevo sentido de la responsabilidad médica se puso en funcionamiento.

—Tienes que ir al hospital cuanto antes. Si quieres, vamos ahora mismo al San Felipe y te hago todas las pruebas y las curas. Y también podemos pedir cita con el cirujano maxilofacial y con el cardiólogo.

Matías agitó la mano y esbozó una sonrisa cavernosa y difícil.

—No, no, ahora no, muchas gracias. Estoy demasiado cansado, y además no quiero darte más trabajo. Ya iré yo por mi cuenta al hospital.

Se miraron un instante y los dos supieron que no se iban a volver a ver. Sin duda era lo mejor que podían hacer:

evitarse, olvidarse mutuamente. Sin embargo, guardaron las formas:

—Bueno. Pero cuando vayas al San Felipe, no dejes de llamarme —dijo Daniel.

—Descuida, lo haré. Y muchas gracias.

Ortiz sonrió:

—Yo también te doy las gracias. Por lo que he aprendido.

Dicho lo cual, Daniel se volvió y salió de la estación a paso ligero, esto es, todo lo deprisa que era capaz de caminar dentro de los zapatones de Matías, desdeñando las miradas de desagrado que su sucio aspecto producía en los viandantes y sintiéndose absurdamente feliz. Estaba en uno de esos momentos luminosos que a veces la existencia te regala; instantes de plenitud en los que parece que todo adquiere sentido y que esa sabiduría ya no te va a abandonar el resto de tu vida. Pero esos momentos transparentes también son un espejismo; luego la existencia prosigue y la explosión de luz que un día nos bañó se convierte en el brillo final de un sol que se oculta. Porque siempre está a punto de atardecer en la vida de los humanos. Hacia esa oscuridad monumental irá deslizándose Daniel melancólicamente el resto de sus días, porque no logrará cambiar nada. Y así, seguirá atrapado en su calamitosa relación con la feroz Marina, de quien no se separará jamás. Tampoco mejorará en su trabajo y, tras unas primeras semanas de atención y esfuerzo profesional, volverá a caer en sus descuidadas rutinas laborales. No sólo no dejará de fumar, sino que padecerá un enfisema a causa del tabaco, enfermedad que le matará a los sesenta y siete años. En cuanto a Second Life, el mundo virtual proporcionará a Daniel las emociones más intensas que le quedan por vivir —si descontamos la aventura de morirse, que debe de ser de una intensidad espeluznante—, porque mantendrá una aceptable historia de amor durante un par de años con un avatar llamado Phelizia, que en realidad es una viuda de la Patagonia a quien no llegará a conocer personalmente. Y esto es todo lo que se puede contar de Daniel Ortiz. Esta poca cosa es una vida.

Aquella mañana, mientras dormitaba en el sofá, Cerebro volvió a soñar que había matado a alguien. Pero en esta ocasión, y por primera vez, pudo ver a su víctima. Yacía a sus pies, tumbada sobre la espalda y rígida como una momia, con los brazos cruzados sobre el pecho, una figura oscura y borrosa velada por las brumas de la pesadilla. El primer impulso de Cerebro fue salir corriendo, pero comprendió que no podía marcharse de ese sueño sin descubrir quién era el difunto, de manera que, sobrecogida, fue inclinándose lentamente hacia delante y acercando su rostro al rostro ensombrecido. Entonces la neblina imaginaria se deshizo y, con horror pero sin la menor sorpresa, la mujer se reconoció a sí misma en el cadáver. Cerebro se dejó caer en esa visión abismal de su propia cara yerta y fría: era como un deslizarse hacia la nada. Pero de pronto, y esto sí que fue inesperado, el cadáver abrió los ojos y clavó en ella una mirada fulgurante. Todavía no estoy muerta, dijo la Cerebro muerta con voz tronante. Y la Cerebro viva despertó con un grito.

Se sentó en el sofá con taquicardia, casi asfixiada por el galope de su corazón y por el miedo. Y entonces, mientras se esforzaba en respirar y serenarse, tuvo la intuición de que estaba sucediendo algo muy raro. Inspiró y espiró, intentando poner en orden su cabeza y entender lo que ocurría. Inspiró y espiró, cada vez más segura de que había algo distinto en el ambiente. El ruido turbulento que la sangre hacía en sus oídos fue menguando al mismo tiempo que su pulso se serenaba: y al fin llegó el silencio. Eso era. El silencio. Por primera vez en muchos años no se escuchaba el estrépito atronador de la autopista. Por primera vez en muchos años no se escuchaba nada. Cerebro tiró la manta al suelo y se puso en pie, intrigada y atónita. Un rayo de sol entró por la ventana, abriendo un camino de aire dorado y polvoriento en la habitación. Un pájaro cantó en el exterior, trinos alegres perfectamente audibles en la insólita calma. Los pájaros, el silencio, el sol. Durante un instante embriagador, Cerebro se sintió transportada al pasado, a la infancia vivida en esa casa, antes del dolor y el deterioro. Enardecida, corrió hasta la puerta de entrada y la abrió de un tirón: y en ese mismo instante el ruido estalló a su alrededor como una bomba y el ensordecedor bramido del tráfico volvió a caer sobre ella. La mujer respiró una vez más el tufo a gasolina, contempló los mutilados restos de ese jardín que ya nunca más volvería a ser el jardín de la niñez, vio pasar ante sus ojos las masas zumbantes y vertiginosas de los coches. ¿Qué le había ocurrido? ¿Por qué había experimentado ese momento de perfecta quietud? Puede que se tratara del coletazo último, de la onda final del efecto Lot, pero Cerebro, con su mente científica, decidió que, cuando se había levantado del sofá, todavía estaba medio dormida, y que el silencio y los pájaros formaban aún parte del sueño.

Sin embargo, ahora ya se había despertado del todo. Junto a ella rugía y trepidaba la autopista, y un poco más allá asomaba la pasarela peatonal que cruzaba al otro lado. Cerebro se estremeció porque, de repente, la existencia le parecía algo valioso. Pensó en Matías, un amigo improbable cuando nada esperaba; pensó en sus insólitas ansias de supervivencia ante los gamberros; pensó en su bello sueño silencioso. Los ojos se le llenaron de lágrimas y el corazón de una amargura insoportable, porque ahora se daba cuenta de que había tirado su vida, porque estaba saliendo del túnel demasiado tarde, porque ya había cumplido los setenta años, maldita sea. Porque era una vieja y todo había acabado.

Pero todavía no estaba muerta.

Inspiró profundamente el aire viciado sintiendo que la piedra de la pena se aligeraba en su pecho, y de un manotazo se aplastó las lágrimas como si fueran insectos. Y a continuación, pertrechada con su antigua y disciplinada curiosidad de investigadora, se puso a reflexionar sobre cómo era posible volver a experimentar, a pesar de todo, ese deseo de vivir tan insensato, tan incomprensible y tan luminoso.

Rashid había visto el saludo que le había hecho Matías al pasar a su lado con el coche, pero había preferido no contestar. No se fiaba del taxista. Se había portado bien cuando la neumonía, pero seguramente lo hizo buscando sacar algún provecho, porque los infieles sólo se movían por el interés y su único dios era el dinero. Eran tipos malos y carentes de valores, y por eso su comportamiento resultaba incomprensible. Por ejemplo, el hombre que iba ahora con Matías parecía el mismo que anteayer estaba atado, amordazado y pidiendo auxilio. Menos mal que Rashid no le hizo ningún caso, porque ahora al taxista y a él se les veía tan amigos. Además, había observado que su vecino tenía la cara rota, como si se hubiera peleado. Lo que confirmaba que era un hombre violento. ¿Qué se podía esperar de alguien que, de entrada y sin venir a cuento, le atacó como un energúmeno? Seguro que lo hizo por motivos racistas. Los occidentales eran todos así, racistas, agresivos, depredadores e imperialistas. Pervertidos capaces de prostituir a sus mujeres y a sus hijas. Tiranos y asesinos del pueblo árabe.

Rashid, que era un chico culto y había estudiado Ingeniería Electrónica en la Universidad de Rabat, sintió que se le ponía un nudo de emoción en la garganta. Cada vez que pensaba en el dolor y la opresión del pueblo árabe se conmovía profundamente. Era un duelo épico, piedras contra misiles, fe contra avaricia, los soldados de la luz contra el ejército de la oscuridad. Él había tardado en comprenderlo, porque sus padres, aunque buenos creyentes, eran personas simples y anticuadas. Demasiado bondadosos, demasiado pacíficos, demasiado contemporizadores con los enemigos. Sus padres tenían un comercio de electrodomésticos y vivían bien. Él, hijo único, había crecido en un ambiente de abundancia, ignorante de la humillación, la miseria y la opresión de tantos musulmanes. Los había tenido delante de sus ojos, en la calle, en la puerta misma de su casa, a los pobres, a los mendigos; pero los miraba sin ver, con la ceguera egoísta de la rutina, sin saber lo que significaban, sin comprender que eran las víctimas primeras de la larga guerra encubierta que estaban librando. Afortunadamente, el año anterior Rashid había tenido la suerte de encontrarse con Omar y Ahmed, algo mayores que él, y gracias a ellos había descubierto el sentido de la existencia. Su padre no entendió. Y se enfadó. Le prohibió que siguiera viendo a esos amigos. «¡Un buen musulmán honra a su padre y le obedece!», le decía. Pero Rashid no podía obedecer, porque había verdades más importantes y más urgentes que la sumisión debida a los mayores.

Cuando llegaba a la parada frente a la farmacia vio que se le escapaba un autobús. Lo dejó ir porque hoy no estaba en condiciones de correr, pero le mortificó haberse confundido con el horario y se puso a estudiar las rutas y las horas, que se encontraban dentro de un cajetín acristalado. Por más que escrutaba la hoja, no conseguía dilucidar cuál era ese autobús que acababa de irse; el que él quería tomar tendría que llegar en nueve minutos. Tal vez fuera un coche de refuerzo; o quizá se hubiera retrasado mucho el anterior. En fin, qué más daba, decidió; también eso estaba marcado por el destino. Mientras aguardaba, sintió la caricia del sol sobre su piel. Era una mañana muy hermosa que olía a primavera. Su autobús dio la vuelta a la esquina, avanzó con la pesadez de un buey cansado y se detuvo entre resoplidos hidráulicos junto a él. Rashid subió, marcó su bonobús y se sentó al lado de un viejo, dejando la mochila en el suelo, entre sus pies. Hoy no pesaba nada, porque tan sólo llevaba un libro dentro. Contempló la calle a través de la ventana, los pequeños jardines, las frescas y jugosas sombras matinales, el brillo del sol. Le pareció volver a sentir sobre su rostro un beso de luz tibia y los ojos se le llenaron de lágrimas. Sabía que su madre se iba a volver loca de dolor, que su padre se horrorizaría y avergonzaría. Apretó los párpados, tembloroso, y durante cinco minutos se sumergió en el vértigo de sus pensamientos. Los otros pasajeros del autobús debieron de suponer que el joven dormía, y los más observadores, al apreciar la rigidez de su postura y la película de sudor que humedecía su frente, tal vez dedujeron que iba mareado. Sin embargo, la mente de Rashid estaba entregada a una actividad frenética, y el interior de la cabeza del muchacho hervía de cantos y rezos, de lloros y gritos. Hasta que una luz cegadora se encendió en su cerebro y calcinó todas las palabras, todas las razones y los pensamientos; ése fue el momento en que Rashid abrió de nuevo los ojos, ya sin ver, y, metiendo la mano por debajo del jersey, accionó el detonador de su cinto explosivo.

Por fortuna algo falló en las conexiones y sólo estalló una de las seis cargas que llevaba pegadas a las costillas; de manera que, en vez de organizar una carnicería entre las veintiséis personas que ocupaban en ese momento el autobús, sólo hubo tres víctimas mortales y un puñado de heridos, todos leves. Los muertos fueron el propio Rashid, el viejo que estaba a su lado y un hombre que se encontraba de pie junto a ellos y cuya identidad nunca consiguió ser desentrañada. Como a partir de aquel atentado el *asesino de la felicidad* desapareció misteriosamente y no volvió a liquidar a ningún anciano, la policía terminó aventurando la posibilidad de que la víctima no identificada del autobús fuera el criminal en serie, con el que además coincidía en cuanto a la edad, el sexo y la foto robot que le atribuían algunos testigos. Hipótesis que, de ser cierta, demostraría una vez más que el destino es malandrín y caprichoso, y que a veces los males traen algo positivo, del mismo modo que los bienes pueden venir preñados de desgracias.

En cuanto a la tercera víctima mortal, el señor mayor que iba sentado junto al terrorista, lamento tener que decir que se trataba precisamente del viejo sepulturero que enterró a la mujer de Matías. El hombre ya barruntaba que se encontraba cerca de la fosa, aunque, claro está, nunca imaginó acabar así. Pero el pobre viejo tuvo la mala suerte de aparecer justo al principio de esta historia, y ya se sabe que los narradores somos unos tipos mañosos, amantes de las estructuras circulares y de las simetrías. Un gusto, por otra parte, esencial en el ser humano,

porque hasta los trogloditas cromañones confecciona-
ban collares de proporciones equilibradas y armónicas.
O quizá sea el universo entero el que tiende inexorable-
mente hacia la simetría, como sostenía Paul Kammerer
con su ley de la serialidad. Tal vez Dios, si existe, no sea
más que un narrador loco con debilidad por las estructuras circulares, y de ahí que la existencia consista en salir de la
oscuridad para regresar de modo indefectible a las tinieblas tras chisporrotear un poco por la vida. En cualquier
caso, todas esas consideraciones fueron las que arrastraron
al viejo sepulturero desde el principio de la historia al
final del relato, sentándolo irremisiblemente en la silla
contigua al chico de las bombas.

Justo una hora después de la explosión del autobús,
Matías salía de la estación de tren. Solo, molido y desconcertado, porque no tenía nada claro lo que iba a ser de su
vida a partir de entonces. Pagó el resguardo del coche en
una máquina automática y luego cruzó renqueando el aparcamiento hasta encontrar su taxi. Cuando se desplomó en
el asiento, Chucho y Perra saltaron sobre él, zapateando de
alegría sobre su magullado pecho. Matías forcejeó con ellos
hasta conseguir contener su entusiasmo y dejarlos quietos
en el asiento delantero, pero a decir verdad agradeció su
presencia. Agradeció su perfecto amor y, sobre todo, agradeció que le necesitaran. Los pobres bichos llevaban más
de un día sin comer, de manera que el taxista decidió ir a
comprarles algo. Salió del estacionamiento y enfiló hacia el
Oasis con rumbo automático, por pura costumbre; y estaba
tan agotado que fue sólo al llegar junto al bar y ver la silueta
del Cachito cuando se le ocurrió que quizá no fuera lo más
recomendable seguir frecuentando la vecindad de Draco.

Se lo pensó un momento, aparcado ya ante el mesón. El burdel seguía con los neones encendidos, pero a la luz del día tenía un aspecto pobretón, destartalado y desteñido.

—Bah. Qué importa. Las cuentas están saldadas —gruñó al fin en voz alta.

Y apagó el motor, dispuesto a no volver a pensar en Draco nunca más en su vida. Dejó a los perros dentro del taxi, entró en el Oasis y ocupó una de las mesas de formica, junto a la única ventana del local. De repente sentía un hambre voraz. Una mujer gruesa de mediana edad y rostro aindiado a la que Matías no conocía vino a atenderle. El taxista pensó en el estado calamitoso de su boca y pidió una sopa y una tortilla francesa. Mientras le preparaban la comida, le echó una ojeada rápida al bar. El sol entraba por la ventana y por la puerta abierta y, al contrario que el Cachito, de día el Oasis parecía un lugar más alegre, más acogedor, incluso más nuevo. El sol. Matías se sintió como un enfermo que sale por primera vez a la calle después de una larga estancia en el hospital. Era agradable ver el sol de nuevo. Por supuesto, Cerebro ya no estaba: era demasiado tarde para ella. El taxista pensó en la mujer y de pronto supo que, de alguna manera, la vieja había pasado a formar parte de él; que se haría cargo de ella, al contrario de lo que había hecho con su madre. Y, en efecto, Matías será un fiel amigo de Cerebro hasta la muerte de la mujer, de un súbito ataque al corazón, catorce años más tarde.

En la barra había un grupo de taxistas desayunando. O más bien tomando el tentempié de media mañana. Matías conocía de vista a uno de ellos, mejor dicho, a una, una taxista, una chica fuerte y bastante guapa. La saludó con un movimiento de cabeza y luego, al ver la expresión de extrañeza con que le contestó, Matías recordó su apariencia. Aunque se había quitado las ropas ensangrentadas, su cara debía de seguir siendo un espectáculo. La mujer de rasgos indios volvió con el almuerzo; Matías contuvo su hambre y empezó a comer con exquisito cuidado. Aun así, dolía. Tenía que ir al hospital a que le arreglaran el destrozo. Y a que le miraran el corazón. Se llevó una mano al bolsillo del pecho y le tranquilizó palpar el bulto de los comprimidos de cafinitrina. Sí, iría al hospital, pero no al San Felipe. No quería volver a ver a Ortiz. Más cuentas saldadas también por esa parte.

—Pero ¡Matías, por Dios, tienes un aspecto terrible! ¿Qué te ha pasado?

El taxista alzó la cabeza y vio a Luzbella ante él. Consternada, la chica se tapaba la boca con las manos y mostraba por encima de los dedos unos ojos asustados y redondos.

—Vaya, Luzbella, no creí que estuvieras por aquí... Pensé que siempre tenías el turno de noche —farfulló con su boca de trapo.

—¡Ohhhh, pobrecito, pero ¿qué te han hecho?! —gimió ella al ver sus lastimosas encías—. ¿Te han atracado? ¿Te asaltaron?

—No, no...

—Pero eso es una paliza... Te han pegado... —dijo Luzbella con pericia de experta, porque provenía de un barrio conflictivo de Medellín y conocía demasiado bien el miedo y la violencia.

—Sí, pero no pasa nada. De verdad. Ya está arreglado.

—Pobrecito... —repitió la colombiana con voz ronca.

Y extendió la mano y acarició la aporreada mejilla de Matías con la punta de sus dedos, un roce dulce y leve como el cosquilleo de una pluma. Sin embargo, el taxista sintió que los dedos de Luzbella eran los dos polos pelados de un cable eléctrico. Una súbita e inesperada corriente le sacudió, convirtiendo su estómago en una pelota y haciendo subir un relampagueante escalofrío por su espinazo. Cuando el espasmo helado alcanzó la cabeza, paradójicamente Matías rompió a sudar. Ése fue el momento exacto en que le hirió el rayo. La colombiana había pasado muchos meses cuidando al taxista desde la distancia y aguardando con la tenaz paciencia de quien nada espera a que el rayo llegara, y ahora por fin había sucedido. Matías miró a Luzbella, atónito, y le pareció que la veía por vez primera. No llevaba puesto su habitual guardapolvo verde, sino ropa de calle. Unos vaqueros, una camiseta de rayas, una chaqueta. El pelo largo, negro y liso, suelto a la espalda. Y esos ojos enternecidos, esa mirada desnuda y entregada que le dejó conmocionado. Era guapa, Luzbella. ¿Cómo no se había dado cuenta antes? O a lo mejor no era guapa, pero Matías hoy la encontraba arrebatadora. La sólida y prudente Luzbella. Siempre tan cariñosa y tan atenta. Con él, pero también con Cerebro. Y con Fatma y las otras chicas. Era una mujer increíble y todo el tiempo la había tenido ahí, delante de él, sin saber verla. A todo esto, la colombiana sonreía, cohibida y sonrojada, sabedora de los rayos y las centellas que zumbaban entre ellos. Se contemplaron en silencio durante largo rato, tan absortos en esa nueva manera de mirarse que el mundo desapareció a su alrededor. Eran cuatro ojos flotando en la nada.

—Me voy —dijo al fin Luzbella—. Me voy del Oasis. He venido a recoger el finiquito. He encontrado un trabajo mejor en una cafetería. Turno de día. Así podré ver a mi hija.

—¿Tienes una hija?

—Sí, de siete años.

—Nunca me lo habías contado...

Tampoco le había dicho, ni le dijo ahora, que el padre de la niña las maltrataba a ambas, y que al venirse a España habían huido de un suplicio doméstico de mechones arrancados y huesos rotos. Luzbella era una de esas personas que se han pasado la vida cuidando de todo el mundo y a quienes nadie ha cuidado jamás. Uno de esos seres buenos y estoicos que tienen una existencia miserable y que, sin embargo, se empeñan en seguir intuyendo, contra todo pronóstico, la belleza del mundo. Aunque sólo había conocido la vida feroz, la colombiana aún esperaba que algún día le rozara esa belleza tan esquiva. Como había sido verdaderamente desgraciada, para ser feliz le bastaba muy poco. Para el que ha estado en el infierno, la vida cotidiana es la abundancia.

—Pensaba... pensaba pasarme algún día por la noche por aquí, para despedirme de ti, si no te veía... —dijo Luzbella con audaz y ruborizado titubeo.

Matías sintió un apretón por dentro, un repentino calor en el estómago, algo que, aunque enormemente turbador, no era desagradable, y le costó reconocer la sensación. Era alegría. Le pareció que Rita salía de dentro de él, que dejaba de pesarle en el pecho como una figura de plomo, y que se posaba sobre su hombro igual que un pájaro, menuda, ingrávida y dichosa, gorjeándole al oído:

ya era hora, ya era hora. Matías pensó: no voy a ir más a la parcela; regresaré a casa, a mi cama, a mi hogar, y venderé el chalé para recuperar algo de dinero. Pensó: volveré a hacer con el taxi el turno de día. Pensó: ¿y si me atreviera? Y se atrevió.

—¿Tienes algo que hacer ahora? —dijo.

—¿Por qué?

—Me preguntaba si me acompañarías al hospital...

—Claro, cómo no, con mucho gusto.

—Pero antes tengo que sacar a Chucho y Perra y darles de comer... Están en el taxi.

—Así conoceré a tus perros... después de tantas cenas que les he preparado...

Con este diálogo banal comenzó el prodigio. El pequeño misterio de la vida gozosa. ¿Por qué será que no nos cuesta nada creer en la ruindad, en la crueldad y el horror del mundo, mientras que cuando hablamos de buenos sentimientos enseguida se nos pinta un rictus irónico en la cara y lo consideramos una ñoñería? Pero Matías, que era un hombre sencillo, ignoraba el riesgo que corría de parecer un pánfilo, de modo que logró volver a entregar lo mejor de sí mismo y construyó con Luzbella una segunda unión cómplice y dichosa, una de esas raras relaciones que el tiempo no destruye, sino alimenta. Y es que la Humanidad se divide entre aquellos que saben amar y aquellos que no saben.

Pero ésa es otra historia.

Agradecimientos

Mi gratitud a Cristina Casals, catedrática de Biología, y a los doctores Tin Serra y Jara Llenas, que se leyeron el borrador e intentaron corregir mis errores técnicos. Todas las tonterías científicas y médicas que aún queden en el texto son sólo cosa mía. Y gracias también a Bill Bryson, cuyo maravilloso libro de divulgación *Una breve historia de casi todo* me enseñó que llevo dentro de mí átomos de Madame Curie y de Cervantes.

Entrevista a Rosa Montero

«He querido retratar esa sensación vagamente apocalíptica que todos sentimos en el mundo actual.»

PREGUNTA: Su anterior novela, *Historia del Rey Transparente*, se desarrolla al final de la Edad Media e *Instrucciones para salvar el mundo* en la modernidad. Sin embargo, existen muchos paralelismos. Ambas son historias de supervivencias en un mundo hostil y amenazante.

ROSA MONTERO: Sí, está bien observado. Supongo que, aunque mis novelas son todas aparentemente muy distintas unas de otras, al final escribes en torno a los mismos fantasmas y las mismas obsesiones. Durante años he creído que escribía sobre perdedores, porque ya se sabe que la narrativa del siglo XX y del XXI es esencialmente una narrativa de perdedores, esto es lo que todos decimos, y es verdad, la novela actual está protagonizada por antihéroes. De modo que yo pensé que también escribía sobre perdedores, hasta que hace cosa de un par de años, en un acto público, alguien me preguntó que de qué trataba la novela que estaba haciendo. Yo estaba escribiendo *Instrucciones para salvar el mundo*, y contesté que era una historia contemporánea, urbana, protagonizada por un taxista, que sucedía toda de noche... Y de repente me escuché a mí misma decir: «En suma, es nuevamente una historia de supervivencia, como todos mis libros». Me quedé atónita, porque ahí me di cuenta de que no escribo sobre perdedores, sino sobre supervivientes, que es algo muy distinto. ¿Y qué separa a un perdedor de un superviviente? El simple hecho de que el segundo no se rinde jamás. Tal vez la vida de ambos sea exactamente igual, pero el superviviente nunca se rinde. Y eso lo cambia todo.

P: Leola y Fatma son mujeres capaces de sobreponerse a la adversidad gracias al amor por la vida. Nyneve y Cerebro comparten la sabiduría de las viejas hechiceras. León y Matías son dos gigantes buenos. ¿Cómo dibuja a sus personajes?

RM: Qué bueno, no me había dado cuenta de cuantas cosas semejantes hay en ambas novelas… Vuelvo a repetir lo que he dicho antes sobre la vitalidad de tus propios fantasmas. Verás, tú nunca escoges las novelas que escribes, sino que las novelas te escogen a ti. Surgen del mismo estrato del inconsciente del que surgen los sueños y, lo mismo que los sueños, vienen cargadas de símbolos que dicen algo muy profundo de ti, algo tan profundo que a menudo ni siquiera tú misma lo entiendes. Y con los personajes sucede igual, aparecen de la nada, surgen en tu cabeza y empiezan a desarrollarse como seres vivos. Y lo curioso es esa persistencia de algunos personajes… De los enanos, que tantas veces aparecen en mis libros… O de esas viejas sabias… O de esos hombres grandes y buenos, que serían un poco la representación del «bruto inocente», un arquetipo de varón que yo creo que es universal. Lo que quiero decir es que, en apariencia, los personajes se van dibujando solos. Tú simplemente te metes dentro de ellos y vas haciendo ese viaje en su interior hacia otras maneras de vivir.

P: Este libro arranca con una bajada a los infiernos. Los personajes han conocido el dolor y la desesperanza, pero finalmente logran reconstruirse gracias al amor, la compasión y la solidaridad. ¿Son ésas las cualidades que esconden las instrucciones para salvar el mundo?

RM: Supongo que sí, sólo que así enunciado suena enorme y pomposo, y mi novela, esta novela, es o intenta ser justamente lo contrario. Yo creo que *Instrucciones para salvar el mundo* ya indica desde el mismo título el tono del libro... El título es un poco burlón, un poco humorístico, porque nadie puede dar instrucciones para algo tan enorme como salvar el mundo... De manera que ya indica que vamos a hablar de cosas grandes y muy graves pero vamos a hacerlo desde lo pequeño, desde lo diminuto, y desde cierto tamiz de humor. El mundo no lo puede salvar nadie, y desde luego si alguien cree que puede salvarlo, lo mejor que podemos hacer todos es salir corriendo, porque los salvadores de mundos han sido siempre los peores asesinos y los más grandes carniceros. Ahora bien, lo que viene a decir la novela es que, ahora que los dioses han muerto y las ideologías se han revelado como algo terrible; ahora que ya no hay ninguna respuesta total que explique este mundo doloroso y caótico, por lo menos hay una pequeña verdad a la que sí que podemos agarrarnos; por lo menos podemos intentar ser buenas personas, maldita sea, y con eso no salvaremos el mundo, pero tal vez consigamos salvarnos nosotros.

P: En *Instrucciones para salvar el mundo* aparecen todas las amenazas que atenazan al hombre moderno: la soledad, la inmigración, el cambio climático, la invasión tecnológica, la deshumanización de las grandes ciudades, el terrorismo… Un panorama desolador para describir el nuevo milenio que, sin embargo, ofrece un atisbo de esperanza. ¿Se considera, pese a todo, una escritora optimista?

RM: Yo creo que soy una persona muy vitalista, muy voluntarista y razonablemente optimista. Y además tengo la suerte de ser alegre, es decir, tengo la suerte de que la química de mis células me predispone a la alegría, enseguida siento que la sangre corre caliente dentro de mis venas, enseguida soy capaz de disfrutar con cualquier cosa. Pero es que además esta novela me parece especialmente luminosa, especialmente animosa. He querido retratar esa sensación vagamente apocalíptica que todos sentimos en el mundo actual. La vida es una enorme confusión que parece llena de amenazas por todas partes. De ahí esa especie de catálogo de peligros que hay en la novela, el cambio climático, el terrorismo, todo eso conforma un marco vertiginoso en el que nos movemos. Por todos los santos, ¡si incluso pueden caernos encima de la cabeza los satélites que se salen de sus órbitas! Si lo miras bien, vivimos en un panorama aparentemente tan catastrófico que casi resulta chistoso. Con *Instrucciones para salvar el mundo* he querido reflejar ese ambiente un tanto agónico y al mismo tiempo conjurarlo, superarlo... Digamos que esta novela pretende ser un poco como esa bolsa de plástico que le dan a la persona que está sufriendo un ataque de ansiedad, para que respire dentro de la bolsa y deje de hiperventilarse y marearse.

P: ¿Por qué transcurre toda la novela de noche?

RM: Porque habla de la larga noche del alma... De la oscuridad de la vida. La novela empieza en un atardecer y termina, varios meses después, una mañana, y todo el trayecto es de noche en noche... pero al final vuelve la luz. Hasta en los peores momentos de dolor, hasta en nuestros instantes más bajos, tenemos que confiar en que algún día volverá la luz. Eso es lo que hacen los supervivientes... Confiar en que llegará ese día. Además, por las noches el mundo es otra cosa... Hay algo fantasmagórico, poderoso y mágico en las noches, y esa atmósfera me interesaba mucho para mi novela.

P: ¿Qué papel tiene el humor en *Instrucciones para salvar el mundo*?

RM: Yo creo que un papel bastante grande... Cuanto mayor soy, más importante me parece el humor como vía de conocimiento. El humor es un antídoto contra la desmesura de la propia vanagloria y permite entender la vida más serenamente. Y más sabiamente.

P: Su novela tiene mucho de fábula, de cuento moderno con ingredientes clásicos que atrapa desde la primera línea. ¿Cuál es su secreto para provocar esa corriente de empatía con sus lectores?

RM: ¡Muchas gracias! No sé si es así, ojalá lo sea, pero, en cualquier caso, no hay secretos ni fórmulas. Justamente la única escritura que merece la pena es aquella que carece de fórmulas. Escribes simplemente desde la necesidad de escribir, para intentar entender el mundo y poner un poco de luz en las tinieblas, para rozar la belleza y emocionarte hasta los huesos, para reírte y compadecerte de la conmovedora y disparatada aventura que es la vida humana. Y lo más maravilloso es que haya lectores dispuestos a compartir ese camino conmigo… La verdad, no sé cómo agradecérselo.

Rosa Montero
La hija del Caníbal

Lucía lleva diez años con Ramón. Sus vidas transcurren sin pasiones ni tropiezos, hasta el día en que deciden pasar el fin de año en Viena y Ramón desaparece en el aeropuerto. Lucía no se conforma con que el caso lo resuelva la policía, y gracias a la ayuda de Adrián, un extraño joven, y del anarquista Fortuna, investiga por su cuenta el paradero de Ramón... Pero eso que parece un drama se convierte en una oportunidad para vivir con más intensidad.

«Estamos en la más novelesca de las novelas de Montero, a la vez que, aunque parezca una paradoja, en la más realista, en la que cala con mayor hondura y verdad en los fantasmas, complejidades limitaciones y grandeza de la existencia».
SANTOS SANZ VILLANUEVA

Amado amo es una comedia negra del mundo laboral. Es una novela sobre el poder, pero un poder con minúsculas, cotidiano y perfectamente reconocible: el que ejercen las empresas, el que sufren los asalariados, un poder risible que se mide en metros de despacho o en el número de veces que el jefe se ha parado a hablar contigo. César Miranda, empleado de una gran empresa, es un hombre en crisis que intenta sobrevivir a las tormentas y tormentos de una competitividad desenfrenada. Y su peripecia nos va dibujando el implacable pero divertidísimo retrato de la disparatada sociedad en que vivimos.

Rosa Montero
El corazón del Tártaro

La editora de libros medievales Sofía Zarzamala nunca pensó que
el pasado pudiera irrumpir en su vida para sumergirla en los infiernos. «Te he encontrado», dice la voz de un hombre al otro
lado de la línea telefónica, y con eso basta para que Sofía se vista
a toda prisa y huya de su apartamento... El descenso de Sofía a los
bajos fondos de la ciudad se alterna con su misterioso pasado.
Tras veinticuatro horas repletas de caóticas experiencias, la luz
aguarda al final del túnel.

«Rosa Montero combina con destreza los elementos dramáticos,
dosificando la intriga y estableciendo acertados paralelismos: una
supuesta obra inédita de Chrétien de Troyes con dos finales opuestos
sirve de plantilla para el dilema de fondo: la posibilidad de luchar
contra el destino que ha marcado la sangre.»   *El Mundo*